銀閣の人

門井慶喜

角川文庫
23816

目次

第一章　文化で勝つ

七百年の歴史が、灰になった。

焼いたのは、

「俺だ」

と、義政《よしまさ》はつぶやいた。

空は、よく晴れている。

天頂の星がまたたいている。義政はいま、東山三十六峰《ひがしやまさんじゅうろっぽう》のひとつ如意ヶ嶽《にょいがたけ》の中腹にたたずんで、京のみやこを見おろしていた。

京のみやこは山にかこまれ、炎につつまれている。

鉢の底に荏胡麻《えごま》あぶらを引き、火をつけたようなながめである。その火のなかでは石をのせた板葺《ぶ》きの、武家のみごとな瓦《かわら》葺きの、神社のぶあつい檜皮《ひわだ》葺きの……あらゆる屋根という屋根がにわかに雲霧《くもきり》になりつつあるのにちがいなかった。

約七百年前、はじめて平安京《へいあんきょう》を造営し、ここを日本の中心とさだめた桓武《かんむ》帝が見たら、

（どう思うか）

白煙は空へふきあがりつつ、うずを巻き、身をそらし、けだもののような慟哭《どうこく》でまわりの山をふるわせている。

おそらくそれは同時に、炎のなかで家をなくし、親きょうだいを焦げ肉にし、あすの暮らしを奪われた無辜《むこ》の民々の声でもあっただろう。義政はふと、横を向いて、
呼びかけた。

「なあ、ゼンナ」

まわりには、供の者が数人。

義政はいま三十二歳であり、みな義政より若いけれども、ただひとり、さむらい体《てい》の、猫のように背のまがった老人が、

「何ぞ」

と応じる。

ほんとうの名は、善阿弥《ぜんあみ》。

がしかし、義政はこれまで——おさないころから——あんまり何度もこの名を呼ぶうち、いつしか略して呼ぶようになっていた。

「ゼンナ。俺は、きめたぞ」

「ほい」

「銀閣《ぎんかく》をつくる」

足の下から、熱風が来た。

義政の、ほつれた鬢《びん》の毛をふわりと逆立たせた。

あたかもこの突拍子もない案を愛《め》でるかのように。責めるかのように。まわりの侍者が、

――おう。

――ここまで。

などと、すすり泣くような声を立てる。

彼らには、義政の声は聞こえていないようだった。

老人は、気にしない。

義政のほうを向いた。

まっしろな髪がゆたかである。ただし頭のうしろで結ってはおらず、少女のように肩のあたりで切りそろえていた。

白濁した目を光らせて、

「銀閣？」

「祖父の義満《よしみつ》はちょうど七十年前、京の北郊に北山殿《きたやまどの》を建て、そこで政治《まつりごと》をおこなった。みかど（後小松《ごこまつ》天皇）も親しくご覧になり、感嘆なされたほどの壮観じゃったが、その北山殿でひときわ目にあざやかな、金箔《きんぱく》貼りの舎利殿こそが一名金閣《いちみょうきんかく》、いまにつたわる名跡じゃ。わしは、あれにくらべ得るものを」

と、義政はそこでいったん口をとじ、トンと足で地をふんで、

「この地に」

七十年前は、義政には歴史である。しかし老人はあっさり、

「北山殿か。なつかしゅうござりますな。庭普請を命じられた父にともなわれ、わしもまた、見よう見まねで手伝いをしました。わしはまだ童《わらべ》でしたが」

「おぬしは、年はいくつなのじゃ」

「さあ。……七十までは数えましたが。八十をすぎたか、あるいは百か。どうでもおなじでございます。してその銀閣はいかに？」

「銀箔は」

と義政は説明をつづけて、

「わが堂宇には、むろん貼りはせぬ。銀というのは金とはちがい、たちどころに黒ずんでしまう。外貼りには不向きであろう」

「銀を貼らずに、銀をあらわす？」

「いかにも」

「負けですな」

と、老人は断言した。義政はにやりとして、

「何じゃと？」

「鹿苑院様《ろくおんいんさま》（義満）が金ならこちらは銀などというご着意は、はばかりながら、おこころざしが低すぎまする。いわば『月になる』と申されるようなもの」

「ほう」

「月などはしょせん、太陽《ひ》が出れば、白いぼろぼろの灰となって空へ散り消えてしまうのみ」

「うまいことを言う」

義政はくっくっと笑うと、

「それでいいではないか。それでこそこの第八代将軍・足利《あしかが》義政にふさわしい」

にわかに饒舌《じょうぜつ》になった。さだめし将来の歴史はこの自分を、
無能、無力、愚昧《ぐまい》、懶惰《らんだ》、女色三昧、酒三昧、頑迷、姑息《こそく》、
等々、あらゆる悪罵《あくば》でいろどるだろう。

征夷大将軍《せいいたいしょうぐん》という武家の頭領たる地位にありながら細川《ほそかわ》、山名《やまな》、畠山《はたけやま》、斯波《しば》はもとより日本中のあらゆる大名をまともに服従させることができず、ぞんぶんに領土あらそい、跡目あらそいをやらせて天下をいたずらに混乱させたばかりか自分自身の継嗣《けいし》問題をも解決できず、ついにこの天下を二分する大乱をまねいて京のみやこを焦土にした稀代《きたい》の悪王、無二の暗君。

のちの世に。

このいくさは、それが勃発《ぼっぱつ》した年の年号をとって、

——応仁《おうにん》の乱。

と呼ばれることになる。

あるいは戦闘のつづいた次の年号をも合わせて、応仁・文明《ぶんめい》の乱。二十一世紀の京都市民がときどき冗談で、

「僕らが『さきの戦争』言うたら第二次大戦のことやあらしまへん。応仁の乱のことどす」

などと言うその乱の張本人はいま、戦場をこっそりと抜け出して、小袖《こそで》に袴《はかま》、腰刀という町衆ふうに身なりを変え、少しの従者とともに高みへのぼり、こうして齢《よわい》八十とも百とも知れぬ老人を相手に、

「わしは、銀さ」

と、むしろ胸をそらしている。われながら、なるほど仁徳《じんとく》には、

（遠いな）

おかしみを感じつつ、口はなおも善阿弥へ言う。

「わしはな、ゼンナ、鹿苑院様のごとくには生きられぬよ。何しろ鹿苑院様の七十年前と、こんにちとでは、公儀（幕府）の威厳がちがう」

語りつづけた。

自分が将軍宣下を受けたときには、幕府という巨樹は、もはや根腐れしていた。銭金はなく、人材《ひと》はなく、大名は言うことを聞かず、禅僧はしきりと評議に口をはさむ。

土民は土民で、年貢の減免をもとめて土一揆《つちいっき》をくりかえす。上のものが下になり、下のものが上になり、左右の別があいまいになる。そんな秩序潰乱《かいらん》の世になっていたのだ。

そんな世に、誰がしたのか。

「父じゃ」

父とは第六代・足利義教《よしのり》である。

もともと義満の長男ではなく、義満に目をかけられもしなかった。出家して比叡山《ひえいざん》にこもっていたのが兄の死により、急遽《きゅうきょ》、将軍候補のひとりとなった。

候補は、ほかに三人。

決着は、あろうことか籤《くじ》引きでつけられた。重臣たちが岩清水八幡宮《いわしみずはちまんぐう》で札《ふだ》をひらいたという。こんな冗談みたいな因縁が心理的な屈折になったか、新将軍は、横暴をほしいままにした。

諸大名の相続問題へむやみやたらと口をつっこむくらいなら先代までもやっていたが、この人の場合、ときに当事者を暗殺すらした。

あきらかに、やりすぎだった。

——つぎは、わが身じゃ。

と恐怖に駆られた大名のひとり赤松満祐《あかまつみつすけ》に、結局、逆に殺されてしまったのも将軍としては前代未聞で、大づかみに見ると、この人をさかいに、

「公儀は、世の信をうしなった」

義政は、口をつぐみ、空を見た。

空には、雲がなかった。京の街の底光りがあんまり明るすぎるので、星はほぼ、天頂

付近でしか見えない。

(星空も)

と義政はふと思った。星空も、ときに権力の範囲が、

(小さく)

義政はふたたび善阿弥に向かって、

「だからわしはもう手も足も出なんだと申したら、どうだ、言いわけに聞こえるか?」

「いいえ」

善阿弥は、にやにやしはじめた。義政はなお真剣な顔で、

「うそをつけ。わしに治国の才があれば、公儀の再興も可能だった。そう言いたげな面をしておるわ。何しろわしは十四の年で将軍位につき、十八年間つきつづけている。手を打つ好機はあったはずじゃと」

「いえ、いえ」

「言いわけに聞こえるなら、それでもいい。とにかくわしは、そういう生まれ合わせなのじゃ。公儀の陽は暮れてしまった。太陽の光をはねかえす金閣より、むしろ月の光にしっとりと濡《ぬ》れる銀閣のほうが似合いな所以《ゆえん》である」

善阿弥はにやにや顔のまま、

「よほど自信が、おありのようで」

黄色い歯をむき出しにした。義政はふっと笑みを返して、

「わかるか」

「当然。どう生きます」

「治国で負けて、文事で勝つ」

これには、善阿弥もおどろいたらしい。笑いを消し、唇を一文字にして、

「文事で？」

「さようさ」

義政はつづけた。花鳥を嘉《よみ》し、風月をいつくしみ、詩歌を吟じ、管弦にしたしみ、茶をたしなみ、庭をながめ……こと離俗の趣味に関しては、祖父や妻はもちろん、この世の誰より才がある。

自分には、その自負がある。

「ただしそれは、手の才ではない」

つまりみずから創るというより、他人に創らせ、それを判じることの能力。

「手ではない。わしの才は、目の才じゃ」

筆者は、はるかに想像する。

もしもこの時代、文化とか芸術とかいう語があったら、あるいは審美眼という便利な抽象語があったら、義政はこのとき、おのれの説明をするためにきっと繰り出していたにちがいない。ここで義政は、要するに、

――この東山の地で、審美眼を以《もつ》て世をおさめる。

と宣言したのである。あるいはいっそ、

——文化の力で、政治に勝つ。

この場合の政治とは、軍事、経済、外交、謀略……あらゆる社会科学的ないとなみをふくむ。善阿弥は、げっげっという、青鷺《さぎ》がえさの魚を見つけたような声をあげて、

「世間は、逃げたと見るでしょうな。武門の帥《すい》ともあろうお方が、公事《くじ》をかえりみず山にこもって風流三昧」

「それがわしの公事の道じゃ。手を貸せ、ゼンナ」

「さあ、いかに」

「能《あた》うかぎり、のぞみのものを取らそうぞ」

「さあさあ」

と返事するしみだらけの顔には、はっきり、

(貸さん、と大筆で書いてあるわ)

義政は、苦笑した。のぞみのものと言われても、銭や、地位や、領地など、最初からこの将軍には期待していないのだろう。

かりに期待できるにしても、年をとりすぎた人間はもう、そんな形あるものを欲しない。

欲するはただ自尊心の満足のみ。義政は体の左右へだらりと腕をたらし、頭をさげて、

「わしより優れた目をもつのは、ゼンナ、この世におぬしひとりじゃ。きたるべき銀閣

の普請および作事における、庭の石や池の配置はもとより、諸堂の意匠、扁額《へんがく》の書体、襖絵《ふすま》の題材、もろもろの調度、日々の生活《くらし》の演出《あんばい》のしかた、すべてをさだめるに手を貸せ。いや、目を貸すのじゃ。ほかの者はあてにならぬ。たのむ。たのむ」

もっともこれは、世辞ではない。

本心からの言だった。善阿弥の父は義満につかえて庭づくりの名人であり、その手腕はあの北山殿、いまは臨済宗の、

鹿苑寺

と称する境内のそこここに見られる。善阿弥もまた父の風をよく受けてやはり作庭に長じるばかりか、より広く、美術全般に関して高い見識がある点では父をこえたと称し得る。

低いのは、

(身分だけだ)

というのが義政の評価だった。公平な見かた、というのとは少しちがう。目ある者の目というのは、それ故におのずからわたくしを去らざるを得ないのである。

実際、義政は将軍となり、北小路室町《きたこうじむろまち》の北に位置する広大な将軍代々の邸宅、いわゆる花の御所へ住まいをうつしてからというもの、庭に池をもうけ水鳥をはなち、多くの殿舎をつくって廊下でむすぶなど趣味のかぎりをつくしたが、そのさいもこの五十も年上の男をつねに呼び、横に置き、その助言に耳をかたむけたのである。

われながら、ほとんど師に対するようである。

その師の声は、やわらかに、

「恐れ多いことです」

「貸すか」

と、義政がかしらを上げたところへ、善阿弥は、

「ひとつ、お願いが」

「申せ」

「その『銀閣』ということば、今後、一生お使いあられぬよう」

「何と」

義政は、目をしばたたいた。

これは意外なことだった。善阿弥はほほえみをふくんだ口のまま、

「上様がここにお建てになるのは、あくまでも北山殿に対する東山殿《ひがしやまどの》。つまり国事のかなめです。文事のではない」

文化的施設ではなく政治的施設だ、と言うのである。義政は、

「なぜじゃ」

「銀が金をしのぎ、月が太陽よりも輝くという上様のお感じは、それがしにはわかる。文事で国事を打ち負かすというお覚悟もまた肯《がえ》んじるに値しましょう。しかしながら、世間なみの者にはどうでしょうか」

「世間なみ？」

「公家《くげ》だろうが武家だろうが、坊主だろうがあきうどだろうが、凡夫凡婦はみな、月よりも太陽にあこがれるが自然《ことわり》。これればかりはどうにもなりませぬ。そうしてこの世では、人と銭は、すでに集まっているところにしか集まらぬ」

「国事にしか集まらぬと？」

「いかにも」

「まだ集まっておらぬところへ集めるこそ壮図。そうではないか」

義政が言い返すと、善阿弥はさも、

——若いのう。

と言わんばかりに、唇をぐいと右頬にうつして、

「人のなし得ぬ壮図にこそ、手練手管が必要なのです。世間とは、あざむくためにある」

「おもてむき立てよと申すのじゃな。国事を」

「いかにも。それがしが死に、上様がおかくれになり、のこった建物がおのずから人々に『銀閣』と呼ばれだす。それが勝利のきわみであり、文事のきわみでありましょう」

「みごと」

義政はふわりと両ひざを折り、右手でひざを打ち、

「さすがはゼンナ、申すとおりじゃ。この世は、うその世の中じゃ。どうしてひとり文事にのみ方便が不要なわけがあろうか。よしよし、わしはもう金輪際、口には出さぬぞ。

このいとなみは国事のいとなみ。銀閣にあらず、東山殿のいとなみじゃ」

「水をさしますが」

「させ、させ」

「作事始めも、お待ちあれ」

着工するな。善阿弥はそう言うのである。義政は声を落とし、

「そうじゃな」

ため息をついた。こちらはもう考えるまでもない。戦端は、きょうひらかれたばかりなのだ。

東軍、西軍、およびそれぞれに味方する全国の大名どもが今後どこまで意地を張りつづけるのか、おそらく本人たちもわからないだろう。とにかくこの乱が——応仁の乱が——終息しないことには普請どころの話ではないし、逆にいえば、終息すれば普請はぐっとやりやすくなる。

惨禍のあとの、

——復興。

という美名ほど、人や銭のたやすく集まる口実はないのである。

建設というものの衝動は、破壊の直後にこそ最大になる。人間というのは未来に対してではなく、うしなった過去に対して焦るのである。

「その機《とき》の来るまで、待たれよ」

善阿弥は言った。義政はその言い終わりに声をかぶせるようにして、

「待つぞ」

善阿弥の肩に右手を置いて、

「五年でも十年でも。おぬし死ぬなよ」

ざあっ。

樹々の葉をかき鳴らして、またも熱風がふきあげて来る。

さっきよりも、つよい。善阿弥はまっしろな髪をすべて逆立たせて、

「承知」

京の街のはるかな炎が、その顔を、あごの下からななめに照らしあげる。もはや老人というよりは、

（異国の、鬼じゃ）

義政はそう思い、しかもはるかに、

（人間など、しょせん百年）

このことに、思いを馳《は》せている。

善阿弥ですらその程度なのだ。いっぽう建物や庭や襖絵や扁額は、うまくすれば三百年つづく。五百年つづく。永遠の人間はあり得ないし、永遠の政治はあり得ないが、永遠の文化ならあり得るのだ。

これしかないと義政は思った。天に一才をあたえられた者は、その一才をいつくしむ

義務がある。

†

義政はそれから、如意ヶ嶽をおりた。

しばらくは、

(国事か)

ため息をつきつつ、山すそに下り、粗末な家なみへ足をふみいれる。

京の東端も東端なので、さすがに類焼をまぬかれている。

これをまっすぐ西へ突っ切り、一条《いちじょう》あたりで鴨川《かもがわ》をわたれば花の御所へは距離がもっとも近いのだが、わざと南へ折れ、右へまがり、五条《ごじょう》の橋へさしかかった。

善阿弥が、

「では」

とつぶやいて闇へ消える。

水が墨にとけるような自然さ。もとより人多き場所に住まいする者ではないのである。

義政は、

「達者で」

とやはり小声で応じると、ほかの侍者とともに橋をわたり、洛中《らくちゅう》に入った。五条大路《おおじ》はむろん天下の大道、こんなときでも人のひしめきは変わらぬだろう。

変装中の将軍としては、こういうところを通るほうが、

（目立たぬ）

そう判断したのだ。

もっとも、いまだ数歩も進まぬうちに、義政は、なみだをもよおす。まばたきをくりかえし、指のふしで目じりをぬぐう。左右の屋敷はほとんど焼けて夜空がひろく、人々のさけびや泣き声がかまびすしいが、心が痛んだ、のではない。板壁や柱を、藁《わら》や編竹や鉄のあぶみを、麻や絹を、人のあぶらを、焦がして立ちのぼる白いけむりに目を刺激されたのである。義政は、なるべく咳《せき》をこらえるようにした。

死体も多数、ころがっていた。

このあたりは主戦場にならなかったのだろう、みな焼死体だったけれども、京極《きょうごく》大路をこえたあたりで、

（む）

立ちどまったのは、道のまんなかでうつぶせになっている男の死体が、その背中に、まるで針の山のように何本もの矢を突き立てていたからである。

甲冑《かっちゅう》のたぐいは、身につけていない。

下帯ひとつの裸である。侍者のひとりが耳もとで、

「大工か、何かでしょう」

体に焦げがないということは、不運にも流れ矢のえじきになったか。死体の左には、男の子ふたり、ならんで両ひざをついていた。

ふたりとも、

「父《とと》。とと」

わんわん泣きつつ死体を乱暴にゆすっている。

六歳と三歳くらいだろうか。さっきの侍者が、

「兄弟ですな」

と、言わずともわかることを言う。義政は邪険に、

「ああ」

手でふりはらうしぐさをしつつ、あるいはこの死体、はじめはもっと、

(戦場《いくさば》に、ちかいところで)

そう推測した。東軍か西軍どちらかの命で井楼《せいろう》(塔状の櫓《やぐら》)の修理にでも従事しているところへ戦闘がはじまり、傷を受け、かわいい子供へひとこと遺言すべくここまで帰り、息たえた。

そんなところか。さすがに義政は、

(わしが、悪い)

胸がつまる。身をかがめ、

「どれ」

手をさしのべたら、兄のほうがこちらを向いた。

目が、合う。

素袷《すあわせ》の袖でなみだをぬぐうと、その手で、

「何じゃい」

義政の手をぴたりと打った。侍者のひとりが前へ出て、

「こ、これ。この方をどなたと……」

たしなめようとしたが、こんどは男の子はそちらをにらみ、もう片方の腕でぐいっと弟を背後へまわす。

この世のすべてが、

——敵だ。

という態度である。義政は、

「よいよい。母親《かか》は？」

「…………」

「死んだか」

「…………」

返事なし。

死んだならまだしも、ほかの男と逃げたのなら耐えがたいだろう。義政はゆっくりと後じさりして、

そう言おうとしたけれども、それも何だかこの子に対して失礼な気がする。かえって突き放すように、

「濃ゆう、生きろ」

「兵事で死ぬなど、ばかなことじゃ」

「何をぉ！」

「ばかなことじゃ」

義政はことばを押しかぶせて、前を向いた。

ふたたび、足をふみだした。

あわれな兄弟の横をぬけ、さきを急ぐ。だいぶん行ったところで足をとめ、首をうしろに向けると、あの男の子はまだこちらを向いて仁王立ちしていて、かたわらで、弟もこちらをにらんでいた。くりかえすが天下の五条大路である。まわりには大人がおおぜいいるが、みな自分のことで手いっぱいなのだろう、誰ひとりこの死体に、この孤児たちに、声をかけることをしなかった。

今後も、しないにちがいない。あの兄弟はもう、

「一生わすれぬ、かな」

「は？」

侍者が耳を寄せるのへ、

「通りすがりの、この性悪《しょうわる》な大人のことをさ」

長い目で見れば、むしろ良いことをしたのかもしれない。義政はそう思おうとした。

ふたたび前を向き、ほどよいところで右へ折れ、左へまがる。

北小路を、西へあゆむことになる。

道の右側に築垣《ついがき》があらわれたが、これはとにかく形をなしていた。いたるところに矢は刺さっているし、刺さっていないところも穴だらけだが、倒壊だけはしていない。

築垣は土塀の一種だから火にも強いらしかった。築垣の向こう花の御所が、ほかならぬ義政自身のすみかが、あかるい闇にしずんでいる。

花の御所には、南面の門はない。

西へまわりこまねばならない。義政たちは築垣が尽きたところで右へまがり、室町小路を北上した。

道の右に、西門がある。

番兵に戸をあけさせ、なかへ入る。とたんに、

「ああ」

従者たちが、歔欷《きょき》に似た声をもらした。

ここを出たのはほんの半日前だったけれども、そのときはまだ、戦闘は本格化していなかった。

だからこんなありさまではなかった。鯉や鮒《ふな》をゆったりと泳がせた池では女房たちが血のついた甲冑を洗うなどしていなかったし、そのかたわらの釣殿《つりどの》では、傷ついた兵ど

もが体をならべて呻吟《しんぎん》するなどしていなかった。

池のまわりの松の木は、枝を折られ、幹をけずられなどしていなかった。松明《たいまつ》にでもしたのだろう。兵事をおこなうということは、つまり、

(こういうことだ)

義政は、心のすじかいの折れる音を聞いた気がした。文化はつねに政治に負ける。それが世のならいである。

ここの敷地は、存外せまい。

南北二町、東西一町。

いくら天皇《みかど》のまします内裏にちかい一等中の一等地とはいえ、たかだか七千坪あまり、これが日本国そのものの権力の館にあたえられた面積なのだ。

もっとも、狭隘《きょうあい》なだけに、歴代の将軍たちが粋をこらしたのも事実なので、洛中洛外のいろいろの家や寺へ命じて、奇木、珍石、香草をあつめている。

——花の御所。

という艶《つや》のありすぎる別称は、あるいは唐宋《とうそう》ふうに、

——花亭《かてい》。

とも呼ばれたが、とにかく春夏秋冬それぞれに花が絶えないことへの羨望《せんぼう》ないし諷言《ふうげん》として世に定着したのである。

いまはもちろん、花どころか、

（つぼみも、見られぬ）

夏もさかりというのに、みな折られるか踏まれるか焼かれるかしてしまった。ただし義政は、ほんとうのところ、さほど惜しいとは思っていない。

あの如意ヶ嶽の山腹にあらたに銀閣を、いや、東山殿をつくると決心したからには、こんなのはしょせん、

（過去の、屋敷じゃ）

むしろ胸のすく思いだった。義政は体の向きを変え、いちばん手近な建物へ上がった。

西の対屋《たいのや》。

内部《なか》は、いちめんの板敷きである。まばらに立つ燭台《しょくだい》でかろうじて木目の方向がわかる。一歩、足をふみ出すたび、
ぎい
ぎい
しじゅうからを絞め殺したような音が立つ。

義政はこの音がおさないころから大きらいで、このときも侍者たちへ、

「衝立《ついたて》を置け。畳もじゃ。はよう、はよう」

侍者たちは、機敏にはたらいた。

絹を張った衝立を四つ、ロの字になるよう立てて、そのなかに一枚の畳を敷いた。

義政は、畳のまんなかに立った。

腰刀をぬき、町衆ふうの服をぬぎはじめた。もはや変装はいらないのだ。いったんまっぱだかになってしまうと、下帯をつけ、将軍としての、というより貴族としての礼装である強装束《こわしょうぞく》に身をつつむ。

うるし塗りの烏帽子《えぼし》をいただいたところへ、

「殿様」

許可ももとめず、勝手に衝立をぐいと横へすべらせて、このごく私的な空間へ入ってきた女ひとり。

着がえの手伝いをしていた侍者がたちまち散ってしまうのは、さながら狼を見た鹿の群れのようだった。義政はひとりっきり。苦笑して、

「何じゃ、とみ」

妻の、富子《とみこ》だった。

四つ下だから、二十八ということになる。

袿《うちき》の上に、縹《はなだ》色の、ただし赤い糸を織りこんでいるらしい派手な唐衣《からきぬ》をつけている。左右それぞれ肩から腰へと筋目よろしく黒髪が引き垂れているありさまは、武家というより公家そのもので、

(うつくしい)

と思わざるを得ぬ。もっとも公家ふうに見えるのは、これは当然かもしれない。富子はいまから十二年前、十六のときに足利という武家の男の嫁となったが、もともとは日《ひ》

野《の》家という藤原北家《ふじわらほっけ》のながれをくむ中流公家の出身だからだ。二年前、待望の男子を生んでからは腰まわりが少しふっくらとしたようで、これがまた身ごなしに独特の色気をあたえている。

唇は紅《あか》くつつましやかで、ぱくりと縦にひらくやいなや、

「どこへ、行かれた」

その声、霜をふむようである。義政は目をそらし、

「……にょい」

「はあ？」

「如意ヶ嶽」

「それは、あの」

と、富子は片手を背後にのばし、屋内にもかかわらず正確に東のほうを指さして、

「浄土寺《じょうどじ》ですか」

「ああ」

「忌むべき寺。厭《いと》うべき山。目的《めあて》は何なのです」

たてつづけに詰問した。

猜疑《さいぎ》が、目じりを吊《つ》っている。たしかにあの山には浄土寺という天台宗の門跡《もんぜき》寺院がありり、代々、皇室とゆかりがふかい。

王朝時代には後一条《ごいちじょう》天皇の遺骨がおさめられたこともあるし、後白河《ごしらかわ》天皇にいたって

は親しく行幸《みゆき》すらした。名刹《めいさつ》のひとつというべきだろう。義政は、

「目的はない」

「まことに？」

「まことじゃ。だいたいわしは、境内にはおらなんだ」

「ではどこに」

「境内から細道をさらに登ったところに、ささやかな原が」

「原で、何を」

「ただ見ただけじゃ」

「何を」

「ほろびを。……京の、ほろびを」

こたえた口ぶり、われながら切迫しているが、この俗世間が服を着たような妻には義政の意図など、

（わからぬ）

もっともまあ、わかることを期待するのも誤りなのにちがいない。文化と政治なら、この妻は、あきらかに政治のほうに属するのである。

案の定、富子は横を向き、小さく息を吐いた。追及をあきらめたかと思いきや、うしろを向き、

「おとき。おとき」

呼ばれるのを待っていたのだろう、衝立のむこうから、顔なじみの乳母《めのと》がひとり、横から燭台のあかりを受けつつ上半身をあらわした。

義政とおなじくらいの年だろう。身なりは簡素で、こちらを上目づかいに見つつ、子供をひとり抱いている。

男の子である。

三歳だから、手足はまずしっかりしている。おときが腰のへんで手首を上に向けている、その手首にちょこんと尻《しり》を置いて、肩のあたりで首を立てている。

その黒目がちな目は、おどろくほど富子にそっくりだった。

義政はなかば動物的に笑顔をつくり、両手をさしのべて、

「おう、おう。わしは、おのれの父《とと》なのじゃぞ。おのれもわしが好きであろう。ささ、こっちへ来い。今宵《こよい》は特に抱いてやろう」

童幼、来ない。

どころか乳母にひしと抱きつき、顔を胸にうめてしまった。ふだん会うことの少ない義政など、この子の目には、ほかの恐るべき大人のひとりにすぎないのか。それとも、

(まことに、わしの子か)

義政は、つねにその疑いがある。

心がひえるのがわかった。乳母はちらりと富子のほうへ目を走らせると、一、二歩あとじさりして、手のひらを子の背中にあてた。

――あなたよりも、富子様の味方。

その意志が、あまりにも露骨だった。横から富子が、ねっとりと、

「殿様」

「何じゃ」

「戦火《いくさび》は、ここの庭にもとどきました」

「知っておる」

「いまご覧になったのでしょう？　矢の雨がやみ、火がおとろえ、死体《むくろ》がすっかり片づいたあとの清らかな庭を」

あれが清らかか、と言い返したら反論が十倍になりそうなので、

「ああ」

「ほんの少し前までは、それはそれは剣呑《けんのん》だったのです。まったく危ういところでした。この子の頬も、石つぶてがかすめました」

人さし指をぴんと立てて、身をかがめ、子供の頬に線を引いた。富子はなおも聞けとごとく、

「この子はただの子ではない。富子と殿様のひとり息子、わが足利家のあととりでござりまするぞ。ゆくゆく殿様のつぎに将軍宣下を受けるべき玉の体に、このような狼藉《ろうぜき》がゆるされましょうや」

富子、と、われとわが身を名で呼ぶあたり、まだ童女のつもりらしい。義政はただ、

「ああ」
「坊主くずれとは、わけがちがう」
「今出川《いまでがわ》のことか」
義政は、にわかに顔をけわしくした。
いくら何でも、聞きずてにできぬ。
今出川とはこの場合、義政の三つ年下の弟である足利義視《よしみ》のことを言う。かつては仏門に入っていたから富子には坊主くずれと貶《おとし》められたわけだが、ふだんは天皇のましま す内裏の北を東西につらぬく今出川小路、これに面して門をかまえる邸宅に住んでいた時期があるため、弟自身、
――今出川殿。
と呼ばれるようになった。
いうなれば、地名を以て人名に代える。この習慣は、足利家では、ずいぶん以前からのものだった。
何しろ本家の系統は、この兄弟のほかにも、
義教（父）
義満（祖父）
義持《よしもち》（父の兄）
義量《よしかず》（義持の子）

義勝《よしかつ》（兄）

など、おなじ字のついた名だらけ。

ほとんど蟻の行列である。将軍位についた者にかぎるなら、例外はひとり、初代の尊《たか》氏《うじ》のみというありさまで、これは単なる血のつながりの証明というより、もっとはっきり、政治の道具にほかならなかった。

足利氏は、本姓は源《みなもと》。

いわゆる清和源氏《せいわげんじ》のながれをくみ、さかのぼれば王朝時代の清和天皇にたどりつく。ないし、たどりつくことになっている。そうして「義」がもともと源氏の通り字であることは、いわゆる鎌倉《かまくら》幕府草創期における源義家《よしいえ》、義朝《よしとも》、義経《よしつね》などの例からも明らかなとおりで、足利氏としては、つまりはこれを踏襲することで血そのものの正しさ、高貴さを世間に印象づけられるわけだ。

（くだらぬ）

と、義政などは内心冷笑しないでもない。

人の名などはしょせん、かりそめの荷札にすぎないのだ。しかしかりそめであるだけに、わざわざやめる理由もなく、こうして家中は似たような名ばかりになってしまった。おのずから、地名で呼ぶことが便利になる。ほかの大名家でも大なり小なり事情はおなじようなものだが、ともあれ今出川殿すなわち足利義視は、義政には、この世に数少ない血をわけた兄弟。それを富子は、

（あしざまに）

義政はけわしい顔のまま、

「口をつつしめ」

「失礼しました」

と、富子は案外あっさり点頭したものの、すぐにまた唇をひらいて、

「浄土寺へは、まことに何の目的《めあて》もおありにならなかったのでしょうね」

「くどい」

「今出川殿はかつて、まさしくあの寺のあるじとして仏門に入っておられた。義尋《ぎじん》とかいう法号も称しておられた。だからあの寺は、いまも今出川殿がひいきなのです。たぶらかされてはなりませぬ」

何の話か、義政にはすぐにわかる。

「今出川をつぎの将軍にはさせぬ、そう言いたいのであろう。案ずるな。何度も言うが、わしはそのことを話しにあの寺へ行ったのではない」

「この子ですから」

と声を放ったのは、富子ではない。

乳母のほうだった。さっきは引っ込めた三歳児をこんどは突き出すようにして、

「つぎの将軍は、この子です。今出川殿ではない。もうあんなもののけ立つような山には行かれますな」

富子にそっくりの、棘《とげ》まみれの口ぶり。これに富子が、

「行かれますな」

ふたりの女は。

気がつけば、義政に体を押しつけていた。

うしろへ退《の》こうにも、背後には衝立がある。ばったり倒せば女房どもがわらわらと来て、よりいっそう面倒なさわぎになるだろう。

子の顔は、両頬がふくらんで上を向いている。

いまにも泣き出さんばかりである。義政は、

「わかっておる。わかっておる」

邪険に言いつつ、横へ逃げ、衝立のすきまから体を出した。あの山の上では気高い事業に思いを馳せることのできる自分が、地におりれば、

(ただの夫《つま》。ただの父)

大名どころか自分のあとつぎも決められぬ無力な政治家、失敗した家庭人。富子の金切り声が、

「どこへ行かれる」

「軍議を」

と応じて、

(軍議か)

われながら似合わぬ。義政はそっと苦笑いした。

うるしの塗りの烏帽子をなおしながら、渡殿《わたどの》（屋根つきの板張り廊下）をわたり、寝殿《おもや》へ入った。

背後から、ヒタと足音がついてくる。

ふりかえると、

「同座します」

富子である。義政は、

「軍議ぞ」

声を荒らげたが、富子は、蚊を見たほどにも表情を変えず、

「うちは、ただの後見《うしろみ》です。同座するのは」

黒目がちな目を、下に向けた。

子を抱いている。乳母から預かったのだ。どういうわけか子のほうも同時に下を向いたので、なにやら母子そのものが一体の、唐《から》わたりのからくり人形のように見えた。さだめし、

――次期将軍には、列席の義務がある。

とでも言いたいのだろう。義政は口をつぐんだまま、きびすを返し、寝殿に入った。

広間は、やはり板張りである。

義政を待っていたのだろう、たくさんの要人がいる。めいめい一枚だけの畳を敷き、

その上に、たいていはあぐらをかくように座していた。みな義政に気づくや、

――ようやく、来たか。

とか、

――どこへ行っていた。

などという負の感情のあらわなまなざしを向ける。

庭に面した蔀戸《しとみ》のそばには、数人の公卿《くぎょう》。

ことに異彩を放つのがひとり、こちらに気づくや、

「おう、義政殿」

手をかざした。

気安いとか何とか以前の問題。かりにも官位を持つ者をじかに名で呼ぶというのは、陰嚢《ふぐり》をじかに手でつかむのとおなじで、つまりはそれだけの、

――権勢がある。

というところを見せつけたいのだ。

内大臣・日野勝光《かつみつ》。

左右大臣につぐ地位で、富子の兄である。この富子のことからも明らかなとおり、日野家は代々、むすめを将軍の正室につけることで勢力を張ってきた。

当代のこの勝光は、はっきりと、

（愚かだ）

というのが、義政のかねての評価である。

公家に対しては武家代表、武家に対しては公家代表という面《つら》をあまりにしすぎる。いつも得意顔なのだ。感情をかくすという政治家に、いや人間そのものに必要な初歩的な心の技術がまったく身についておらず、今後も身につく見こみがない。義政は、

「うむ」

みじかい返事をし、かるく一礼しただけだった。

視線を、広間の反対側へそらす。

こちらには武家が数人いて、中心の男が、

「おお、上様」

といちおう敬意ある呼びかけをした。

そうして左どなりの、誰もいない畳をばんばんと手のひらで打って、

「おすわりあれ。ここに、はよう、おすわりあれ」

その口調は、やはりなれなれしい。たった六つしか年上にすぎぬのに、まるで百年も、

――保護してやっている。

と言わんばかりの顔で、

「本日のいくさは、わがほうが勝利いたしましたぞ。山名はここを落とすことを得ず、兵をひきあげ、いまは自陣でひそとしておる。みやこを落ちた者も多いだろう」

「感謝する」

と義政がやゃていねいに頭をさげたのは、保護そのものは事実だからである。摂津《せっつ》、丹波《たんば》、讃岐《さぬき》などの守護をかねるこの男、細川勝元《かつもと》の兵力は、どうあろうと恃《たの》みにせねば、

（公儀が、たおれる）

勝元は、

「上様」

「何じゃ」

「この勝元、こころから、あなた様のお味方ですぞ。未来永劫《えいごう》お信じなされ」

「あな、力強《ちからづよ》や。もちろん、つくづくと信じておる」

「おすわりを」

「おう」

わがせりふながら、そらぞらしすぎる。勝元もおなじく思っているだろう。富子がみように陽気な声で、

「では」

などと言って、勝元のたたいた畳へさっと腰を落としてしまう。義政の席を、

――不当に、占拠した。

つもりはさらさらないのだろう。ほんとうに自分が勧められたと思ったのだろう。富子はひざの上に子をのせ、一座へよく見えるよう、くるりと体の向きを転じた。

童女はしばしば人形をそのようにする。席はすべて埋まってしまった。反対側のとなりには、たまたま義政の弟の義視がいた。例の、今出川殿である。

富子はぐいと顔をそちらへ正対させて、目を細くした。

「あらあら。ゆで蛸《だこ》がまぎれこんでいる」

――はっ。

と息をのんだのは誰だったか。

義視は、むろん髪の毛がある。

頭頂のへんの髻《もとどり》を、うしろへみじかく垂らしているのだが、富子は平然と、

「蛸かと思うたら、今出川殿でいらっしゃったか。申し訳もありませぬ。ついこのあいだまで髪をおろした僧侶《そうりょ》であられ、浄土寺におられた記憶《おぼえ》がなお去らず。ところで今出川殿、いまはなぜ、この場にいらっしゃる？」

ついこのあいだ、どころの話ではない。

三年前、還俗《げんぞく》している。還俗の理由は「将軍の跡目を継ぐため」だったが、その直後、富子に男子が生まれた。義視はうつむいて、

「そ、それがしも……」

と、もう呼吸《いき》があらい。舌ももつれて、

「……それがしも、あ、足利の家の将来《ゆくすえ》を」

「その 慮《おもんぱか》りなら、ご無用なり。この子がおりまする」

ひざの子を、いとおしげに手でなでた。

子はすやすや眠っている。横から日野勝光も、

「上様のお出ましになった以上、今出川殿、おぬしの用は足りた。ご苦労に存じる。さあ、退かれよ」

義視はうめきつつ、顔をあげた。

勝光を見ず、富子も直視せず、まだ立ったままの義政をじっと見あげて、

——助けてくれ。

と、目の色でうったえている。その場がしんとなった。

義政は、兄である。

将軍であり、公家の官位も持ち、これからの軍議の議長である。その義政が、

(すまぬ)

目をそらした。

義視は、のろのろと立ちあがる。

顔は、まっ白である。唇をかみ、まるでそこを矢で突かれたかのように左の二の腕をぎゅうっと右手でつかみながら、

「御免を」

義政の前を抜け、蹌踉《そうろう》として出て行った。

弟の背中を、義政は無言で見おくった。

こうするほか思いつかなかった。いくら政治や軍事には深入りせぬと決めていても、このたびのいくさが細川勝元の兵力と同様、日野家のゆたかな財力なしには、

（遂行し得ぬ）

そのことを、意識せざるを得なかった。義政はそれこそ足利家の将来を慮ったのである。

政治的には、

（敗者）

義政は、おのが身をそう見るほかなかった。きのう、きょうの話ではない。将軍職に就いたときから負けつづけだった、というより、そもそも将軍職そのものが世の中において破《や》れ寺《でら》同然に見られていた。

――そういう時勢だから。

と、あきらめることもできる。しかし義政は、だからこそ、

（勝つ）

政治で負けて、文化で勝つ。

そのための、

（東山殿）

その決意を、あらたにしている。

逃げるのではない。立ち向かうのだ。時代が自分にほほえまぬなら、ほほえむ道をたどりつくす。

弟の姿が消えてしまうと、その場の空気が、ややゆるんだ。義政はふと、

（孤児《みなしご》じゃ）

そんな気になった。自分たちこそあの五条大路の兄おとととおなじ、天下の孤児なのではないか。

「上様」

細川勝元にうながされ、義政は、

「うむ」

ようやく足をふみだした。

いままで弟の占めていた畳のほうへ歩いて行き、尻を落とす。畳はまだあたたかく、義政の心をいっそう冷やした。細川勝元が、

「上様」

「何じゃ」

「軍議は、すでに決しております」

表情を変えず、信じがたいことを言った。義政は愕然《がくぜん》として、

「わし、無しでか」

「ええ」

「それは、かまわぬ」

義政は、自制する。自制には慣れている。

「わしの不在は、わし自身に責任がある。みなの断にしたがおう。しかし義視は……今出川は、それなら何のために退出したのか？」

自制が、わずかにほころんだ。

傀儡《かいらい》。

という語を思い出さぬわけにはいかなかった。勝元はこれに直接こたえず、事務的な口調で、

「これから上様には、全国に山名持豊《もちとよ》追討の命を発していただこう。それが軍議の結論《むすび》です。聞かぬ者もありましょうが、地方には、まだまだ公儀の威をおもんじる風もあります故」

失礼の屋根にさらに失礼を架けるような話である。義政はただ首肯して、

（やむを得ぬ）

おのれをなだめるほかなかった。いまは耐えろ。屈辱にまみれよ。

台風《のわき》は激しければ激しいほど、あとの晴れ空がすきとおる。東山にひらかれるべき理想郷は、さだめし、

（澄む）

義政は、何度も自分に言い聞かせた。

この日はそもそも、何が起きたのか。

いくさをはじめたのは誰と誰だったのか。この乱はもともと、
細川勝元
山名持豊（宗全《そうぜん》）

のふたりの反目を軸とする。

細川は三十八、山名はもう六十をこえているのだが、憎悪の前に年齢差はない。

ふたりはかねて幕府内での発言力を競い、しかも同時に、備前《びぜん》、越前《えちぜん》、若狭《わかさ》、尾張《おわり》、遠江《とおとうみ》……全国で領土をうばい合った。

他の大名が、これに便乗した。

彼らはそれぞれ隣国との紛争やら、自国内での土民の一揆やら、跡目あらそいやらを抱えている。そうしてそれを解決するための機関として、もはや幕府というものが、

——たのみに、ならぬ。

そのこともわきまえている。

のこるは兵力による解決だが、不安定な時代では、兵力は、より大きな兵力へおのずから合《がっ》する。細川、山名はこうして細川派、山名派になり、日本を割った。細川派はほかに紀伊《きい》など計三か国をおさめる畠山政長《まさなが》をはじめ、斯波義敏《よしとし》、京極持清《もちきよ》、富樫政親《とがしまさちか》などを擁したし、山名派のほうは、丹後《たんご》など計二か国をおさめる一色義直《いっしきよしなお》を筆頭に、畠山義就《よしなり》、斯波義廉《よしかど》、六角高頼《ろっかくたかより》などを味方にした。

こうなると地方の反目は、地方ではおさまらなくなり、

――京のみやこで、決着をつける。

その気運が、高まった。京の一勝は地方の百勝にまさる。将軍および天皇をおさえてしまえば、そのあとで、ゆっくり戦争の大義をも獲得することができるだろう。

いちはやく花の御所をおさえたのは、細川勝元のほうだった。勝元はすばやく目と鼻の先の内裏へも兵をつかわし、後土御門《ごつちみかど》天皇、後花園《ごはなぞの》上皇らへ、

「安心めされよ。それがしが保護したてまつる」

山名持豊は、出おくれた。

あつめた兵は、自邸のまわりに置くしかなかった。

とはいえその自邸は、堀川上立売《ほりかわかみだちうり》にある。すなわち花の御所の真西にあたり、距離もまた、あまりにも近かった。

小指の先ほどの香木も燃えつきぬうちに歩いて着いてしまう距離。この位置関係から、細川派は東軍、山名派は西軍と、それぞれ呼ばれることになる。西軍の陣地は、のち、
西陣《にしじん》
という地名になり、織物業で有名になることだろう。

この両軍の衝突がすなわち応仁の乱の実質的なはじまりになるのだが、この物語は、その直前に義政がこっそりと花の御所をぬけだし、善阿弥老人と合流し、如意ヶ嶽にの

ぼったところで幕をあけた。

義政がそこで、

——銀閣を、つくる。

のこころざしを立て、山を下り、ふたたび京の街の土をふんだときには、いくさはひとまず東軍の勝利に終わっている。

細川勝元がいま軍議で威勢がよく、将軍の来ぬうち諸事を決してしまったのは、ひとえにこの軍事的成果による。義政はふたたび立ちあがり、

「勝手にしろ」

言いたいのをこらえて、出て行った。あわれな弟とおなじ行動だった。

第二章　金　閣

だがこれは、緒戦にすぎぬ。義政が将軍として、

——山名持豊、追討。

の命を発すると、全国の事態は、さらにめまぐるしく紛糾した。

追討令は。

当初は、まあ意味があった。

西軍はやはり堀川の西にたむろしつつ、めだった反撃をしなかったからである。

しかしほどなく、石見《いわみ》、因幡《いなば》、伯耆《ほうき》、備前、備後《びんご》、播磨《はりま》といったような山名一族の領国から兵がぞくぞくと京へのぼってきて、さらには西国の盟友というべき大内政弘《おおうちまさひろ》も、

——いざ。

とばかり、周防《すおう》、長門《ながと》、豊前《ぶぜん》、筑前《ちくぜん》等、八か国の兵をひきいて上洛《じょうらく》。東軍十六万に対し、十一万まで盛り返した。

こうなるともう、西軍のほうが士気が高まる。

士気というのは一種の集団的錯覚にほかならないから、彼らはこのとき、味方の軍勢

を、さだめし五十万にも六十万にも感じたはずだった。京の周囲を駆けまわり、

醍醐寺《だいごじ》
東岩倉山《ひがしいわくらやま》

という京の南郊、東郊でそれぞれ合戦に完勝し、さらには洛中へくいこんで相国寺《しょうこくじ》の合戦でも勝利した。

相国寺は、禁裏の北にある。

花の御所のすぐ東にある。寺そのものの由来も約八十年前、後小松天皇の勅命により足利義満が創建したというものだから、地理的にも、歴史的にも、朝幕一体のかなめである。

そのかなめで、東軍はやぶれたわけだった。

のどもとに刃《やいば》をつきつけられた恰好《かっこう》で、さすがに義政も、

(終わった)

覚悟をきめた。乱に関してはのけもの同然のあつかいに甘んじていても、花の御所から兵が出て、喚声がとどろき、そうして死傷者がつぎつぎと運びこまれる光景をまのあたりにすれば、何が起きたかは認めざるを得ないのである。

が、細川勝元がじきじきに、

「ひるむな。ご本尊の釈迦牟尼如来《しゃかむににょらい》はじめ、毘沙門天《びしゃもんてん》、広目天《こうもくてん》、十六羅漢《らかん》ことごとくわれらの味方におわします。いのちを惜しむな。死んで仏となりませいっ」

舌もちぎれよと下知すると、東軍はようやく攻勢に転じ、相国寺を取り返した。

京の街は、またしても上京《かみぎょう》から焼けた。

が、翌日にはもうあちこちで市が立っている。民々もすっかり被災慣れしたのである。

翌年。

義政は、おどろくべき事件に再会している。

その日、義政は、西の釣殿のはしに腰かけていた。

両足をぶらぶらと池の上に垂らしつつ、庭を、いや、かつては庭だった茫々《ぼうぼう》たる草むらをながめる義政のもとへ、

「殿様。殿様」

癇性《かんしょう》にさけびつつ、小走りに来たのは富子だった。

めずらしく息をきらしているらしい。義政は身をねじり、

「どうした」

富子は立ちどまり、目をほそめて義政を見おろし、

「今出川殿が、わがもとを、のがれ出《い》でました」

「義視が？」

「そうして山名殿の陣中へみずから駆けこみ、それきり出て来られぬとのこと」

「何と」

滝の音。

義政はそれを耳にした。おのが顔から血の気が引く、滝のような流下音。唇をわななかせて、

「ま、まことか」

「ええ」

「以前のように、いっとき伊勢《いせ》の味方（北畠教具《きたばたけのりとも》）のもとに身を寄せたと……」

「敵です。こたびは」

「それは、その、単身《ひとりみ》でか。供まわりは……」

「そんなのは事の本質《ねもと》ではありますまい？　いまごろはさだめし掌中の珠《たま》とばかり、敵中にて、ねんごろに酒食を供されているのでしょう……おそらくは永遠《とわ》に。あのお方は、やはり仇者《あだもの》だった」

「よせ」

「こうなったのも、殿様が」

「わしが？」

「血をわけた弟に、あんまり不馳走《ぶちそう》なお仕打ちを」

冷遇したと言いたいらしい。義政は声を荒らげて、

「おぬしが、申すか」

頰桁《ほおげた》のひとつも張りとばす自分を想像したけれども、実際は、ふたたび前を向き、池を見おろして口をつぐむのみ。

いまさら荒らげたところで聞く女ではないし、だいいち冷遇そのものは事実だった。富子が長男を生んで以来、義政は、この血をわけた弟をただのいちども誰かから庇《かば》ってやったことがない。義政の「兄」という属性は、表面上、その後に得られた「夫」ないし「父」のそれに完全に上書きされてしまったのである。

義視の身になってみれば、おそらくは、このまま花の御所にいると息苦しいというよりは、

——殺される。

と、肌を灼《や》くように確信したのだろう。

（思いちがいじゃ）

義政は、内心、激した。

いくら富子や日野勝光などが傍若無人でも、そこまではしない。するはずがない。万が一あの赤んぼうが疫病や事故で死んだときのための、義視は、貴重な予備品《ひかえ》なのである。

義視には、存在価値があるのである。しかし義視自身の胸にはもう、そんな冷静な判断をする余地はなかった。

（すまぬ）

義政は、すすり泣きしたくなった。

もう生涯、二度と会えぬかもしれぬと思ったとき、義政の脳裡《のうり》に、ふいに、弟の顔が

浮かんだ。

いまの顔ではない。

子供のころのそれだった。青空の下、ほかならぬこの目の前の庭を——庭らしい庭だった——、ふたりで蝶《ちょう》を追って駆けまわったとき。

蝶は、菜の花色だった。

石の上にとまったところを義視がはっしと二本の指ではさんで、しかし自分のものにせず、

「兄《せな》あ」

と、義政のほうを向いた。

青空にふさわしい、翳《かげ》のない笑顔だった。

当然のごとく義政が両手で虫かごをつくり、指のあいだを少しあけると、弟はそこへ蝶をつっこんで手をはなした。

義政の手のなかで、ほたほたと舞うその虫の意外に骨っぽい感触、たしかな重さ。いま義政は、しわのふえた自分の両の手のひらを見つめつつ、

(方法《てだて》は、あった)

弟にこんな陣中脱出などという乱心同然の行動を起こさせる前に、あらかじめ心やすき境遇をあたえる方法がひとつあった。それはふたたび、

——浄土寺へ、返す。

義政はそのことを、つとに考えていた。

将軍としての自分があえて訴えれば、富子もあるいは賛成したかもしれないが、結局、何もしなかった。

けっして人には言えぬことながら、あの赤んぼうの父親が、

（まことに、わしか）

その懸念が、ぬぐえなかったのである。

以前から、富子とのそのことは年にかぞえるほどなのだ。万が一、

——べつの男だ。

などということが露見したら、赤んぼうは将軍位を継ぐための正統性をもちろんうしない、やはり予備品《ひかえ》の出番となる……。

いやいや、こんな理由づけは、

（嘘じゃ）

義政は、みずから思考をひるがえす。将軍位を継ぐ継がぬなどは関係なく、ほんとうは、

（東山殿）

そのために自分は、弟を、いわば飼いごろしにしたのではないか。もしも浄土寺へ、一度ならず二度までも、将軍の弟が入ったりしたら、浄土寺の権威は高まるいっぽうであろう。

そうなったら寺領を召し上げることができない、ということは、東山殿の造営がいちじるしく困難になる。

ほかに、理想の地はないのである。

ということはつまり自分は、足利義政という男は、いまそこにいる実弟よりも、まだ影もかたちもない建物やら庭やら扁額《へんがく》やらのほうが、

(大事なのか)

富子は、無言。

こちらが口をひらくのを待っているのだろうか。

それこそ夫に対する不馳走ではないか。

義政はじっと下を向き、池の上でゆらゆらとする自分自身の裸足《あし》ふたつをながめるのみ。

池の水は、すきとおっている。鈍《にび》色の鯉がせわしなく口を開閉させている、その口のなかも明瞭《めいりょう》にわかる。

と、

「当代です」

背後から、富子の声がした。

義政はつい振り返り、

「当代?」

聞き返した時点で、義政は、心理戦にやぶれたとすべきだろう。富子はまるで子供をしかりつけるように、

「殿様はいま、今出川殿を、かつての次代とお思いになったでしょう。あの子にその座をうばわれたと。とんでもない。あの方はもう、あきらかに、当代の征夷大将軍に」

「それは、わしじゃ」

「痴《おこ》なり」

と、富子は、夫に対してこの極度の謗言《ぼうげん》をはなってから、

「あの方が言わずとも、山名めが日本中に言いふらします。公儀の名分は西軍にあり、今後はわが命にしたがえと」

「う……」

「大名どもは、動じるでしょう。特にこれまで事の左右をわきまえず、ただ将軍の名につられて東軍《こなた》へなびいたにすぎぬ連中は」

きらりと目を光らせた。

義政は、何も言い返せなかった。この女はおよそ文化などという飯のたねにならぬものには毛ほどの興味ももたぬかわり、俗世の人のうごきを読むについては、碁の名人のように正確なのである。

数日後。

富子の危惧《きぐ》は、現実のものとなった。

山名持豊とそれに与《くみ》する諸大名が、こぞって、

――われら、西府《さいふ》の者なり。

と名乗りだしたのである。

西府、つまり西の幕府。

かつて皇統を二分させ、そのことで日本そのものを二分せしめた南北朝の世がふたたび、

――来るか。

と、人々はうわさした。来れば責任は、

(わしにある)

と義政は思ったが、富子と日野勝光の兄妹《きょうだい》はそう思わなかったようで、

「にせものめ。坊主あがりめ」

「そんなに将軍になりたいか」

くちぐちに、誰はばからず義視その人をののしった。政治家の才能というのは、ひっきょう敵を見つける才能であり、自責の念に駆られぬ才能なのである。

ところで。

この義視の脱走は、結果的に、ひとつの好結果をもたらした。

戦争が、中断したのである。

いや、もともと小康状態だったのだが。相国寺の合戦で西軍が勝利し、ひとまず東軍

を包囲するかたちになったまま、この脱走の一件でさらにおたがい手が出しづらくなった。

うっかりと足利の胤《たね》をあやめたりしたら、それこそ公儀の名分に傷がつく。ついでながら細川勝元の正室は山名持豊の娘であり、両軍の将は、婿と舅《しゅうと》の間柄。

もともと敵味方の人間関係は、

――下道《したみち》の蔦《つた》。

などと口さがない京の児童《わらべ》どもに揶揄《やゆ》されるほど複雑をきわめていたのである。双方いわば、静かな泥沼にはまりこんだ。

これ以降、大規模戦闘は、京都の周辺にうつることになる。

鳥羽《とば》、山科《やましな》あたりである。さらに地方へひろがると、洛中は、さながら留守宅のごとく静かになってしまった。休戦状態である。そうしておよそ休戦状態というのは、平時と同様、いや、平時以上に、当事者たちの協力が要る。

ほとんど共同作戦である。義政などは知るよしもなかったが、この点でも、時代を主導していたのは、なになに家家中といったような正規の武士ではない。

足軽だった。

従来の兵制には存在しなかった軽装歩兵、というよりなかば無装歩兵たち。彼らは元来、身分がひくい。正規の武士どもが持つような特定の主君への忠義、節操などというものは最初から持ちようがなく、またその価値を教えられたところで、

――へっ。

なれずしの鮎《あゆ》の尾ほどにも関心を持つことをしなかった。

彼らが持つのは筍《たけのこ》の皮を笠《かさ》にして駆けまわるような身軽さであり、長槍《やり》、強弓《ごうきゅう》などの意外に本格的な武器であり、実利への嗅覚《きゅう》であり……。

それに何より、独特の、

――悪念。

と呼ぶべき心理だけだった。

既存の秩序の破壊そのものに強烈な快感をおぼえるという、平時ならば傍《はた》迷惑以外の何ものでもない一種の自己完結的な精神。

いっぽうで。

京の街はまた、商人《あきんど》の街でもあった。

まるで蜜《みつ》玉にむらがる蟻のように、彼らは戦火をのがれて一時的に郊外へ散ることがあっても、事がしずまるや、またすぐ市へ姿をあらわした。

市はもともと、毎日どこかで立つものである。

ここが京という街の、ほかとはちがう点である。お金があれば何でも手に入る。着るものや食うものはもちろんのこと、瀬戸《せと》の陶器《すえもの》、備後の塩、大山崎《おおやまざき》の灯火用の荏胡麻《えごま》あぶら……。

そうした市での上客こそ、ほかならぬ足軽連中だった。

むろん全員ではないが、足軽は、何しろ戦時の兵士である。報酬《てあて》が多い。こうして軍人と民間人がともに利を得る関係になり、大規模戦闘は、いよいよ疎んじられることになる。

そんなわけで。

冬になり、義政がにわかに、

「鹿苑寺へ詣《もう》でる」

と言いだしたときにはもう、誰ひとり、

――あぶないから。

と反対する者はなかった。

軍事的責任者たる細川勝元が、

「よきこと、よきこと。鹿苑寺と申せばかつての北山第《てい》、あの金閣のよりどころ。天下に対して威を示し得る」

と手をたたけば、当今《とうぎん》（後土御門天皇）も反対のすべはなかった。富子にいたっては、まるで彼女自身が能見物にでも出かけるような浮かれ調子で、

「おお、おお、そうでした。毎年かみなづき望《もち》の日（十月十五日）には、かならず、もみじを愛《め》でに参られるならわしでした。さだめし鬱《うつ》も晴れましょう。殿様どうぞお気をつけて。鹿苑院様の御霊《みたま》によろしゅうお伝えくださりませ」

鹿苑寺は、花の御所の西方にある。

向からには、敵陣のそばを通らねばならぬ。

どう通るか。いくら休戦状態とはいえ馬上に身をさらすのは不測の事態をまねきかねぬし、牛車はのろすぎて二泊、三泊の大旅行になってしまう。結局、輿《こし》をもちいることにした。

それも轅《ながえ》が二本しかなく、その上にちょこんと屋形をのせた、いわゆる手輿《たごし》。輿丁《こしかき》も、前後にひとりずつしかいない。

「それでよい」

と義政は近習に命じた。

時局への配慮もむろんあるけれども、元来が、そういう好みなのである。装飾よりも、権威よりも、むしろ機動性のほうを取る。

出発すれば、町《まち》小路（新町《しんまち》通）あたりの道端には、西軍の足軽連中がたむろしている。

——すわ、将軍。

と、ただちに目をとめるが、そのまますれちがう。

もちろん輿のまわりを鎧《よろい》かぶとに身をつつんだ東軍の兵がきっかり二十名、隙なく囲んでいるせいでもあるが、それにしても、様式だった。

逆に言うなら、語義矛盾だが、こうした実質的な様式が——様式とは本来形式的なものだろう——たまたま成立したからこそ応仁の乱はこののち十年もつづいてしまった。

十年もらちが明かなかった。様式はたしかに人間のかしこさの産物ながら、成立すれば、ふしぎにも、人間をおろかにするのである。

義政を乗せた輿は、非様式的に西進した。

つまり、急いだ。

急ぐ理由は、もうひとつある。左右の肩がぶつかるような狭い屋形のなかで、義政は、

（どんな男かな）

ひとり、片頰でほほえんでいる。昼に出て、夕方にはもう到着した。

†

しかし義政は、鹿苑寺の山門をくぐるや、きっかり二十名の侍どもへ、

「あとから、まいれ」

と命じた。

男とふたり、左右にならぶ。

落葉やら松ぼっくりやらで水面《みなも》の見えぬ、泥くさい池のほとりを抜ける。そうして山へ向かうゆるやかな坂をのぼりつつ、ここもまた、

「……荒れ寺じゃ」

義政はつぶやき、呆然《ぼうぜん》とした。

池ばかりではない。

境内のあらゆるものが、

(見目悪《みめわる》な)

前回、来たのは何年前だったろうか。

もみじの季節だったことは、まちがいない。

この坂の左右には無限の境内のひろがりがあって、仏殿があり、鐘楼《しゅろう》があり、不動堂があり、護摩堂があり、多数の塔頭《たっちゅう》があり、そのあいだを埋めるようにして整然たる庭があった。

樹の一本、石のひとつに至るまで配置にゆるみのない、それはそれで、

(みごとなものじゃった)

六十年前、祖父・義満がここで政務を執ったときにはもっと俗世ふうというか、要するに花の御所ふうだったのにちがいないが、その後ここは政治の中心ではなくなり、ただの大刹《たいさつ》になった。

北山殿が、鹿苑寺になった。

それはおそらく、境内の景観に好変化をもたらしただろう。庭にしても、あらたに建てた建物にしても、それらの配置の具合にしても、目をなぐさめるという芸術的な配慮が重視されるようになった。義政自身、その配慮をおこなうべく、みずから作事を差配したこともあったのである。

その意味では、この寺こそ、義政のこれまでの最高の作品にほかならなかった。

むろん、まだまだ手入れの余地がある。

まずは、

――東山殿の予行演習。

というところにすぎなかったけれども、それもいまは烏有《うゆう》に帰した。

諸堂ほぼ、ことごとく焼けてしまったのである。荒れ寺というより、

（焼けあと、そのもの）

無数の柱や梁《はり》が炭と化し、天へ手をのばし、あたかも悶《もだ》えつつ死んだ人のごとく夕雲をむなしく掻《か》きむしっている。

本尊をおさめた、仏殿（本堂）までも。

義政は、息をするのも忘れがちになった。

風が吹くたび、どこからか乾いた音がする。もっとも、焼いたのは、

「わしじゃ」

義政はなお歩みつつ、淡々と言う。

「わしが公儀の長《おさ》でありながら、このたびの細川、山名のいさかいを制し得なかったからこそ、西軍がここを陣所とし、東軍が乱入した。そうではないか、自然斎《じねんさい》。むろんわしは細川めに、何べんも、何べんも『焼くな』と命じたのじゃが」

「いかにも」

「何が『いかにも』じゃ」

「いかにも」

そっけなく応じた男は、僧体である。

頭をそり、すりきれた黒い麻ごろも一枚を身にまとっている。

おそらく義政よりも十二支《えと》ひとまわり以上、年上だが、五十にはとどいていないだろう。背はひくいが肩幅はひろく、脛《すね》まわりなど馬のような筋肉《にくづき》だけれども、右手には桜の杖《つえ》をたずさえている。

桜の皮は、手ずれが激しい。

——旅人なり。

ということを暗示もしくは明示する、一種の装身具なのだろう。

「自然斎」

と、義政は渋っ面になり、

「最前から、おぬしは『いかにも』しか申しておらぬではないか」

「いかにも」

「ことばの工匠《たくみ》と聞いておったが、よほど口が貧しいようじゃ」

挑発したら、

「しからば」

こほり、と自然斎は空咳《せき》をして、ちらりと空を見て、

「春の、あけぼの」

「はあ？」

義政はつい、頓狂《とんきょう》な声をあげた。いまは春ではなく、早朝でもない。

「どういう意味じゃ」

聞き返すと、自然斎はふたたび正面を見たまま、

「そのような、駘蕩《たいとう》たるものでした」

「何がじゃ」

「殿様の、そのお口ぶりが。よほど御意に叶《かの》うたらしい」

「だから何が」

「この寺が、けむりとなったことが」

「ほう」

内心、ぎくりとした。

前方は、なお上り坂である。

ゆるやかに左へまがりつつ、途中から下り坂になる。義政は足をとめぬまま、

「だとしたら、なぜかな」

「じじさまが、お嫌いなのでしょう」

「鹿苑院様が？」

「いかにも」

「この、わしがか」

「いかにも」

「ばかな」

義政は、唇のはしに笑みを見せた。もとの余裕《ゆとり》ある口調で、

「自然斎。そなたは近江国《おうみのくに》に生まれ、相国寺の僧となり、若いころから禁裏へ出入りして公家《くげ》どもと和歌《うた》の道をもっぱらにしたという」

話をつづけた。

或る時期からは連歌のほうへ宗旨変えして、いよいよ公家に気に入られた。

連歌というのは、多人数による共同制作である。まず誰かが五七五を詠み、つぎの誰かが七七を、そのつぎはまた五七五を……という具合に、順ぐりに披露する。

そのつど二句が、内容的にひびきあう。

その付合《つけあい》の調和感やら衝突感やら、協和性やら意外性やら、そんなものを楽しみつつ決められた句数でおしまいにする。百句なら百韻、三十六句なら歌仙。

こういう競技であるからして、そこにもとめられるのは哲学よりも機知、知恵よりも才気、貫禄《かんろく》よりも俊敏さ。

ひとことで言うなら、

「重みよりも軽み、かな」

そんな世界で頭角をあらわした自然斎という男、さだめし平生の会話のなかでも名せりふを連発するかと思いきや、

「これはまた、なかなかの舌もつれじゃったのう。いや、逆に、いかにも連歌師らしいと申すべきか。わしが鹿苑院様を厭《いと》うておるとは、なるほど軽率の言には相違ない」

「いかにも」

「またか」

義政は鼻を鳴らし、うしろを見た。

二十名の武装兵へ、

「近《ちこ》う寄れ。わが護衛《まもり》をせよ」

ふたりきりの会話はもう切り上げてよろしい。結局のところ、

(何の益なし)

と思いきったのである。

もともと自然斎はこの少し前より京をはなれ、歌道歴遊のため関東を旅していたのだが、その旅先でものした歌論をまとめるべく、

――相国寺にあり。

と聞いて、義政は急いで人をやり、くだものなどを進物として、この参詣《さんけい》への陪従をほとんど依頼したのである。相国寺はようやく合戦のあとの再建がはじまったところだった。

それほどに、義政は、つまりこの連歌師との会話をたのしみにしていた。

兵をわざわざ遠ざけたのも話のまぎれをなくすためだったのだが、その兵が、命を受

け、ばたばたとこちらへ駆けて来る。

自然斎はそれに気づかず、あるいは気づかぬふりをして、

「ほんとうは、あれも」

「え？」

「あれも、焼きたかったのでしょう」

立ちどまり、体の向きを変えた。

道は、いつしか崖《がけ》道になっている。桜の杖の先で、はるか下方をさした。

さした先には、

（う）

義政は兵へ、

「さがれ。さがれ」

戸惑う侍どもへ、

「さがれと申したが、わからぬか。才ある者の会話《かたり》じゃぞ」

二十名ぴたりと停止し、あとじさりした。

義政は、あらためてそれを見おろした。

手前は山の斜面であり、奥は池がひろがっている。

ここへ来た最初にそのほとりを通りぬけた、あの泥くさい池である。

落葉やら松ぼっくりやらが浮いている。その山と池のあいだの小さな砂地の上で、そ

の建物は、まるで傘をひろげるようにして、こちらへ二枚がさねの屋根をひろげていた。

舎利殿である。

一名、

「……金閣」

屋根はどちらも、方形。

檜皮葺《ひわだぶ》きなので、黒っぽい。

その黒っぽさと、二枚の屋根のあいだに少しだけ見える壁面の金箔《ぱく》のきらきらしさの取り合わせだけでも息をのむほど美しいのに、いまはそこへ、右のほうから、夕陽のみぞれが降りそそいでいた。

黄金《おうごん》が、限界まで黄金になる。

まことに、

(浄土)

建物は、三層構造である。

一階にあたる最下層には金箔は貼られておらず、板壁や戸障子がむきだしになっているはずだが、ここからは見えない。

そのかわり、三層目のてっぺん。

つまり建物そのもののてっぺんで黄金の鳳凰《ほうおう》がたくましく翼をひろげているのは明瞭に見おろすことができる。

南のほう、つまり前方へ首をもたげている。

その目つきは悪趣味なほど鋭く、さらに下界の京の街そのものを睨殺《げいさつ》せんとしているかのようだった。

義政は、そこから気をそらすことができぬまま、怒声を発した。

「自然斎。あれを焼きたかったなどと、僻事《ひがごと》を申すな。ほかならぬ鹿苑院様が残した北山殿のかなめと申すべき建物ぞ。現にわしは、細川めに、ほかはともかくこれだけは決して失わせぬよう念入りに念入りに命じたのじゃ。嘘ではない。この舎利殿は、じつのところ、わしが救ったようなものじゃ」

「何をそんなに、お昂《たか》ぶりに」

「何？」

「かえって弁疏《べんそ》めきますが」

「悪推量をすな。ありのままを申しただけ。それにあの黄金のかがやきは、考えてみれば、仏のみちの原理からしても正しく護《まも》るべきであろう」

われながら僧の説法のような口調で、義政はつづけた。もともと宗派に関係なく、仏という至高究竟《くっきょう》の存在は、別名を金人《きんじん》という。

しばしば寺の本堂が、

――金堂。

と呼ばれるのも、金人をまつるが故の名称なので、建物そのものが金色かどうかは二の次であることは、たとえば法隆寺《ほうりゅうじ》のそれひとつ見てもあきらかだろう。あれは土壁に白漆喰《しっくい》がぬられている。

けれどもそこを逆手に取って、あるいはうんと素朴に取って、ほんとうに、

——金造りに、してみたら。

という発想のもとに建てられたのがこの鹿苑寺舎利殿だと、少なくとも義政自身はそう受け取っている。

わかりやすいといえばわかりやすいが、およそ人間の高度な精神というものは、しばしば本卦還《ほんけがえ》りをめざすのである。

ということは、それを焼きたいなどと思うこと自体、

「仏そのものを、焼くにひとしい。そうであろう自然斎」

しかし義政のこんな主張にも、自然斎はあっさりと、

「ますます詭弁《きべん》」

「な、な」

「こんなもの」

と、自然斎は、まるで犬の糞《くそ》でもつつくように崖下の金閣を杖でつついて、

「何が仏のみちですか。そんなに舎利殿が大切ならば、この寺には、これまで何故《なにゆえ》べつに仏殿があったのです。本尊はそこにおさめられていた。まさしく本堂はそちらでしょう」

「う……」

「そちらは、このたび焼けてしまった。その売僧《まいす》じみた論法をとるならば、殿様は、細川殿へこう命じるべきだったはずではありませぬか。『舎利殿はほろびてもよろしい。仏殿のほうこそ死を賭《と》してでも残すべし』と。そうして今日、みちみち、その柱や梁どもが炭となりはてたことを慟哭《どうこく》すべきだった」

「………」

義政は、口をつぐんだ。

つぐまざるを得なかった。自然斎はさらに、ぴしぴしと、

「はっきりと申して、あなたが焼け、こなたが焼亡をまぬかれたのは単なる偶然。要するにそういう風むきだったというだけの話でしょう。それをわざわざ殿様がご自分の手柄にしようとするのは、鹿苑院様への尊敬と見えて、じつは嫌悪の念のあらわれにほかなりませぬ。おきらいだから、上に立ちたい」

「黙れ。おおい！」

来た道のほうを向き、兵どもへ手まねきしてみせた。

自然斎は、にわかに顔色をあらためた。

杖をひっこめ、体の向きを変え、足をふみだした。

このまま行けば、兵たちと正面衝突することになる。その背中へ、

「どうした」

義政が声を放ると、自然斎はすたすたと足をとめず、

「連歌師にものを言うなとは、武士に刀をすてろと言うも同様。是非なし」

「どこに行く」

「白河《しらかわ》へ」

「みちのくか」

「いかにも」

「相国寺には、もどらぬのか」

返事、なし。

その歩みのいきおいに心ひるんだのだろう、兵たちは、左右にわれた。

そのあいだを当然のごとく通りぬけ、薄闇のむこうの空へとけてしまった自然斎の姿。いつのまにか、夕陽はしずんでいたのである。

義政は苦笑いして、

「口賢《くちざか》しいの」

わるい気はしなかった。少なくとも、あの花の御所における政治屋どもと口をきくよりは数段よろしい。

ふたたび舎利殿を見おろして、

「今宵《こよい》は、泊まる」

「どこへ？」

と兵のひとりが不安そうに尋ねるのへ、

「むろん、あそこじゃ」

あごをしゃくった。ゆくゆく銀閣をつくるための参考にしよう、と思っている。

舎利殿は、みずから光を発しない。

照り返しのみなもとである太陽をなくしてしまっては、それは単なる墨色の、つるつるした、ひどく下手くそなうるし塗りの何かでしかなかった。金などはしょせん、

(昼のみにしか、かがやかぬ)

義政はひとり、そのなかへ入った。

夜具はあらかじめ僧どもに運びこませてある。きいきいと軽いきしみを立てつつ階段《きざはし》をのぼり、義政はひとり、三層目つまり最上階へ達した。

三層目は、ほぼ全面積が一部屋である。

或る意味、だだっぴろい板の間にすぎぬ。舎利殿というからには舎利(釈迦の遺骨)が置かれ、それをおさめる須弥壇《しゅみだん》なり何なりが置かれ、種々の仏具が置かれてしかるべきだけれども、戦火を避けるべく、どこかへ疎開しているのだろう。

そういえばこの日、

「夜具の下に、畳を敷け」

と命じたときも、僧どもは、

——ありませぬ。

という返事だった。

だから夜具はいま、じきじきに、板敷きの床《ゆか》へのべられている。見るからに寒々しい感じだが、気づけば歌まで歌っているのは、結局、義政には、孤独が何より心地いいのだ。

四周の壁は、やはり金箔。

上を見れば、天井もまた外壁と同様びっしりと貼りこまれている。南側の壁へ目をうつせば、壁には花頭窓がもうけられていて、その窓が、ほたほたと蝶のはたたきのような音《ね》を立てていた。

障子戸の紙が、上のほうで少しやぶれている。

そのやぶれ目が、屋外《そと》から吹きこむ冷気でひるがえっているのだ。義政はふと思いつき、その窓へ体を寄せて、下を見た。

地上には、兵たちがいる。

義政に見えるのは四、五人ながら、例の二十人、すべてが舎利殿をとりかこんでいるはずだった。

今夜はもちろん、寝ずに番をするのである。

池のほとりに、かがり火が一基。

あかあかと焚《た》かれている。火がふたつに割れて見えるのは、これはもちろん、ひとつは水面への反映《うつり》だった。

そのかがり火の横に立つ者へ、

「火の番」

と呼び声をおろして、

「くれぐれも、気にかけい。かまえて仏舎《いえ》へうつすな」

「承知」

その兵はこちらを見あげ、手をかざした。義政は身ぶるいした。夜気はもう、冬のそれである。

窓から離れ、夜具にもぐりこみ、

「……む」

うめいたきり、熟柿《じゅくし》が落ちるように眠りに落ちた。

†

ほた
ほた
という例の音のにわかに激しくなったことが、
（……む）
義政を、めざめさせた。

上半身を起こし、窓のほうを見る。

夜半なのに、窓ぜんたいが、夕陽の色にそまっている。例の音は、ばたばたと異様な早口に変わっていた。障子戸の紙のやぶれ目が、ほとんど突風にさらされている。その風を頬に感じて、義政は、

(熱い)

恐怖のため、目を見ひらいた。この仏舎はいま、

(火に)

かがり火がばったりと倒れたか。それはない。あれほどきつく言い置いたのだ。ならば西軍の足軽あたりが奇襲に来たか。

それもない。それなら当方の兵がもっと騒いでいる。

ひょっとしたら、

(自然斎が、放火《つけび》したか)

そんなばかなと自分で否定しつつ立ちあがったのと、その足もとへ、水がぽたりと垂れたのが同時だった。

上を見た。

水ではない。

天井からべろんと巨大な舌のようにめくれた金箔のすみから、とけた金が、飴《あめ》のように糸を引きつつ落ちている。

そのしずくが一粒、また一粒。

十粒目くらいで床がとつぜん炎を生んだ。

義政は両手で顔を覆い、目をとじた。あまりにも、まぶしすぎる。炎がみずから発する光が四周に反射し、それが反射をくりかえして、あかるさの極に達したのだ。

「誰《た》そ。誰そ」

目をとじたまま叫んだが、屋外からの返事はない。

階段をおりて脱出しようにも、階段がどこかわからない。檜《ひのき》のような、松やにのような、みょうに高い薫《かお》りに鼻腔《びくう》がこころよさを感じたとき、天井が、こんどはバリバリと悲鳴をあげた。

義政は顔から手を除《の》け、ふたたび上を向く。うっすらと、目をひらく。部屋の中央にあたる部分が十字に裂け、そこから何かが……一羽の鳥が、夜具の上に落ちた。

夜具は、一瞬で蒸発した。

鳥は、二本の脚で立ったまま。横を向き、たくましく翼ひろげつつ凝固している。生きものではない。その炎につつまれた金色《こんじき》の姿、すらりとした首、そうして目つきの悪い風格ある顔。

「鳳凰！」

先ほど、崖道から見おろした。

あの屋根のいただきを占めていた鋳造作品。案外に、

（大きい）

と思ったのはなぜだったろう。義政の胸ほどの高さがあるせいか。

どちらにしろ、この火のまわりの速さでは、自分とともに、あっというまに、

「燃えつきる」

われながら、みょうに淡々としたつぶやきだった。鳳凰はにわかに体の向きを変え、こちらへ顔を正対させた。

その極端に離れた目で、二度、まばたきをした。

くちばしを縦にひらいた。

紅《あか》い口内《くち》から、しゃがれ声が、

「残念じゃったな」

左右の翼を、ゆっくりとたたんだ。

周囲が、にわかに暗くなった。

あかるさに慣れた義政の目は、これで世界をうしなってしまう。常寂光土《じょうじゃっこうど》が、黄泉国《よみのくに》へと変じたようなものだった。鳳凰の声はなお、

「残念じゃったな、三春《みはる》。わしは燃えつきてなどおらぬ。この姿のまま、永遠《とわ》に生きる」

義政は、ぞっとした。

おのれの頬をつねったが、

（痛い）

夢ではない。だいいち夢ならこの頬はこんなに熱いはずがなく、視界はこんなに明晰《めいせき》ではない。義政はおのずから口がひらいて、

「じじさま」

相手の声は、まちがいなく、祖父・義満のそれだったのである。

現にいま、この鳥は、自分を三春と幼名で呼んだ……いや、

(おかしい)

義政は、思考をひるがえした。この祖父は、義政が生まれる三十年も前に病死している。

孫は祖父の声を知らないし、祖父は孫の幼名など知るよしもないのだ。それでも義政は、確信的な口調で、

「じじさまですね?」

鳥、答えぬ。

そのかわり、顔が変じた。体は鳥のまま、まるで粘土をくずして練りなおしたように顔だけ祖父そっくりになって、

「おぬし、わしが嫌いじゃそうな」

「な、な、何を」

「銀を建てるも、そのためか」

これに対する義政の返事は、あとで考えても、われながら間の抜けたこと甚だしかっ

た。

「と、とみが」

「何じゃと？」

「とみが、よろしゅうと」

「かかが恐いか」

祖父は片方の翼をかざし、坊主頭をさらりと一なでして、

「ま、それはよい。辞儀相承った。気になるのは、なぜ東か」

「え？」

「なぜおぬしが東山の地を理想の地とさだめたか、このことよ。ほかにも京のまわりには、船岡山《ふなおかやま》とか、嵯峨《さが》とか、貴船《きぶね》とか、いろいろ適地があるはずじゃが。なぜじゃ」

義政は、文化論に飢えている。つい本気で、

「じじさまの向こうを張る。ここは北山にあらず。西山だから」

「ほう、西山」

鳥がくちばしを、いや唇をすぼめたのへ、義政はうなずいてみせ、

「なぜならこの北山の地は、実際は、京の北というより北西方《がた》です。約七百年前、はじめて平安京のひらかれたころには確かに真北にありましたが。山が西へずれたのではなく、街が東へひろがったからです」

「ふむ」

「何しろいまは、鴨川をこえてまで人が住み、寺がかまえられるようになった。とすれば、それがしが拠《よ》るべきは、その北西に対して北東方《がた》。船岡山でもなく、嵯峨でもなく、貴船でもなく、ちょうど東山如意ヶ嶽のあたりであれば、絵図の上では北山殿と東山殿はさながら人間の双眸《そうぼう》のごとく京の街をにらみおろすことができる」

「双眸のごとく?」

「いかにも」

「いや、敵対じゃ」

鳥はそう断言して、かちゃかちゃと足をふみならしながら、

「そのためおぬしは弟を犠牲《にえ》にした。ふたたび浄土寺に返すことをせず、飼いごろしにしたことで」

——お見とおしだぞ。

とでも言わんばかりに片頬をゆがめた。

考えてみれば、あの哀れな義視もまた鳥にとっては孫である。このたび義視が花の御所を脱したのも、鳥にはだから、孫が孫を追い出したように見えるのかもしれぬ。

年月の、はるか高みからの一視同仁。

(冗談ではない)

義政はただ首をふり、

「何なりと、受け取られよ」

「それだけか」

「わしを敵としたい要素《たね》は、ほかにもあるのであろう」

「え？」

「ございます」

「申せ」

「これ」

義政は右手を下方へかざし、自分のまわりに円を描いた。

目は、つとに暗さに慣れている。

鳥のたたんだ翼から匂い粉のように放たれる燐光《りんこう》が、天井に反射して、板張りの床をほのぼのと浮かび上がらせている。いつのまにか天井も、もとどおり、金箔でぴったり覆われていた。

鳥は、ことさらにまばたきをして、

「床が、どうした」

「板張りです」

「知れたこと」

「なぜ畳敷きにしないのです」

義政は、語を継いだ。もちろん夜具を直接のべられたことへの不満ではない。過去への疑念である。じじさまはこの部屋に、部屋いっぱいに、なぜ畳を敷きつめなかったか。

「仏殿だからじゃ」

鳥が即答するや、義政もまた、

「なるほど、建物自体が舎利殿でしたな。二階も、一階もやはり板張りなのは、仏堂の伝統というわけですな。しかし私は、かつて善阿弥から聞いたことがある」

「善阿弥？」

「庭づくりの……」

「ああ、あの子か」

慈愛の笑みをもらしたのは、あるいは何か、好ましい思い出でもあるのだろうか。義政はつづけて、

「いまは老体となり、おそらく八十をこえていましょうが、体はすこやか、頭もはっきりしています。あれの記憶《おぼえ》では、この舎利殿のとなりには、もうひとつ二階建ての建物があったそうですな。そうしてそれは一階、二階とも……」

「天鏡閣《てんきょうかく》のことじゃな」

「はい」

「しかり。部屋中、畳敷きじゃった」

「ならば、なぜ……」

「しょせん会所じゃ。実用《ようたし》にすぎぬ」

鳥は、人間そのものの舌打ちをした。

その舌打ちの意味が、義政には、

(だろうな)

頭では、よくわかるのである。

会所というのは、文字どおり、

——人と会うのに用いられる部屋、もしくは建物。

の意で、つまり社交場である。

この祖父は存命だったころ、その天鏡閣という名の社交場へしばしば有力な武家や公家、ときには天皇をまねいて非政治的ないろいろの催しをした。

——文化的。

と呼ぶことも可能だろう。

連歌やら、猿楽やら、あるいは茶の味ききを競う闘茶やら……そういう会の終わったあとは、むろんのこと、女をはべらせての酒宴となる。

正式な接見ではなく、略式の一席。

晴れというより、褻《け》にちかい。そんな場こそが会所なのだ。部屋へ畳を敷きつめるのも、だから、

「ただの、便利じゃ」

と、鳥は弁明した。

いったん敷きつめてしまえばもう置き場所を変えたり、かたづけたりの労力が不要。

それだけの話にすぎぬと言いたいらしい。鳥はなお、

「たとえば、夜具」

もしも誰かを二晩も三晩も泊めるとしたら、夜具はそのつど引っ込めるだろう。夜になるたび敷きなおすだろう。一日中ひろげっぱなしにするような無精なあるじはいるはずもなく、畳も夜具もおなじである。

敷きっぱなしは、略式なのだ。

板張りの上で出したり退《の》けたり、接見のつど場所を変えたり。それこそが手間ひまかけた正式のもてなしにほかならないのだ。

だから仏殿も、むろん板張り。

荘厳毅然《きぜん》たるべき宗教施設に、略式などはあり得ぬだろう。そういうわけで、ここ北山殿においては舎利殿こそが正式であり、晴れであり、公《おおやけ》であり、常道常礼の場である。

そのとなりの会所など、いくら天鏡閣などというもっともらしい名をつけたところで、しょせんは略式の、褻の、私《わたくし》の、奇道非礼の場にすぎぬ。戦火で灰燼《かいじん》に帰したところで、

「また建てればよい。実用とはそういうことじゃ。毛ほども惜しうない」

鳥はそう言い放ち、興奮のせいか、鳩のように胸をふくらました。

義政はその胸へ向かって、

「そこが、旧《ふる》い」

「何とな。ふるいと申したか」

「いかにも申したり。これからは、畳の時代です」

「ばかめ」

「それがしには確信があります。主従は逆転する。将来のこの国はむしろ畳の敷きつめのほうが当たり前になるのです。板張りの間などは蹠《あしうら》にかたい、愛想のない、もてなしの心のない場と見られましょう」

「畳めが、しかく大事なものか」

「大事です」

義政は、夢中で力説した。

元来、王朝以前のころ。

つまり奈良のみやこで『古事記《こじき》』や『日本書紀《にほんしょき》』が編まれたころ、畳はおそらく、紙のようなうすべりだった。

部屋はもちろん、すべて板張り。貴人がそこへ座るとき何枚もたたんで、つまり重ねて敷くから畳と呼ばれたのだろうが、必要がなければそれこそ夜具のように小さく折って、つまりたたんで、収納することも可能だった。

出し入れ自由、移動もかんたん。が、その後、鎌倉時代からだろうか。うすべりの下には稲わらなどを編みかためた厚い床《とこ》がつき、強度が上がった。

と同時に、緩衝性が高まった。

寝ごこち、すわりごこちがよくなったばかりでなく、規格化がよりいっそう厳格にできるようになり、長方形の、ことに左右の長辺《ながて》には、繧繝縁《うんげんべり》、大紋高麗縁《おおもんこうらい》、紫縁などの畳縁が縫いこまれ、見た目も華やかになった。

要するに、畳という道具は、ここで義政や義満のこんにち見るようなものになったのである。

がしかし、道具は進化しても、人間のほうの習慣はなかなか変わることがない。もはや小さく折ることは不可能なのに、その使われかたは板敷きの床《ゆか》へいちいち出したり、退けたりと、やっぱり『古事記』や『日本書紀』の時代そのまま。

伝統といえば聞こえはいいが、ひっきょう、
鳥はなおも、翼をふるえさせて、

「因襲にすぎませぬ」

「因襲、か」

「そうでしょう、じじさま。もはや現今のありさまでは、畳というのは、持ちはこぶのも、しまうのも面倒この上ないのです。ならばもう、持ちはこぶ必要はないではありませんか」

「…………」

「しまう必要はないではありませんか。敷きっぱなしにすればいい。しかもそのほうが住みやすいとなれば、もはや迷うことはない」

「身の楽じゃ」

「み、の、ら、く？」

義政は、鸚鵡《おうむ》返しに返した。鳥はうなずき、

「ああ、そうじゃ。安逸をむさぼるということじゃ。そんな懈慢《けまん》の内装《しつらい》など、あくまでも従にとどめるべきであろう。主はやはり板張りであるべし」

「板張りは強《こわ》いし、きしむし、床下の土臭がただよいます」

「ならわしとは、そういうものじゃ。僧侶《そうりょ》とか、公家とか、さむらいとか、人の上に立つ者はみなその強さ、きしみ、床下の土臭に耐えてきたのじゃ」

「それは」

それは、

——悪しき精神論です。

という意味のことを、義政は言った。

がまんを美徳とする思想は、世のすすみを滞らせ、人心をどろりと曇らせる。人の上に立つ者こそ、ふりかざすべきものではない。

鳥は、

「ふん」

と鼻で笑うような声を立てて、

「何が『世のすすみを』じゃ。義政よ、自分の糞は臭くないと言わんばかりじゃのう」

「どういうことです」

「わしのことは言えぬと言うのじゃ。そなたは将軍になりたてのころ、室町の自邸《やかた》（花の御所）に、会所を二棟《ふたむね》こしらえたな」

「はい」

「どちらも畳を敷きつめた部屋を設けたこと、さながらこの北山殿の天鏡閣のようじゃったが、あれは二棟とも奥むきの、つまり寝殿の北の庭につくられた。これが何を意味するかな」

「そ、それは」

義政は、ことばにつまった。鳥はにやりと耳まで唇を裂けさせて、

「北ということは、南の反対ということじゃ。南の庭は大池が掘られ、釣殿や対屋をそなえるかなめの庭、ということは北は裏庭。あきらかに、主に対する従のあつかい」

「おっしゃるとおりです」

義政は、その場にどさりと尻《しり》を落とした。床板がつめたく、あじきない。わずかに顔をしかめつつ、

「あの会所は、二棟とも、はっきりと付属物《つけたりもの》でした。代々の将軍が同様に会所をこしらえた、その伝統をくつがえす自信がなかったのです。歴史に屈したとも言えましょう。いまはちがう」

「さっきも聞いたわ。主従の逆転。会所を寝殿の南へ……」

「というより」

義政は、また立ちあがって、

「一から普請し得るなら、もはや寝殿はいらぬでしょう。会所のみ、あればよし」

「……それは」

鳥は一瞬、ためらったのち、批判的な口調で、

「それは、東山殿の話じゃな」

「いかにも」

「主従の逆転どころではない、主はいらぬ。従のみでよろしいと」

「あるいは」

義政はトンと右足をふみならし、さながら猿楽師のごとき語りぶりで、

「金なくして、銀のみで」

気がつけば、何度も床を鳴らしている。親指のつけねの皮がやぶれ、血でぬるぬると床がすべるまで。われながらよほど、

（たかぶっている）

が、その興奮は、熱いというより、なかば清涼の気を帯びている。

政事、軍事のこれほど幅をきかせる時代にあって、これほど思うさま文事文物を論じるのは、それ自体が至上の愉悦。

（かたじけのうござります。じじさま）

そう声をかけたかったが、鳥は、悲しそうに首を垂れて、

「なぜだ」

「何と？」

「なぜわしを目のかたきにする。会《お》うたこともあらぬに」

「じじさまを、ではありません。この北山殿をです」

「ちがうな」

鳥が、小さな頭をもたげた。義政は足をとめ、

「……え？」

「ちがうと申した。おぬしは勿体《もったい》をつけている。ほんとうは、わしにうらみがある。建物や建具はかかわりのない、人の人へのうらみがな。理づめではなく情尽《じょうず》くの、胸を灼くような、とても誰かに言うことができぬ……」

「ない！」

義政は、声を荒らげた。

直後に自分が息をのむほど、それほど激しい怒声だった。

あると白状したも同然だった。鳥はふたたび鳥の目になった。人間にはあり得ないほど左右に離れ、唇も、もう金色のくちばしに戻っている。

ただ、そこから出る声は、声だけは、

「どうした。三春」

祖父のままだった。義政は、

「……………」

「言え」

「……………」

「言え。さあ」

もはや清涼の気どころではない。鳥はにわかに体臭をはなちはじめたが、それは甘すぎる、果実のくさるような臭いである。義政は体を折り、片ひざをついて、

「うえっ」
二、三度えずいてから、
「父を」

どろりと、透明なことばを嘔吐《おうと》した。

「じじさまは、わが父を生んだ」

「義教を？」

「しかり。それは最大の罪にほかなりませぬ。それがしへの。この現世《うつしよ》への」

あたりは、ふたたび炎であふれている。

鳥は、

「よう言うた」

誇り声をあげ、ふぉっ、ふぉっという鴉《からす》のような羽音を立てはじめた。

義政は肌衣《はだぎぬ》の袖《そで》で口をぬぐい、鳥を見た。鳥はおどろくほど左右へながながと翼をひ

ろげ、脚が宙に浮いた。天井に、

(ぶつかる)

義政がはっとしたのと、鳥が天井にすいこまれ、姿を消したのが同時だった。消した刹那《せつな》。

部屋が、真の闇になった。

闇のなか、声だけが、天井のはるか上のほうから、

「三春よ、おぬしの東山殿とやら、心ゆくまで造りやれ。わしが空から見とどけてやる。おぬしもいずれ知るであろうが、建築物《いえやしき》のよしあしは、おなじ地で見てはわからぬ。鳥の目でながめるに如《し》くはないぞ」

義政は、夜具に入った。

戸外から、番兵のあくびの音がきこえる。目をとじて規則正しく息をしてみたけれども、結局、朝までふたたび眠れなかった。

第三章　着　工

十四年後。

義政は、空《は》を見ている。

空には一刷け、二刷け、細筆でノの字を書くくらいの白雲が浮かぶのみ。青空の円蓋《えんがい》そのものである。

その薄雲の下を、翼の大きな鳥が一羽、ゆっくりと輪を描くように飛んでいる。

（じじさまか）

ふと、肩がこわばった。

あの北山殿での勿怪《もっけ》の経験は、いまにいたるまで、それほど鮮烈な記憶である。夢でないことは断言できるし、たしかな現実《うつつ》であることはまちがいない。

が、そいつは、
ひょろ
ひょろろ
と神楽《かぐら》笛のやぶれたような声をふらせるあたり、やはりと言うべきか、

「……ただの、鳶《とび》か」

義政は、まなざしを地上へもどした。

例の、如意ヶ嶽。

中腹である。かなたに京の街を見おろして、その手前に、中腹にしては大きな土地がひろがっている。

もと浄土寺の寺領である。浄土寺はもう義政の命により洛中《らくちゅう》への移転が終わっていて、ここには何ものこっていない。

建物の残骸《ざんがい》はすべて焼失し、その後、よからぬ連中が来たのだろう。庭の木も伐《き》られ、根まで掘りつくされている。

日中もまだ肌寒く、つい何日か前にはじめて鶯《うぐいす》の声を聞いたばかりというのに、人足たちは股《また》ぐらに下帯をひとすじ巻いただけの裸の姿で、

——おう。

——おう。

などと、声をかけあいつつ、胴突きで土をつきかためていた。

ところどころに水たまりよろしく穴が穿《うが》たれ、すきとおった水が入っている。手近な人足に聞いたところ、

「水平《あれ》を見つつ、土を均《なら》すぞ」

「なるほど」

現場の知恵には、いつも感心させられる。東山殿はようやく普請がはじまったのである。

もっとも、現時点では、それだけである。工事はただの造成工事であり、その終了後にこしらえるべき建物、掘るべき池、置くべき石、植えるべき草樹などに関しては、いまだ準備をしていない。

人足たちには、丸太、麻縄、礎石などを、

——ひとまず、はこび上げておけ。

と善阿弥を通じて命じてはあるものの、実際は、設計《なわばり》すらも決めていないのだ。

義政は、ふたたび首を上に向けた。

ひょろろろ
とあいかわらず長鳴きしつつ、見えぬ円周をたどりつづける鳶をみとめて、

（かりに、あれが）

苦笑いせずにはいられない。

（かりにあれがじじさまとしても、見せるものは何もないなあ）

義政はあれから、何度か北山殿をおとずれている。

そのつど、

（おるか。おらぬか）

子供が蛇の巣を見に行くような恐怖と興味でもって舎利殿を見たけれども、舎利殿の

屋根は、そのつど小さな鳥をいただいて檜皮葺《ひわだぶ》きの裳裾《もすそ》をひろげるばかり。鳳凰《ほうおう》はもう、ぴくりともしなかった。

あの日とおなじように舎利殿に入り、三階で夜具にもぐっても、おなじ驚異は起こらなかった。

あの鳳凰でさえそうならば、ましてや青空の下、腐れ肉のひとつもさがして去りもせぬ、どこにでもある鳶一羽がとつぜん祖父と化すことなど、万が一にもないだろう。

「去れ」

義政が小声で命じると、鳶は、ほんとうに街のほうへ行ってしまった。

それをぼんやりと見おくってから、義政は、

「ゼンナ」

「はっ」

背後から、応答あり。

鴨川の鮎《あゆ》の跳ねるような、こちらへ水しぶきまで飛んできそうな若々しい声がした。が、声のぬしは来ない。誰かと工事に関する話し合いでもしているのだろう。

太陽は、左の空にある。

その下あたりから、しゅっ、しゅっという小気味いい音が立ちはじめた。

見ると、三本の棒を組んで三脚状にした架台が三つあり、その架台の上に、ふとぶとと、一本の丸太がわたしてある。

長さ、五間ほど。

木曾《きそ》から特に運ばせた、ここまで芳香がとどくような檜《ひのき》のこの良木を、さあどこに使うべきか。

(観音殿に)

とは、きめている。

観音殿は、北山殿での舎利殿にあたる。

ということは、金閣にあたる建物ということ。こちらにおけるもっとも重要な建物となることはいうまでもないが、その外観や内装までは考えていない。

(どうすべきか)

迷いが、去らなかったのである。これが人生最後の普請と思うと、正直、なかなか腹がすわらないのだ。

丸太のかたわらには、やはり下帯ひとつの裸の男。

檜鉋《やりがんな》を、両手でにぎりしめている。檜鉋とは槍のように長い柄のついた木工具で、ただし槍の穂先にあたる部分がひらべったい。

男はしっかりと腰を落とし、まるで船頭が櫓《ろ》を漕《こ》ぐように巧みに柄を動かして、穂先でしゅっ、しゅっと皮をけずっているのだった。

削りくずが、宙に舞う。

さながら黒い羽毛のごとくである。義政は、

「どれどれ」

大げさにつぶやくと、

(見たい)

そちらへ、足をふみだした。

われながら、あゆみが遅い。背後で、さっ、さっと草履の土をふむ音がするのは、善阿弥がついて来ているのだろう。義政は前を見ながら、

「長かったのう、ゼンナ」

「はっ」

「あれから十四年、いや、そもそもの乱のはじまりから数えるなら、十五年か。これほど年月がかかるとはなあ、ゼンナ」

「はっ」

善阿弥の返事は、どこまでも生き生きしている。

†

応仁の乱は、洛中では、あれから膠着《こうちゃく》しっぱなしだった。

東軍は花の御所をおさえ、西軍は山名邸ほかに拠《よ》り、たがいに無粋な井楼など立てつつも手は出さぬ状態が継続した。西軍に奔《はし》った弟の義視もふたたび帰ることをせず、西

軍は、

――西府。

と、みずから称しつづけたのである。

郊外ではなお小規模な戦闘がみられたものの、これらは結局、個別の家督あらそいの域を出ず、洛中をゆるがすには至らなかった。

そうこうするうち細川勝元も、山名持豊も、死んでしまった。ずいぶん年の差があるのに、じつは無二の親友だったかのごとく二、三か月のうちに相次いで病死した。

のこされた者は、厭戦《えんせん》気分あふれんばかり。

――もう、よいわ。

とばかり、西軍側の大内政弘、土岐成頼《ときしげより》といったような大物がそれぞれ自領へひきあげて、ようやく応仁の乱は、

――終わった。

ということになったのが五年前。

翌年には義政は義視と正式に和睦《わぼく》し、表面上、兄弟仲が回復した。室町幕府の東西分裂は、このようにして、かろうじて回避されたのである。

とはいえ、それを除いては、義政はこの間、ほとんど政治家らしいことをしなかった。できなかった、という事情ももちろんある。将軍の仕事はもはや妻の富子や、富子の兄

の日野勝光、それに東軍の総帥《そうすい》・細川勝元といったあたりに完全ににぎられて奪い返すことができなかった上、幕府の権威そのものが日一日と凋落《ちょうらく》した。

全国各地の大名どもは、もはや中央からの命令など聞く耳もたなかったのである。

逆に言うなら、大名どもは、自分の土地をまもるので精いっぱいだった。

家督あらそいや家臣の離反、農民一揆《いっき》などへ対峙《たいじ》せねばならず、領主はしばしば入れかわった。いわゆる下剋上《げこくじょう》である。ここにおいて日本は、後世の時代区分の名を借りるなら、室町時代が終わり、戦国時代に入りつつあったのである。

がしかし、この場合はそれ以上に、義政自身が、或《あ》る時期から、

——何もしない。

という選択肢を、すすんで選んだ。

無行動こそ、

(最大の行動)

義政はそんなふうに自分を鼓舞していたのである。いたずらに乱の火を消そうとして、かえって大きくなるのをふせぐ。自然に消える日の来るのを待つ。東山殿という本願のため、

(機《とき》を、待つ)

そのことに徹した。終戦後ただちに着工したいのは山々だったが、結局、五年もかかってしまったのは、いくつかの理由があった。

京の近郊で土一揆が頻発したこと。全国各地の大名どもが幕府の、

——段銭《たんせん》（税金）を、おさめよ。

という命に応じなかったこと。

何より、花の御所が、

（焼けたこと）

義政はそう思い返しつつ、なおも、ゆったりとした足どりで例のしゅっしゅっと檜の良木の皮をけずる大工のほうへ歩み寄る。

焼けたのは、そう、終戦の前の年だった。

じつを言うとこの時点で、義政はもう、将軍職をしりぞいている。

むろん、義政から出た話ではない。妻の富子が来て、にこにこと、

「旦那《だんな》様、旦那様。これまでご苦労様でした」

「何の話じゃ」

「将軍の座、この子におゆずりなさいませ」

この子は、富子の横にいた。

背はまだ義政のへそほどだった。うるんだように見える目をいっぱいに見ひらき、肩で息をして、義政を見あげていた。

義政は富子へ、

「わしが、この子に？」

「ええ」

「なぜじゃ」

「全国に範を示すためです」

富子はあらかじめ用意していたのだろう、すらすらと述べた。

「わが足利家が率先して家督を長子へとわたし、跡目あらそいの根を断ってみせる。さすれば各地の領主はこれに倣い、天下にふたたび泰平が……」

「よい理由だ」

「え？」

「よい理由だと申したのだ、おもてがけの札としては。本心はいかがじゃ？」

富子はにこにこ顔のまま、

「義視殿」

「ほう」

「弟君の義視殿。あれだけは足利の長《おさ》にしたくない。いまは敵方にのがれこんで西府などと称しておりますが、いくさが終われば、いつまた当方へのこのこ帰参して次期将軍の座をうかがわぬともかぎりませぬ。そうならぬうち、いまのうち、旦那様、ここは聞きわけよう……」

「ゆずる」

義政は、あっさりと首肯した。

にぎりめし一個くれてやるという程度の、われながら軽すぎる返事だった。どのみち将軍の位など、自分には何の役にも立たぬどころか、むしろ重すぎる衣である。さっさと脱いでしまうほうが行動の自由を確保しやすい。世間ももはや無責任とは言わないだろう。義政はほどなく将軍をやめた。

在職、二十四年。

かわりに九歳の第九代将軍・足利義尚《よしひさ》が世にあらわれたわけだが、そんなわけで、義政は、花の御所が焼けた日にはそこにいなかった。

慣例により、そこを引き払い、別のところに住みはじめたからである。別のところは、小川《こかわ》殿と呼ばれていた。

小川殿は、花の御所の北西方《がた》。距離も、さほど遠くない。もともとは細川勝元の邸宅だった上、地理的に、西軍陣地にちかいため、防衛機能がじゅうぶんだった。その小川殿で、或る夜、酒を飲んでいると、

「旦那様。旦那様」

あえぎつつ富子がかけこんで来たというのである。

酒をよして座敷へ出ると、富子は、義尚といっしょだった。

どころか、当今（後土御門天皇）までも引き連れている。義政はあわてて上座をゆずり、富子、義尚とならんで下座についたが、富子はあくまで義政に、

「敵方の兵が、火を。わが邸（花の御所）に火を」

（どうかな）

と義政はあごに手をあてつつ考えたものだった。この時点では両軍ともに休戦状態である。兵火をじかに交わしたとは想定しづらいから、失火か、あるいは何かの類焼ではないか。

口をひらいて、

「三種の神器は？」

これには当今が、

「無事じゃ。朕らとは別に、ここに運びこませた」

「それは重畳至極でした。義尚」

「はい」

「そなたは、大事なかったか」

義政がたずねると、この児童《わらべ》将軍は身をそらして、

「大事ない」

返事っぷりは大偉人である。その顔を、義政はそっと当今のそれと見くらべてみた。

現将軍、現天皇。

ともに目じりがやや垂れている。垂れつつ茄子《なすび》の尻《しり》のように丸くふくらんでいるあたり、似ているというより瓜《うり》二つ。

義政自身は、どちらかというと吊《つ》り目なのである。これが何を意味するか。

義政は富子へ目をやりつつ、

（うつわの、大きさよ）

思わず、ふっと笑みが出た。とたんに富子が、

「何ですか！」

怒声を発した。

腰を浮かし、おのが子の頭ごしに、

「何ですかその顔は。われらの危うく焼け出されたのが、そのように楽しいか！」

「いや、ちがう」

義政はそっとため息をつき、首をふりながら、

「わしがいま微笑《みしょう》したのは、あくまでも三種の神器と将軍の身にいささかの別状《きず》もなかりし故に。それ以上のものは、ありはせぬよ」

「あります」

「何となあ」

「ありありとあります、そのお口ぶりには。何がそんなに愉快なのです」

「寝殿造が」

と、義政は、あやうく口をすべらせそうだった。

富子はやはり、鈍感な女ではないのである。義政は本心では、

（寝殿造が、ひとつ消えた）

そのことにほとんど動物的な、ぬるりとした快感をおぼえたのだが、その快感はまた、余人には決して、

（理解されぬ）

そのこともまた、理解していた。ともあれ花の御所はこのようにして焼失し、焼失したまま終戦をむかえたため、義政は、終戦後すぐさま東山殿の造営に着手しようとしても、世間の目が、

――花の御所を。

と、そちらのほうを先にもとめるのは如何《いかん》ともしがたかった。うっかりと心のおもむくまま東山殿を優先したら、

――要《い》らぬ普請を。

とか、

――年端もゆかぬ自分の子が将軍にもかかわらず、手をさしのべぬとは。

などと悪評を立てられること必定である。

義政は、まがりなりにも後見人なのである。結局、かぎりある段銭や資材をそちらへふりむけざるを得なかったため、東山殿のほうの着工は、無慮五年も延滞したというわけだった。世間は、どこまでも追いかけてくる。誤算だった。

義政はもう、四十七になってしまった。

体の調子はべつだん悪くないけれども、年相応というべきだろう。近ごろは石段を十段のぼるくらいで胸が爆《は》ぜそうになる。酒も、あまり飲めなくなった。のこりの人生はどれくらいだろう。歩きながら、義政は、

「長かったのう、ゼンナ」

と、またしても言ってしまっている。

善阿弥は、まだ背後にいる。

「はっ」

という律儀な返事がきこえたとき、義政はようやく、檜の丸太の皮をけずる大工のところに達して、

「精が出るな」

声をかけた。

†

大工は、義政に気づかない。

こちらから見ると丸太のむこうで体を動かし、槍鉋をすべらせ、しゅっしゅっと木膚《こはだ》を宙に舞わせるのみ。

木の香が、すさまじい。

ほとんど生ぐさいほどである。義政が鼻をすんすん鳴らして、

「おお」

嘆声をあげたので、大工はようやく槍鉋の手をとめ、腰をのばして、

「これは公方《くぼう》様。おいでとは知らず、失礼を」

「よいよい。つづけよ。それに……」

「は？」

「それにわしは、もう将軍ではない。公方様などと呼ぶな。ただの殿様でよい。呼んでみろ」

義政の声は、慈愛にみちている。

手に職を持つ者が、われながら大好きなのである。自分は持たぬし、また持つべき生まれでもないが、持つ者を、

――どこで、どう使う。

と算段を立てる器量は、

（ある）

プレイヤーではなく、プロデューサーの才能である。

大工は、もじもじしている。

槍鉋をいつのまにか体の横でだらりと下向きにして、

「あ、あの」

それはそうだろう。いくらその座をしりぞいたとはいえ仮にも前将軍であり、なおかつ今回の普請の施主でもある人を気安く「殿様」と呼ぶなど、じかに顔に手をふれるにもひとしい失礼きわまる行為なのである。

結局、義政のほうから、

「まあ、よい」

大工はほっとした顔になり、

「わかった」

「おぬしの名は？」

「三吉《さんきち》」

「おぼえたぞ、三吉。さだめし腕が立つのであろう」

「して殿様」

「おお。うれしいぞ。何じゃ」

「この木は、よほどの良木じゃ。どこに使う？」

「観音殿」

「それは聞いたわい。観音殿のどこに使うかと尋ねておる。心柱《しん》か、ほかの柱か」

言いようが荒々しいのは、元来、庶民には敬語を使う習慣がないからだろう。義政は声をはずませて、

「さて、どうしようか」

「決めとらんか」

「いま決める。ゼンナ」

「はっ」

善阿弥が、すべるように横へ来たのへ、

「ほかの建物はともかく、観音殿は、この東山全体のかなめじゃからのう。やはり伝統ある寝殿造をえらぶのが分別じゃと思うが、ゼンナ、おぬしどう思う」

「おこころのままに」

「わしが意のままにすれば、美よりも、用のほうを取ることになるが」

と、義政は、やや抽象的な言いかたをした。「美」とはここでは視覚的な形容のよろしさではなく、一時代前の、

——形骸《けいがい》化した、実用。

というほどの意味なのだろう。

どちらかと言うと、悪口にちかい。義政はつづけて、

「もっとも、そんなことをしたら、じじさまの霊はさだめしお怒りになるだろうがの。わしには少々ためらいがある。おぬしは、ゼンナ、じじさまを知らぬ世代じゃから」

「存じませぬ」

言いきったのも、道理である。

善阿弥は、若い男だった。

まだ三十にもならぬであろう。顔にしみはなく、ひとみは白く澄んでいて、体がほっそりと良質の筋肉に覆われているのが麻の小袖の上からもわかる。

これまで長いこと義政の話し相手だった老善阿弥が、一月前、とつぜん岩倉村の義政の別邸に来て、

「それがしが孫、又四郎《またしろう》に候《そろ》」

と、義政の前に出した男だった。

老善阿弥は、初代善阿弥というべきかもしれぬが、その三日後に世を去ったのである。

雪のふる夜だった。鴨川ちかくの枯草葺きの小屋で少し咳《せき》をして、

「そろそろ、寝《まろ》ぶか」

とこの孫に言い置いて、頭から古むしろをかぶったかと思うと翌朝には骸《むくろ》になっていたという。まるで死期をあらかじめ知っていたかのように無駄のない、整然とした死だった。

享年はわからない。とにかく葬式をやり、鳥辺野《とりべの》で茶毘《だび》に付し、すべての始末を終えたのちに小川殿へこんどは一人であらわれて、

「又四郎あらため、善阿弥に候」

と義政へ自己紹介したのだから、この若者は、いちおうのところ、

――二代目。

ということになるのだろう。

むろん先代がそもそも初代だったらの話だが。義政が風の便りに聞いたところでは、先代の生前にはもう、

——次代、善阿弥。

を名乗る者があったそうで、つまりおなじ世にふたりの善阿弥がいたことになるが、これを入れれば又四郎は三代目。

何にしろ、ややこしい。実際はほんとうに子孫《こまご》の関係かどうかもわからないわけで、事態はさらに煩雑なわけだが、どちらにしても義政の興味は、

（できるか、否か）

この一点につきる。

老善阿弥ならば本業の作庭はもちろんのこと、ひろく普請一般に関しても教えを乞《こ》うに値したが、さて、この若者は、

（どうかな）

話してみると、なるほど老善阿弥としたしく生活をともにしただけあって、作庭の知識は豊富である。洛中洛外および諸国における珍石のありか、銘木の名前、良材を産する山の情報……さしあたりはまあ、

（現善阿弥と、遇そうか）

義政は、そう決めた。もっとも、これは年齢のせいだろうか、あるいは生まれつきの

性格なのか。口ぐせが、

——おこころのままに。

であることからもわかるとおり、この若者は、先代ほどには我意がつよくない。ひょっとしたらこの東山殿は、

（わしひとりで、差配せねば）

とにかく義政は、現善阿弥へ語りかける。

「おこころのままに、か」

「はい」

「それならやはり、観音殿に寝殿造《しんでん》はあり得ぬのう。おさないころから最近まで、わしは人生のかなりの部分をあの花の御所ですごした、ということは寝殿造ですごしたわけじゃが、どういうわけかな、あの板敷きの床というものは虫酸がはしる。足でふむたび、ぎい、ぎい、と、しじゅうから、しじゅうからを絞め殺したような……」

「しじゅうから、ですか」

「鳥肌が立つ」

口に出してから、

（へたな地口だ）

苦笑いしつつ語を継いで、

「まあ床のことを除いても、内部《なか》そのものが広すぎる、暗すぎる。昼でも人の顔が見え

ぬ。富子や義尚があそこを焼け出され、わしのいる小川殿へのがれこんで来たときも、何やらこう、天を突くような快感《たかぶり》があったなあ。寝殿造が、この世からひとつ消えたと」

「殿様……」

「おお、申せ」

「花の御所には、殿様は、会所をおつくりになったと聞きましたが。すっかり畳を敷きつめた」

「よう問うた」

義政はトンと善阿弥の二の腕をたたいてやり、

「本音を申すなら、そちらで四六時中すごしたかったわ」

「殿様の意にかなうから？」

「自然の理にかなうからじゃ。けれどもわしは、将軍だった。かたちばかりの将軍だったが、いや、むしろそれ故に、つねに寝殿の人であらねばならなかった。会所における義政は、おおやけには、どこまでも偽の義政だったのじゃ」

と、ここまでは、鹿苑寺での鳥との議論の域を出ない。ここからが善阿弥という人物のほんとうの、

(見どころ)

期待したが、善阿弥は、

「して、この良木は」

目の前の具象に話をもどしてしまった。義政はかすかにため息をついて、

「観音殿」

「したり！」

と大工はひざを打ってよろこんだが、義政はつづけて、

「とは限らぬ」

「え？」

「もしもそれを寝殿のつくりにするならば、木材《ざい》は総檜とはっきり規則《さだめ》がある。わしもそれに従うだろう。さりとて会所のつくりなら、檜にこだわる理由はない。栗も、桜も、松も、竹すらも用いて障りはないであろう。木肌はそれぞれ、見た目の変化が肝要じゃ」

「だが」

と大工は腕をひろげ、五間の檜のはしからはしまでを示しつつ、

「これだけの長さの、木目も直《す》ぐな……」

「余らば切れ。それだけの話じゃ」

われながら、これは少々乱暴である。もとより本気ではないが、

「どうじゃ、ゼンナ」

と水を向けると、善阿弥はやっぱり、

「おこころのままに」

（傀儡《くぐつ》め）

義政は、失望した。

主人のあやつる糸のとおりに手足を動かし、頭を動かして省みぬでくのぼう。先代とは似ても似つかぬ。あっけにとられる大工をしりめに、

「行くぞ。ゼンナ」

きびすを返し、足をふみだした。ほんとうは顔も見たくないのだが、現場の空気を荒らしたくない。たいせつなのは人足なのだ。

用地をまっすぐ東へ行き、山道をのぼる。

山道は、かりに拓《ひら》いたものである。

左右はなかば森ながら、路面はしっかりと突きかためられて歩くことが容易だった。ゆるやかに左へまがったところの突きあたりに小屋がある。

小屋は、四阿造《あずまや》。

茅《かや》を四方へ葺きおろした、壁のない、二坪ほどの地《じ》のもの。柱と柱のあいだから義政はちょっと身をかがめて内《なか》へ入り、体の向きを変え、床几《しょうぎ》に腰かける。

首を下に向ける。これから東山殿のすべての建物、庭、池、門等をそこに作ることになる広大な建設用地がすっかり視野におさまって、

「うむ」

義政は、おのずと声が出た。

人足たちも、豆粒大である。

用地のむこうは京の街の甍《いらか》がかすむ、ということは義政はやはり西を向いていることになる。じっとりと現場に目を落としたまま、

「木材以前に」

「はっ」

「そもそも、ここには何を建てる。観音殿のほか、何を」

ほとんど独りごとだった。内心はもう相槌《あいづち》さえも期待していないのだが、少々、嗜虐《しぎゃく》の念をもよおして、

「またぞろ『おこころのままに』かの」

善阿弥はしかし。視界をさまたげぬ配慮からか、義政の背後へまわりつつ、

「肯《がえ》んじ得ませぬ」

「え？」

「先ほどは大工や人足どもの手前、あえて申し上げることをしませんでしたが。観音殿は、やはり板張りにするのが是かと。畳張りでなく」

「その話は終わったわ。わしがいま言うは、ほかに何と何を建てるかの……」

「それがしも、その話をしております」

「ほう？」

義政は、胸の松明《たいまつ》が点火されるのを感じた。この男、ただの猫ではない。

「申せ」

「いささか長くなりますが……」

「申せ」

つよく言った。この話、ひょっとしたら、東山殿そのものの設計の根本思想にわたる
かもしれぬ。そんな気がしたのである。

善阿弥が、

「では……」

と声を出しかけるのへ、義政はふりかえり、

「待て」

「はあ」

「おーい！」

来た道のほうへ声をおろし、近習へ、

「輿七郎《よしちろう》を呼べ。すぐ。すぐにじゃ」

と命じたのは、木幡《こわた》輿七郎、このたびの普請の会計管理者である。

もともとは、日野勝光の家来だった。たしか下侍《しもざむらい》だったか。日野勝光というのは、妹の富子もおなじだが、この時代にめずらしく利殖にたいへん敏感な人間だった。さきの応仁の乱においても、その末期、東西双方の陣中から、

——先方へ、和睦の意思のあるなしを聞いてくれ。

と打診を受けたことがあるが、勝光がこの日本政治史上最大の裏面工作にさいして最

初にしたのは、東西それぞれへ、

――金何千貫。

仲介料の請求だった。

義政はこのときにはもう将軍職を辞し、小川殿へひっこんでいたから真偽のたしかめようはないものの、話を聞いて、

（あれなら、やる）

みょうに納得したことをおぼえている。日野家というのは藤原北家流、さかのぼればあの王朝全盛期を象徴する藤原道長《みちなが》も名をつらねる名流中の名流だが、それにしても奇妙な人物を生んだものだった。あるいは時代がそうさせたのかもしれない。

勝光は、その後。

ばちが当たった、わけでもあるまいが病を得て、あっさりと世を去ってしまった。享年四十八。あとには莫大《ばくだい》な動産がのこされたが、そのうちのいくばくかを、混乱に乗じて、

――ぬすんだ。

と疑いをかけられたのが、木幡輿七郎だった。

輿七郎は一介の下侍ながら、計理にあかるく、事務局長のようなかたちで勝光を補佐していたのである。輿七郎自身の威光も大したものだったから、同僚からの、

――報復。

というところがあったのだろう。実際のところ、輿七郎は、鐚銭《びたせん》一枚もぬすんでなどいなかったのである。

「あり得ぬ」

と身の潔白をうったえたものの、結局、日野家を追い出された。

それをいわば請け出したのが、つまり義政だったわけだ。義政自身は経済にはうとく、かねてその方面のくろうとを欲していたところだった。そうしていま、普請の現場を見おろしつつ、若き善阿弥が何かたいせつな動議を起こそうとしているということは、

（費用《ついえ》にも、かかわる話）

義政は、そう判断したのである。

近習は二人一組。

「はっ、はい。すぐに」

「輿七郎様を、ここへ」

同時にくるりと背中を向け、山道を駆けおりた。輿七郎はいま洛中にいる。

雑務の使いに出したのである。来るまでには時間がかかるだろう。それまで待つことはむろんせず、善阿弥へ、

「こなた。こなたへ」

と自分の正面にまわるよう命じ、善阿弥がそうすると、

「申せ。申せ」

「それでは、はばかりながら、殿様の命により……」

「義政でよい。先へ進め」

われながら、子供のようではある。

†

それでは、あらためて。

義政様の命により、この善阿弥、いささか腹中を申し上げます。

観音殿は、板張りに。

義政様おこのみの畳張りは、ここに採るべきではありません。つまり寝殿造になるわけですが、理由はひとつ。やはり、北山殿への配慮です。

あちらには、板張りの舎利殿がある。

それが天下の名声を得ている。こちらは後発《おそで》です。もしも観音殿をまったく畳張りにしてしまったら、建物そのものの外形《かたち》も変わらざるを得ないわけで、それを天下はどう見るか。

義政様はわざわざ、

——北山殿に、背馳《はいち》した。

あるいはいっそ、

——鹿苑院様への逆心あり。

むろん、それがしはわかります。義政様には逆心などはない。あるとしても文事面におけるにすぎず、あくまでも政事《まつりごと》とは関係がない。

しかしながら昨今の世は、戦乱の世にございます。おなじ家内での刀槍沙汰《とうそうざた》などめずらしくなく、子が親を弑《しい》するなども、河原の石を蹴《け》るごとく当たり前におこなわれている。

そういう世において義政様がことさら鹿苑院様に、ということは足利家の歴史そのものに背馳するということは、ただちに、

——将軍家に、内紛あり。

そのしるしと天下は見ます。

そこにつけこんで足利家をほろぼし、将軍職そのものを簒奪《さんだつ》せんとする野心あふれる大名も出るやもしれぬ。油断もすきもないのです。これからお建てになる観音殿は、むしろ足利の血すじのゆるぎなきを天下にひろく示すための具とすべきでしょう。

あえて奇を衒《てら》い、余人のくちばしをはさむ口実をあたえるには及びませぬ。あちらの舎利殿とおなじ宝形の屋根、おなじくらいの大きさ、おなじ池のほとりへの配置……内装も、おなじ板張りを基本《もと》とすべき所以《ゆえん》です。そもそも双方、おなじ仏殿。お寺でいえば伽藍《がらん》の中心、まさしく本堂にあたるのですから。

ええ。

義政様、ごもっともに存じます。

それでは新しいものに取り組む甲斐《かい》がない、ただ北山殿に手を入れなおせば万事すむ話ではないかと、それはおっしゃるとおりです。

東山殿は、やはり奇を衒わなければ。矛盾ではありませぬ。衒うのは、観音殿のほかの建物でやればよろしい。それがしはそう思います。

どこでやるか。

しかり、会所です。

会所をことのほか大きくつくる。それこそ観音殿よりも大きく、北山のあらゆる建物よりも大きく。京の街のどこからも仰げば見られるしろものを。

建設用地《やしき》は、もうじき地ならしが終わります。

資材のはこびこみも本式になる。ひろさはじゅうぶん。壮挙は可能です。はたして可能となりましたら、この東山殿では、虚と実がひとつずつ、空に鮮やぐことになる。

虚すなわち観音殿。

実ただちに会所。

会所はすべてを充《み》たすでしょう。人をまねき、茶会をもよおし、立花《たてはな》を愛《め》で、連歌をよみ、座敷かざりの由来をたのしむ。

まさしく文事のすべてです。

そこを住みかとすることも、義政様なら似合いましょう。そうして会所というものは、元来が、鹿苑院様のころには存在せぬか、してもひどく軽んじられたものでした。いくら念を入れたとて父祖への背馳にはならぬ。名分《みょうぶん》までもが、充ち足りるのです。いかがですか、義政殿。若輩にもかかわらず少々ことばが過ぎましたこと、じゅうじゅうお詫《わ》び申し上げます。微意、お汲《く》み取りいただければ幸いに存じます。

†

善阿弥がすっかり語り終えると、義政は、

「何ぞ、微意なものか。よくぞ申した」

と大きく首肯してみせた。

安心しつつ、自分と善阿弥以外の四人へ、

「意外ではないか、みなの者。ゼンナめ、猫と思いきや、なかなか虎面《とらづら》をしておったわ」

四人が、かすかな笑い声を立てる。義政はつづけて、

「ことに政事の面へこれほど気が引かれているとは、さきの善阿弥にはないことじゃった。とにかくまあ、足利第一、この義政第一にこころを用いてくれていることは確かなようじゃし、案それ自体も、ことに会所のところがおもしろい。今宵《こよい》かくのごとく汝《なんじ》らの前でふたたび語ることをさせた所以である」

「論外なり」

と言いきったのは、義政のむこう正面。

四十をすぎた色黒の男だった。熨斗目《のしめ》の小袖に紋入りの素襖《すおう》という平侍のいでたち。頭には、むろん烏帽子《えぼし》をいただいている。義政はそちらへ、

「輿七郎、論外とな？」

「しかり」

と、木幡輿七郎、かつて日野勝光の家来だったこの会計管理者はまっすぐ視線を義政へ向けて、

「本日の昼は、洛中にあり、御前へ参ることが遅れましたが、いま聞けば、これはおどろくほどの空理空論。実現の見こみはありませぬ」

「ほう。なぜじゃ」

「銭がない」

輿七郎は、あっさりと言った。これには義政も身をのりだし、

「何と」

「北山殿は」

輿七郎は、明快に説いた。足利義満の北山殿は、造営時には、おそらく全国の大名へぞんぶんに段銭を課しただろう。

義満みずからが開始した日明《にちみん》貿易の莫大な利益もまた造営のために流用し得ただろう。

ところが約八十年を閲《けみ》したいま、足利氏は、もはやそんな権威がない。

全国の大名に銭を出させるどころか、せいぜい京とその周辺の寺社や本所《ほんじょ》（荘園所有者）から強請《ねだ》りがましく徴するのみ。この点においては、足利家は、単なる山城国《やましろのくに》一国の領主にすぎないといえる。

「存じておる」

と、義政は反論した。ただし言辞はおだやかに、

「だから、命は出している。京の街の復興のため、この日本の復興のため、醵金《きょきん》に応じざるべからずと。富商の耳にもとどいているだろう。今後はいくらか変わるやも……」

「その『復興』という名目が、頼れるようで頼れぬのです。人がそれを悼み面して口に出すのは、ただ単に、生きのこったが故の罪の意識からにすぎません。口には出すが金は出さぬ」

與七郎の言いようは、いちいち札を貼るようである。迷いやためらいがない。善阿弥は、

「む……」

唇をゆがめて黙ってしまうし、その右どなりの大工の三吉は、このたびはじめて参加をゆるされた新顔らしく、

「それはまた、ずいぶんな言いようじゃの。與七郎殿」

などと中途半端な抵抗を見せるのに精いっぱい。もともと口よりも手の男なのだ。義

政はただ、

「たしかな話じゃな？」

輿七郎は、

「たしかです」

「今後はもう、大増収《おおいり》の見こみはないのじゃな？」

「ありませぬ」

断言して、視線をひとまわりさせた。参加者全員の反応をうかがったのである。

会議の場所は、岩倉村の義政の別邸である。

全員、寝所で車座になっていた。寝所とは、文字どおりの寝部屋である。ただしむろん夜具は敷いていない。敷いていないが部屋そのものが狭いので、車座の輪はかなり小さく、ほとんど頭がぶつかりそうだった。義政の右どなりが善阿弥、その右が三吉。左どなりが連歌師の宗祇《そうぎ》、その左が茶の湯の通の村田珠光《むらたじゅこう》。

むこう正面が輿七郎であることは前述した。ぜんぶで六人。東山殿建築の大方針を決定する、いうなれば、最高会議の面々である。

身分の高い者もあり、低い者もある。富子が見たら、

——閨《ねや》に、このようなみだりがわしきを。

などと目を白黒させたあげく、

（卒倒するな）

義政は、苦笑した。身分の差など、

——どうでもよい。

というような博愛思想の故ではない。

実利をえらんだだけである。結局はこれが気がねなく密談できる。それにしても夕暮れどきに東山の普請現場を出て、山を下り、夜半にはもうこの洛北の村に帰って来られたというのは、われながら、

(足が、速いのう)

もちろん自分で歩いたわけではないが、それにしても気の逸《はや》りである。義政は、おのが人生の終わりが日一日とせまっていることを、どういうわけか、このごろしきりと気にしていた。さいわいにも、天はいま義政の味方をしている。

この幾日かは晴天つづきである。鴨川という気候の変化に敏感でありすぎる川は、あっさりと、義政たちに橋わたりをゆるしてくれた。

もっともこれは、これから雨の季節になればどうなるか知れない。とにかく義政はなお、

(信じられぬ)

その思いで、

「たしかに、銭はないのじゃな?」

三たび念を押したけれども、輿七郎の返事はひややかに、

「たしかです」

「どの程度?」

「内裏《みかど》のごとく食うものにも困るほどではありませんが、さりとて、東山の山腹に巨大な会所をこしらえられるほどでもありませぬ」

ほた
ほた
音がしだした。

義政ははじめ気づかなかったが、どうやら自分の右手がくるぶしを扇で打っているらしい。

(そこまでか)

事態の深刻さが、ようやく少しわかりだした。思想以前に、この計画は、ひじょうに物理的なところで縮小を余儀なくされることになる……。

考えるあいだにも、議論は進む。

大工の三吉が、食いつかんばかりの口ぶりで、

「そこを何とかするのが勘定屋の才覚だろう。ちがうのか」

と言ったのは、三吉自身、大物普請をやりたいのだろう。輿七郎は首をふり、

「むりなものはむり」

「努力《つとめ》はせんのか。収入《みいり》をふやす」

「それはわしの仕事ではない。銭の道においては、稼ぐ役と、使う役とは分けるのが得策」

「で、あんたは使う役か。楽なもんだな」

「わしを罵倒《ばとう》したところで、銭の出にはならんよ」

興七郎がつまらなそうに言えば言うほど、三吉は顔をまっ赤にして、

「ただでさえ殿様はいま、こんな兎の巣みたいなところで寝ておられるのだ。公事《こうじ》も私事もいっしょくた。これじゃあ、これじゃあ……」

これじゃあ文化的な生活とは呼べぬ、そう言いたかったのにちがいなかった。三吉はなおもつづけて、

「東山じゃあ、殿様は、ここよりもちっぽけな」

「いや、待て」

と、興七郎はあわてて手をつきだして、

「ここよりは大きなものが建てられるぞ、いくら何でも。そこまで貧窮していない」

「寝所と、われわれのような者との御対面所も……」

「べつの建物に設けられる。そうしなければ」

「それじゃ」

割って入ったのは、義政である。

全員の視線が、おのずから集まる。

義政はくるぶしを打つ扇の手をとめて、しばし沈思したのち、

「輿七郎、ゼンナ、三吉。おぬしらの詮議《せんぎ》が、わしに妙案をもたらした」

「妙案？」

「つまり」

義政はひとつ咳払いして、全員の顔を順に見まわし、

「大きな会所がつくれぬなら、小さなそれを三つつくる」

唇をぬたりと舌でしめらせ、説明しはじめた。

三つというのは、かりの数字である。

可能ならば四つも五つも成り得るが、話がにごる。いまは三つとしておこう。ひとつめは通常の会所である。

ふたつめは山のだいぶん高いところ、眺望のよさを長所とするそれ。これもまた、東山の中腹という立地そのものの性格を考えれば、むしろ当然の措置だろう。

問題は、三つめだ。

通常の会所のとなりに置かれ、回廊でむすばれる極小のそれ。この極小の会所は、

「そうじゃな」

義政はちょっと考えてから、

「さしあたり、東求堂《とうぐ》とでも名づけようか」

まあ名前に関しては、あとで詩文にくわしい相国寺の僧・横川景三《おうせんけいさん》あたりと相談し、

扁額《へんがく》の字も書いてもらう心づもりだが、とにかくこの東求堂は、おもてむきは会所とはしない。
個人的な目的のための、たとえば持仏堂のかたちを取る。
しかし実際は人をまねくに足るだけの内容を持つ。半分会所というか、半私半公というか、そこでの私生活のありようまでも文化的展示としてしまう、そんな場にするのだ。
ということは、逆にいえば、以上の三つとはべつに純粋な私的生活の場所をも設けねばならぬ。
つまり常御所《つねのごしょ》。整理するなら、東山殿の建物群は、公的な度合いの高い順に、
観音殿
会所
持仏堂（東求堂）
常御所
ということになる。東求堂こそが従来にない、日本文化の新生面をひらく真の施設であることは言うまでもないだろう。
「どうじゃ」
という問いとともに義政がいったん口を閉じると、むこう正面の與七郎が、
「なるほど」
のどの奥で、ごろごろと唸《うな》り声を立てた。

ただしこの侍の関心はあくまでも経済的側面にあるようで、

「ひとつの大きな会所より三つの小さな会所を、というご発意には価値がある。費用《ついえ》がだいぶん抑えられます。なぜなら、建物というのは、大きくなればなるほど強度を得るため特殊な構造材が必要だからです」

大工の三吉もまた、

「すばらしい」

と畳を打ち、

「それなら寝所と御対面所もべつべつになる。もっとも、そうなると、あの五間の檜はどうなるかな」

善阿弥はしかし、なおも慎重な表情をくずさぬ。義政はそちらへ、

「ゼンナよ、おぬしは観音殿が気になるのであろう。さすれば、おぬしの言うとおり、まずは寝殿造としておこう。のちのち、あらためて考えることになるが」

「承知しました。とはいえ……」

「大きい会所に、なおこだわるか」

「というより、やはり政事にこだわります。会所をこまかく割ったりしたら、天下に露見しませぬか」

「露見？　何がじゃ」

「銭なきことが。それはそれで足利家の逆境を世にあらわし、諸国のあなどりをまねく

上、あわよくば幕府《こうぎ》を転覆し得るとまで……」

「いかにも」

と三吉が言い、

「なるほど」

輿七郎もうなずいた。さっきまで激しく口論していた連中による突然のこんな共同戦線の進出に、義政は、

「そこが、覚悟のしどころじゃ」

顔色をあらため、ぱたりと扇を鳴らして、

「情況は、ゼンナ、おぬしの見るとおりじゃ。いまのわれらには銭もなく権威もない。つまり政事の力はない。ただ文事に関しては見識と経験があり、諸国の誰もがおよばぬだろう。となれば、われらの採るべき道はただ一条」

「ただ、一条……」

「文事を以て政事に立ち向かう。これのみである」

「文事で、政事に？」

「しかり」

ほとんど遺言を述べるような真剣さで、義政は説いた。

文事というのは、言いかえるなら政治に対する文化というのは、世間がそぞろに思うような蟷螂《とうろう》の斧《おの》、石亀《いしがめ》の地団駄のたぐいではない。

そんな弱いものではない。むしろ逆である。文化というのは、それが唯一無二のものであれば、どんな横暴な王、どんな独裁的な宰相でも太刀打ちできぬ最強の武器にほかならないのだ。

なぜなら権力者の身になればこの世でもっとも恐ろしいのは、家臣や領民に、

——あの人は、話がわからない。

そう思われること。芸術、学問、教育、宗教……人間精神の最高のいとなみをうっかり否定したりしたら、ただちに彼らにそう思われ、なおかつ意識下で、

——自分もまた、否定される。

と警戒される。

つまり支持をうしなうのだ。それにもうひとつ、権力者というのは案外に、

「文事に、あこがれるものだ」

義政はそう言い、話をつづけた。理由はいろいろ考えられるが、要するに、権力というものは後世にのこらぬ。そのことを権力者はよくよく知っているのだろう。

もちろん、人の名はのこる。

事跡のあらましも語り継がれる。けれどもそれは慕われるということとはちがうのである。早い話が、古代中国でそれこそ権力者を無数に輩出した春秋戦国時代でも、のちの世にいちばん欽仰《きんこう》されているのは楚《そ》の荘《そう》王ではない。斉《せい》の威《い》王や宣《せん》王でもなく、一介の浪人にすぎぬ孔子《こうし》である。いうまでもなく唯一無二

の価値を持つその行動、著作、および弟子への薫陶のおかげである。

日本でも、たとえば祖父の足利義満など、ゆくゆくは幕府権力の基礎をかためた第三代将軍というよりもむしろ、

——あの金閣を、建てた人。

と、そのことで親しまれるだろう。歴史の長い時間においては、勝つのはしばしば政事ではなく文事なのだ。

だから義政の東山殿もまた、

「その高みを、めざす」

唯一無二の価値をめざす。いまや足利氏に権威がなく、銭がなく、どう努めたところで金閣のごとき絢爛《けんらん》たる境地はあらわし得ないというのなら、その露見をおそれるどころか、逆にすすんで、

「天下に、誇示しよう」

義政はそう言いきったけれども、善阿弥も三吉も、

「はあ」

ぽかんとしている。

意味がわからないのか。それはそうだ。そんなものの話のどこが自慢のたねになるのか。

「わからぬか」

と問うたのは、義政ではない。

義政の、左どなりの老人。

頭をそり、さっぱりとした墨染めの麻ごろも一枚を身にまとっている。義政よりも十二支《えと》ひとまわり以上、年上だから、もう六十をすぎているはずだった。

体の右に、つまり義政とのあいだに手ずれの激しい桜の杖《つえ》を置いているのは、どこまでも、

――旅人なり。

ということを暗示もしくは明示しているのにちがいない。

義政はその老人を、

「宗祇」

と呼んで、

「おぬしは、わかったということじゃな。かつての旅人、定住者《いつきもの》よ」

宗祇は、義政のほうへ首を向けて、

「申すまでもなし」

「申せ」

「不足の美、ということでしょう。殿様」

宗祇はつづけた。聖武《しょうむ》天皇の大仏（東大寺《とうだいじ》）にしろ、藤原氏の平等院《びょうどういん》鳳凰堂にしろ、そうして足利義満の金閣にしろ、わが国の美はこれまでみな権力者がふんだんに金と人

をもちいて誇示するものだった。

つまり充足の美だった。田舎の山寺の素朴な仏像にもなかなかいいものがあるなどという話ではない。国と時代を代表し得る文化の話をしているのである。

逆に言うなら、「不足の美」は前例がない。

そもそも不足が美になり得るのかどうかも現時点では判然としないが、もしもなり得たら、そのときはまさしく日本史上、いや、おそらく唐天竺《てんじく》もふくめて世界最初のものになる。

「そういうことでしょう、殿様」

と水を向ける宗祇の目はどこまでも事務的というか、感動の色がない。

この程度のことなら思いついても自慢にはならぬ、そう言いたいのだろう。宗祇はもちろん、かつて、

——自然斎。

と名乗り、連歌をその為事《しごと》とし、鹿苑寺では義政に対して、

——あなたは、じじさまがお嫌いなのじゃ。

などと言い放ったこともある、あいつである。あのときは、ずいぶん、

(腹立たしい)

そう思わされたものだった。

うつくしい反骨精神のもちぬしかとも思ったが、元来は、相国寺の僧として若いころ

から近くの禁裏に出入りし、公家どもと歌を詠み、しかし時代のいきおいが歌から連歌へうつるのを見るや自分もさっさと引っ越しをした、一種の、

（流行かぶれ）

　少なくとも、孤高の名人ではない。

　義政はそう思っている。あの鹿苑寺での議論ののちも宗祇は東国へ旅したけれども、何のことはない。ただ、

（戦乱を、のがれただけ）

　その証拠に、応仁の乱が終息するや、宗祇はあっさりと京へまいもどり、ふたたび禁裏で連歌をやりだした。

　単なる命大事だったのである。もっとも、この点に対しては義政は同情的で、もともと連歌師に不惜身命《ふしやくしんみょう》を期待するなどは琵琶《びわ》法師に戦場での勇猛を期待するのとおなじくらい無理なのだし、だいいち、

（わしも将軍でなかったら、こんな愚かな戦争にはつきあわなんだ）

　その思いがある。

　とにかくこの連歌師は、応仁の乱の終息後、悪びれもせず義政の前に姿をあらわして、

「この宗祇を、どうぞお召し抱えに」

「自然斎ではなかったのか」

「その名は、やや権威に欠けまするな。今後は宗祇で」

ぬけぬけと言った。義政もさすがに苦笑せざるを得なかったが、ひるがえして考えればこの男、実力《ちから》も名声《なまえ》も天下一であるのは事実だし、それに何しろ、ことばの使い手。

ことばというのは、都会と田舎では、生産量も消費量もまったくちがう。宗祇のような人間には、六十をすぎて、僻陬《へきすう》の地でことばの貧乏ぐらしをかこつのは耐えられないのかもしれなかった。もっとも、都会になじめば、それはそれで貧乏ぐらしがまたなつかしくなるのかもしれないが。

その宗祇の問いかけに、

「しかり、不足の美じゃ」

と義政はこたえて、首をふり、

「だが不足の美では、ちと言いざまに芸がないのう。ことばが硬いし、ながいし、つやつやしさに欠けるわい。宗祇、ことばの専門家《たくみ》よ、何ぞ妙案はないか」

「妙案？」

「要は、べつの語がほしい。『不足の美』よりも柔らかく、みじかく、できれば太古のむかしから人が舌にころがしてきたやまとことば。意味は『不足の美』とおなじ。一語でぴたりと言いとめてくれ」

「難題ですな」

宗祇はホホと笑ったわりには、ちょっと考えただけでもう、

「たとえば……」

「申せ」

「王朝時代の『もののあわれ』のような、そんな一語？」

「たとえば、そうじゃ」

「われらの時代の『もののあわれ』とは何か。そういう問いでもありますな。えらい難題じゃ」

宗祇は、こんどは目をとじた。

腕を組み、そのまま微動だにしない。

全員、宗祇に注目したので、寂光浄土そのものの無言がその場を支配した。

戸外は、やや風がつよくなったか。

木の枝のひゅうひゅうという泣き声が、蔀戸《しとみ》ごしに聞こえてくる。義政は内心、

（無理だ）

はじめから、期待していない。日本語の海がどれほど深く、どれほど広大であろうとも、そんな都合のいい語などあるはずがない。

権力者のわがままと言われても仕方がないだろう。しかしながら義政としては、もういっぽうで、

――真の創造は、最初はつねに無理に見える。

その意識もある。相手が真に尊敬に値する、真に技芸すぐれた者なら、ときにあえて無理を言うのもプロデューサーの役目だろう。

宗祇、なお沈黙。

なお身体は石のごとし。

(死んだか)

義政がほんとうに思いかけたとき、宗祇はにわかに目をあけた。

まぶたの動きがわからなかったほどの、それほどの瞬間的な動作だった。

両のひとみが、あぶらを塗ったようにぎらぎらしている。

「得たり」

(まさか)

と思いつつも、義政はつい身をのりだし、

「申せ」

「それは」

と、そのとき連歌師の口からこぼれ出た一語は、信じがたいことに、右の要求をすべてみたしていた。

柔らかく、みじかく、むかしながらのやまとことば。

たった二音。しかも「われらの時代」どころではない。ひょっとしたら以後永遠に日本史が記憶することになるかもしれぬ、深い、ひろい意味を持つことば。

わび

宗祇はそう言い、ゆっくりと一座を見まわした。

全員、何も言い返さぬ。おたがい顔も見あわせず、まるで鳥黐《もち》でも押しつけられたかのように視線を宗祇から離さなかった。

この発見に。

というより発明に、宗祇自身、おどろいているのだろう。頰を血の色にそめ、興奮した口調でもういちど、

「わび」

「わび？」

大工の三吉が、ようやく頓狂《とんきょう》な声で、

「誰が誰に謝るんだね」

緊張が、これで解けた。

宗祇はまたホホと笑い、右手を宙にさしのばして、

「そちらではない。漢字《まな》で書くなら『詫び』ではなく『侘び』のほうじゃ」

指をぴんと立て、すらすらと字を書いてみせた。

三吉はむろん字が読めぬが、読めぬながらも会得したのだろう。子供のように二度うなずいた。宗祇は手をおろして、

「すなわち『わびしい』のわび、『待ちわびる』のわび。これらは……」

「言うな」

義政は、あわてて口をはさんだ。

胸中は、さわやかである。

これまで灰色の霧のようだったものが突如として凝りかたまり、奥ゆきを持ち、はっきりと輪郭を持つようになる快感。

思考の気体が固体に変わる、ともいえる。そのよろこびに声をふるわせて、

「決めたぞ。決めた。東求堂は、わびの境地じゃ。わびの境地の現身《うつしみ》とする」

断言して、ただちに語を継いだ。ならばその「わび」とは何か。まさしく「わびしい」という語の示すとおり、
孤独
が、意味の核となる。

孤独の場は、しずかである。鳥のさえずり、風のそよぎ、川のせせらぎは聞こえても人の声は聞こえない。天地に、おのれひとりのみ。

そういう身の上で、人はいったい何を感じるか。

心ぼそさ。

物足りなさ。

落胆。

やるせなさ。

しかし同時に、或る種の安心、おちつきのようなものも感じるだろう。なぜなら他人

というのは、人間にとって、この世で最大の不確実な要素だからである。

かたわらに他人がないというのは、自己が十全であるための最高の好条件なのだ。

すなわち孤独という境涯こそ、

「至高」

義政は言った。われながら熱のこもった口ぶりで、

「いい意味でも、わるい意味でも至高の境涯じゃ。人に不足を感じさせ、なおかつ充足を感じさせる」

そうしてその価値を人間心理の面に引き移せば、まさしく不足の美になるのであるところで。

孤独というものは、豪華な空間では味わえぬ。

ないし、広大な空間では味わえぬ。なぜなら、そういう空間は、つねに人をあつめてしまう。

当たり前である。あつめるための豪華であり広大なのだから。そこにひとりで立ったとしても、心はけっして孤独になれまい。環境に他人を意識させられるのだ。

ひるがえして考えれば、人間はただ世から離れ、人の群れから離れただけでは孤独になれぬ。あるいは、それではじゅうぶんではない。その上さらに飾り気のない、自然な、ささやかな空間にあることで孤独はよりいっそう煮つめられる。よりいっそう純粋になる。

そう。

人の自由のうち究極のものは、人からの自由にほかならぬ。その自由の価値をつきつめた境地にある人類普遍の価値こそが、

「わび、じゃ」

と、義政はそこで口をむすんでから、

「どうじゃ、宗祇よ。おぬしの肚《はら》もこのとおりか？」

「いかにも」

宗祇は、息があらい。

わびの一語とともに寿命まで吐き出してしまったかのようで、何やら死相まで浮かんでいる。義政はこの瞬間、

(宗祇)

この連歌師にかぎりない愛《かな》しさを抱いてしまい、ことばが出なかった。三吉がまた口をひらいて、

「ということは」

恐怖にみちた顔になり、善阿弥へひそひそと、

「東求堂はつまり、ひとりしか入れぬ建物にするのかね。雪隠《せっちん》のような」

ひそひそ声だが、全員に洩れた。

哄笑《こうしょう》が起こった。このあまりに素朴すぎる質問には、善阿弥が、

「そういう意味ではない」

これもまた、みなの耳にとどくささやき。

「安心しろ、大工の頭領。殿様はいま理念を論じられた。実際そこに幾人《いくたりい》容れ得るかという話ではない。もちろん五十人、百人というわけには参らぬがな」

「それじゃあ善阿弥、つまり……」

「わしの理解したところでは、わびの精神とは、ただ単にその場がせまいこと、飾り気のないことを申すのではない。むしろせまさを広さとする、飾り気のなさを飾りとする、その方法を申すのじゃ」

つまりは一種の演出法だ、と言いたいのだろう。三吉はただ、

「はあ」

「更けましたな」

と、にわかに声がした。

全員、声のしたほうを見た。

部屋のすみである。胸ほどの高さの衣架があり、着物がむぞうさに掛けられているが、その向こうから、

「夜も、更けました」

姿は見えぬ。だが義政は、

「おお、たしかに」

ぽんと手を打ち、車座の面々へ、

「みなの衆、京はいくさが鎮まったとはいえ、まだまだ夜あるきは剣呑《けんのん》じゃ。ここに泊まれ。わしも寝る」

前《さきの》将軍および左大臣右近衛《うこんえ》大将としては破格の許可《ゆるし》なのだけれども、全員、当然のごとく、

「それでは」

その場に横になろうとしたのへ、

「まあまあ。いま少々炭をおこし、湯がわきつつあるところです。夢成る前に、一服いかが」

声とともに、衣架の横にひょいと角頭巾《すみずきん》をつけた男の顔があらわれた。

宗祇とおなじ年ごろ、おそらく六十前後の茶人・村田珠光。

ここまで一言もしゃべらなかったが、いつのまに車座をはずれたものか。いま珠光のいるのは寝所のつづきの板の間であり、義政からは見えないが、茶の湯専用の台所というべき水屋がそこに設けられている。

つまり、そこで茶が点《た》てられる。珠光は柔和なほほえみと口ぶりで、

「茶は人の心を昂《たか》ぶらせ、眠りに入るをさまたげると申す向きもあるようじゃが、じつのところは、むしろ逆。四肢をほぐし、胸を鎮め、ふかい眠りを得させるものです」

ほどなく、湯のわく音がした。

湯まで人を見るのだろうか。その音はぐらぐらという乱暴なものではなく、しゅわしゅわという、秋の蟬の声に似た、みょうに心なつかしい音だった。

第四章　住み慣らし

ところで、筆者は。

この稿を書きついでいる前年の秋、洛東《らくとう》・慈照寺《じしょうじ》をおとずれた。俗に、
銀閣寺《ぎんかくじ》
と呼ばれている臨済宗相国寺派の名刹《めいさつ》である。

銀閣寺、とは。

正式な寺号ではないはずである。しかしながら京都市内を走るバスの行先表示にもそう書かれているし、だいいち当の寺みずからが「銀閣寺　世界文化遺産」と大書したリーフレットを観光客にくばっている。

まずは俗称以上、正称未満というところか。この長い物語において、足利義政が、生涯の、

——最後の、仕事。

とばかり一途に成そうとしている東山殿の、五百年後、二十一世紀の姿である。私がそこをおとずれた日は、空がきれいに晴れていた。

門前の混雑はたいへんなものだった。日本人の修学旅行生や、アジア人の団体や、北《ほく》欧《おう》系のように見える白人の年配の夫婦などといっしょに総門をくぐりつつ、義政のしたことの何がこんなに、

（世界の人を、惹《ひ》きつけるのか）

そのことを、思わざるを得なかった。もみじの色づく季節とはいえ、銀閣寺は、決して交通至便の位置にあるのではない。来るには来るだけの理由がなければならないのである。

境内に入ると、まっさきに目に入るのはしかし建物ではない。銀沙灘《ぎんしゃだん》である。一種の枯山水の庭といえようか。白砂をひろびろと台地状に盛りかため、その上に波状の模様をつけたもの。

むろん、立入禁止である。人の侵入をふせぐための、麻ひもらしきものが張られている。そのひもに沿って左手へまわり、右を見ると、銀沙灘のきらきらとした海面《みなも》の奥に、一基のというか、一本のというか、人の背ほどの高さの盛り砂がある。

盛り砂のかたちは、いわゆる円錐台《えんすいだい》である。

とんがりぼうしの円錐をほぼ上三分の一のところで横に切った、まるで高校入試の問題用紙から抜け出してきたかのような正確きわまる立体造形。その名を、向月台《こうげつだい》

というそうだが、なるほど観光客のいない夜、この台上にすーっと満月のさしのぼる光景は、想像するだけでも美しい。人々はみなカメラを向け、さかんに写真を撮っていた。

老いも若きも男も女も日本人も外国人も。この人たちのうちの何割かは、今後一生、

——創建当初から、ここにあった。

と信じて疑うことをしないのだろう。実際はちがう。

銀沙灘や向月台どころか、そのまわりの池（ほんものの水池）のひろがり、その上にかかる橋、一樹一石にすべて名前があるという土庭、本堂や方丈や庫裡《くり》……ことごとく義政の知るところではないのである。

この寺は完成後、一時、衰微した。

戦国末期には兵火をあび、ほとんどの建物をうしないもした。

その後しばらく荒れ寺である。世間にわすれられるうち、池は干上がり、庭木は枯れ、そのかわりに雑木《ぞうぼく》がところせましと天を領して庭をみどりの林にしてしまったのだろう。当時はたぶん、どこからが境内でどこからが東山の山中《やまなか》なのか、

——わからない。

と住持でさえため息をついたのではないか。いまの境内は、徳川《とくがわ》時代に入ってから、あらためて整備されたものなのである。

本堂や方丈や庫裡はもちろん、あの旅行者の人気をあつめる銀沙灘や向月台も、この

時期にこしらえられて現在にいたる。慈照寺という寺は、物理的に見れば、わりあい新しい寺なのである。

もっともこれは、京都市内のたいていの神社仏閣にいえることで、応仁の乱および戦国時代の被害のむごさを逆にありありと示しているが、そんななか、銀閣寺には、創建時のものは二棟。

観音殿と東求堂、それだけである。

言いかえるなら、二棟ものこっている。観音殿はもちろん俗にいう銀閣で、われわれが通常、銀閣寺と言われたとき、まっさきに思い浮かべる建物である。宝形造《ほうぎょう》、柿葺《こけらぶ》き。或《あ》る意味、

――金箔《ぱく》のない金閣。

というところか。先ほどの場所から見ると、銀沙灘の奥の向月台の、さらに奥にひかえている。

いっぽう東求堂は、くるりと背を向けた目の前にある。私はあらかじめ見学の予約をしてあったので、いったん方丈へまわり、靴をぬいで上がり、東求堂に入った。

入るのは、はじめてではない。

大学生のころ、アルバイトで観光ガイドをしていた友人の誘いでだったと思うが、やはりそこに立ち入った。

何しろ東求堂である。高校の教科書にも写真入りで載っていた名建築、国宝、室町文

化の代表選手。

期待に胸をふくらませたが、しかしそこに足をふみいれ、つとに名高い四畳半の小室・同仁斎《どうじんさい》をまのあたりにしたときには、

(平凡な)

正直、がっかりした。

どこがいいのかわからなかった。学生など、そんなものだろう。そうしてこのたびの再訪時には、私はやっぱり、

(平凡な)

しかしその意味づけは、百八十度ちがう。がっかりどころの話ではない。その平凡さにこそ真の非凡さがあるのだ。二十数年をへての、われながら遅すぎる発見だった。

その非凡さの由来は、おいおい、この義政の物語があきらかにするだろう。ただし義政はまだ、そこまで考えが深まっておらず、深まるのに少し手数がいる。唐突に筆者が顔を出して現在の銀閣の姿をまず示した所以《ゆえん》である。

†

さて、義政。

東山殿では、まず最初に何を建てるか。

「常御所を」

と、善阿弥に指示を出した。

そこで就寝し、ものを食い、不浄の用を足す、文字どおりの私的な空間。生活の場。

「とにかく一刻もはやく洛中をはなれ、東山に居住《すまい》したい。さすれば普請のあれこれを余念なく思案できる上、毎日おぬしらに親しく指図できる。普請のすすみも速まろう。わしはもう、時間《とき》がないのじゃ」

「はっ」

と、あいかわらず律儀に返事しながらも、しかし善阿弥は看破している。

（要は、普請がたのしみで）

常御所の床は、全面、

――畳張りにする。

義政は、そのように決定した。

当然の選択である。だが何しろ最初だからか、畳以前に、建物の仕事がうまくいかない。

各部の連携がちぐはぐなのだ。

一例が、下界《した》から丸太をはこびあげ、普請場で柱に仕立てても、柱の下へ置く礎石がまだ届いていないというありさま。三吉など血相を変えて、

「何をしている、善阿弥。さんざん人手あつめを急がせた上、日がな一日ぼんやり突っ

立たせるんじゃあ、百年たっても上棟《むねあげ》にもたどりつかん」

くってかかった。工程の調整はみな善阿弥の役目なのである。善阿弥はおろおろと、

「す、すまん」

こんなことが何度かあって、三吉は、よほど腹にすえかねたのだろう。或る日、ひとりで山を下り、岩倉村へとびこんだ。

義政は、やっぱり岩倉の別邸にいるのである。

「らちが明かん」

と、三吉は、じかに不満をあびせた。義政もはじめは、

「ゼンナめ。仕様のないやつじゃ。先代のおこないの何を見ていた」

完全に同調したけれども、しだいに落ち着きをとりもどして、

「三吉」

「何だね」

「ことばの無駄撃ちに精を出したところで、何にもなるまい」

時間が経つにつれ、こうした非効率も解消された。

翌年。

最初の建物が完成したが、しかしそれは常御所ではなかった。

会所だった。洛中《らくちゅう》から来て石段をのぼり、中門をくぐると、平らな造成地がひろがる。奥はたかだかと東山である。その造成地の左手の一棟である。

建坪はおよそ七十坪か。まずまず室町殿のそれとくらべて見劣りしないが、しかし応仁の乱以前、室町殿には会所は三つあった。

会所以外にも寝殿やら、対屋やらが地を占めていたわけで、規模の上ではお話にならないが、義政はむろん、そんな場所ふさげなしろものを建てるつもりは毛頭ないし、ふたつめの会所をつくる気も、

（なし）

もっとも、そのかわり常御所を在らしめる意思がある。まだ普請中である。場所は会所のすぐ南西で、つまり中門により近いほうだが、完成すれば、直角にまげた渡殿で会所とむすばれることになる。義政はだいぶん前から、

「待ちきれぬ」

と言い言いしていて、

――会所、完成。

の報を聞くと、子供のように、

「いますぐ住もう。常御所ができたら移る、それでいいではないか。職人たちへも親しく指図し得ようし、わしはもう、世俗の空気がほとほと嫌なのじゃ。なあゼンナ、なあ？」

「お暮らしが、かなり不如意に……」

「かまわぬ。住む」

善阿弥を、むりやり納得させてしまった。

一朝、わずかの従者とともに岩倉村を出た。

石段をのぼり、中門をくぐり、最小限の手道具を会所へもちこみ、文字どおり東山の人となったのが暮方ちかく。

着いたとたん、激しい雨がふりだしたので、工事は終了。まるで義政と入れかわるようにして、大工や人足はみな山をおりて行った。

のこされたのは結局、善阿弥および数名の従者だけ。義政はさっそく孤独もどきの境遇に置かれた。或る意味、

――のぞみどおり。

と言うべきか。

戸外がすっかり暗くなっても、義政は、上きげんだった。

南向きの広縁に立つ。ゆくゆく池になるであろう掘りかけの素穴や、そのまわりに積んである木材や瓦《かわら》をながめつつ、

「山の上にも、みやこの候《さぶろ》うぞ」

などと、ふしをつけて歌っている。

穴の手前には、畚《もっこ》、鑢《やすり》、鐍《けぬき》などの工具まで散らかっている。よほど急な雨だったのにちがいなかった。五百年後の二十一世紀なら、あの白砂の海である銀沙灘がひろがり、白砂の円錐台である向月台がすっくりと立っている場所である。

義政はしばらく立ったまま歌うことをやめなかったが、ふと振り返り、

「のう、ゼンナ」

「はっ」

「いつ着くかの」

「何がです？」

とは、善阿弥は聞き返さなかった。

畳を十八枚びっしりと敷きつめた部屋の、いちばん義政にちかいところ、障子戸の敷居のすぐ向こうに座し、こちらを見あげつつ、

「ご愛用の香炉、花瓶、文箱《ふばこ》、茶の湯道具、掛軸などのことですな。これから念入りに梱包《こんぽう》して岩倉を発足させます故、そうですな、四日、お待ちいただきます」

「四日も」

義政は鼻を鳴らし、露骨に不満の意をあらわした。これらがなければ、いくら孤独を手に入れようとも美意識どころの話ではない。

単なる空虚である。善阿弥はしかし動じない。眉《まゆ》ひとつ動かさず、

「岩倉のみならず、殿様は、長谷《はせ》の地にも隠棲《いんせい》しておられました。そこからも運びこまねば」

「ああ、そうか」

「そもそもそれ以前に、まず生活の資を運びませぬと。着物、夜具、箸《はし》、三宝」

「今夜は、あれだな、遷座祝いに一杯やろうと思うたが。酒は……」

「明日とどきます」

「おぬし。ゼンナ」

「はっ」

「よう面目をあらためた」

とつぜんの賞讃。

善阿弥は、

「はあ」
二、三度、目をしばたたいたが、
「以前のおぬしなら、四日ではなく『数日のお待ちを』と応じていた。明日ではなく『ほどなく』とこたえていた。人間、この差が大きいのじゃ。おぬしはじつに、たのむに足る」

義政はここで、要するに、

——よく成長した。

と、ねぎらったのである。最初のうちは、

(どうなることとか)

たのむに足りぬ人間だった。この者にまかせておいたら普請の采配《さいはい》はじつにこまかな部分まで義政みずから振らねばならず、東山殿そのものの完成が、

（あやうい）

そう思うことも正直あった。何しろ何を聞いても、

「おこころのままに」

義政という秋風が右に吹けば右になびき、左に吹けば左にながれる。

およそ我意というもののないすすきの穂。老善阿弥のごとき深い経験、故事の知識などもとより期待しないにしても、老善阿弥における庭園のごとき専門性というか、ここなら誰にも、

――口を出させぬ。

というような格別の分野も持たないらしい。

つまりは、何もできぬ。しかしながら日がたつにつれ、

（ほう）

義政は、見なおしはじめた。

経験も知識もなく専門性もないかわり、この若い善阿弥は、事務能力がゆたかだった。まいにち普請場へなだれこんでくる些事《さじ》の大河をあるいは分流し、あるいは細流と細流とを合して、なだらかに各部署へおくりこむ仕事。そういうものを義政はこれまで仕事とも思っていなかったけれども、

――無駄が、減る。

ということが、これほど人間心理にとって、

（それ自体が、快楽とは）

四十八年の生涯ではじめてそれに気づかされたのである。

柱のための木材は、そのつど柱に必要なだけ用意される。池の穴を掘るというような単純作業の人足の数は、ほかの仕事の遅速に合わせて日々こまかく調整する。わけても大きいのは、金属の保守だった。

槍鉋《やりがんな》、鑿《のみ》、鋸《のこぎり》といったような工具は、まいにちの酷使で、どうしても金属部分がゆがむ。欠ける。摩滅する。

そこで研ぎ屋や鍛冶屋《かじや》をこの山へよびつけることになるが、こうした専門の職人というのは、案外、銭がかかるものである。会計担当の木幡輿七郎は、これでしばしば三吉ともめた。

人足たちの見ている前で、

「三吉」

「何だ、勘定屋」

「また鍛冶屋を来させたのか。三日前にも呼んだばかりだが」

と、輿七郎、めずらしく語気があらい。三吉もぞんざいな口調になり、

「三日前は、伊平《いへい》の鑿の刃が折れたからだ。きょうは杉丸《すぎまる》の槍鉋のけずり味が」

「鍛冶屋や研ぎ屋は、ひとたび呼ぶだけで呼び賃がいるのだ。いちどきに修理しろ」

「できるわけないだろう。道具のぐあいっていうのはな、おてんと様とおなじなんだ。

その日その時で顔色がちがう。だまって裏でささえるのが勘定屋の才槌《さいづち》あたまだ」

「銭は、普請の命だぞ」

「道具も大工の命だ」

「その大工の命とやらが、普請全体を縊《くび》殺るのじゃ」

「そのことば、そっくり押し返してやる」

双方、理がある。

理があるだけに決着がつかず、けんかは毎度のことになる。これを人足から聞いた善阿弥は、或る日、ふたりを呼んで、

「貴様らの子供じみたふるまいよう、殿様に報じるが、よいか」

ふたりは、口をつぐんでしまう。下はこうした部下の不和から、上はそれこそ応仁の乱まで、およそ長期にわたる不毛なあらそいを最もきらうのが義政という人間であることを、この三人は熟知しているのだ。

善阿弥は、

「ならば、こう致したら」

敏捷《びんしょう》な、しかし存外やわらかな口ぶりで提案した。

「大工道具はもう一そろい、いや二そろい買いこんでしまう。使えるものをどんどん使い、ゆがみや欠け、減りが生じたら、きまった箱へ入れておく。箱のなかに或る程度の本数がたまったところで、研ぎ師や鍛冶屋を……」

「呼ぶのか」

三吉がくちばしを入れたが、善阿弥は、

「呼ばぬ」

「何？」

「こちらから洛中へおりて彼らをおとずれ、修理させる」

「それは無駄だ。そのために気のきいたやつが二、三人、普請場をはなれることになる」

「その日のうちに持ちかえれば、さほどの痛手でもないだろう。それに普請場にいたところで、使えぬ道具をかかえたまま研ぎ師や鍛冶屋を待つのでは結局おなじ」

「む、それは……」

「数があるなら、なおさら好都合じゃ」

「だがな、善阿弥」

と、こんどは輿七郎が口をはさむ。善阿弥はそちらへ、

「何でしょう？」

「それではその一そろい二そろいを買うのに銭がかかる。あまたの銭が」

「そのかわり、修理の費用は安うなります」

「なぜじゃ」

「減額の交渉ができます故。こちらから出向くのだから出張費はいらぬであろう、いちどきの修理だから手間もはぶけるであろうと。一度一度はさほどでもありませんが、つ

もりつもって、長い目で見れば……」

「安くつく、か」

「いかにも」

「おもしろい。どうだ三吉」

「やってみましょう」

以後、このやりかたが定着した。この一件があって以来、輿七郎も三吉も、くちぐちに、

「ゼンナのやつは、何もできぬが、何でもできる」

事務という、専門性よりも汎用《はんよう》性をその本旨とする人間的能力に対しての、これは最大の讃辞だろう。義政はこのことをあとで聞いて、

「何もできぬが、何でもできるか。うまいこと評したのう」

善阿弥は、棒でも呑《の》んだような顔をして、

「はあ」

「わしも、ひとつ喝采しよう。おぬしは我意がない」

「は？」

善阿弥は、

――信じがたい。

という目になった。当然だろう。これとまったく同一のことばで、義政は、かつて善

阿弥を非難している。

「どういう、意味で」

「我意なき故に、まわりの者どもが十全以上の力が発揮できる。おぬしの祖父も、さぞ泉下でおどろいているにちがいない」

とまれ会所は完成し、義政は広縁に立っている。

部屋のなかの善阿弥へ、

「よう面目をあらためた」

と、もういちど声を投げおろしてから、右の一件を思い出して、

「例の、大工道具の修理のことといい……」

「それですが」

と、善阿弥は、むしろ叱られているかのように眉をひそめて、

「道具のことは、いまや、その弊があらわれております。ほれ、あのように、池穴のまわりに鑢や鐇などを散りみだして。大工の命などと恰好《かっこう》らしく申してからに」

「命というのは、ひとつの故に尊いのじゃ。ふたつ三つあれば金糞《かなくそ》同然」

「三吉とともに、手を打ちます。申し訳もございませぬ」

「なあに」

義政は、なおも上きげんである。扇をひろげ、ほたほたと頬をあおぎつつ、

「仕事というのは、そういうものじゃ。蛇を殺せば次の蛇。とにかく今宵《こよい》は案ずるな。

いずれにしても、この会所も、おぬし無しではこんなに早う建たなんだことは間違いない故」

「殿様の、おみちびきにより」

善阿弥は、あくまでも生まじめである。

坐《ざ》したまま両のこぶしを畳に突き、一礼した。畳のへりは紺無地である。あえて豪華な繧繝縁《うんげんべり》などにはしなかった。

部屋中に、あおあおとした藺《い》の畳表が敷かれている。

畳屋め、よほど藺の質をえらんだのだろう。その香りはあまりに強く、むんむんと男の精液をすら思わせる。むろん一月も経てば、

（落ちつくが）

義政は、咳《せき》したいのをこらえつつ、

「そのわしは、前の善阿弥にみちびかれたわ。そうして前の善阿弥は、わしの祖父にみちびかれた」

「鹿苑院様ですな」

「いかにも」

義政は、ふたたび戸外へ目を向けた。

雨は、なおも降りつづいている。義政の心に、ふと、他愛ない疑問が浮かんだ。北山殿をこしらえた祖父・義満は、結局のところ、

い、北山殿に居をうつしたのは四十一のときで、そののちも相国寺に、
あの鳥に聞けばよかった、などと思ったりした。もっとも祖父が花の御所をひきはら
なかったのか。
あったのか。
(洛中に、未練は)

——塔を建てる。
と言っては洛中へもどったり、あるいは、
——明船が来た。
と聞いては兵庫のみなとへ妻や妾《めかけ》をともなって舶来品の受け取りにおもむいたりと、
なかなか出入りが活発だった。
未練どころか、ほんとうは隠棲の意図さえなかったのだろう。実際、祖父は、むしろ
将軍の座を子の義持にゆずってから、天皇あがりの法皇よろしく政治家としての暗躍を
いっそうさかんにしたのである。明とのあいだの貿易なども、開始したのは将軍職をし
りぞいた七年もあとのこと。
が、自分は、
「帰洛《かえ》らぬぞ」
義政は、ぽつりと言った。戸外へ目を向けたまま。
「わしはもう五十まぢかなのじゃ。世俗のことは、もう飽いた。よほどの用がないかぎ

り、ここがわしの棺《ひつぎ》になる」

正真正銘、引退宣言。

ただし義政は、同時に、その引退をきわめて前向きにとらえている。どうやら自分にとっては、世に背を向けることと、世に出ることは同一の行為らしいのである。こんな境地に逢着《ほうちゃく》した人間が、日本史上、ほかにいるのだろうか。

善阿弥、こたえず。

返事にこまったのだろう。しばしの沈黙のあと、義政はゆるりと微笑して、

「わしもまあ、これで東府様じゃなあ」

虚空へ、みょうに声をはりあげた。

――東の幕府。

と大げさに言うことで、わきあがる感傷をごまかしたのである。

もっとも、言ったとたん、べつの感傷に駆られた。

（義視）

弟の顔が、眼前に浮かんだ。

応仁の乱のさなか花の御所を脱出し、あろうことか敵である西軍の将・山名持豊の屋敷へ駆けこんで、彼らがよろこんで「西府」すなわち西の幕府を僭称《せんしょう》する理由をあたえた。

乱をさらに紛糾させ、さらに長びかせた最大の要因である。

妻の富子などは激怒して、

「似非《えせ》将軍！」

ののしり散らしたものだったが、その後、乱が終わると、義政は、

――別心なきこと、わかっておる。

という旨の手紙を弟におくり、和解した。

それでもやっぱり、義視は信じられなかったのにちがいない。ほどなく西軍の将のひとりだった土岐成頼をたよって京を去り、美濃《みの》へくだってしまった。いまも美濃にいるはずである。

（もう、会えぬ）

思うたび、義政は息苦しい。

どうしても、子供のころを思い出してしまう。政治家としては甘いのだろう。自分もいまは花の御所を脱出して、その点では弟とおなじことになったわけで、

「わしもまた、似非か。のうゼンナ」

一月あまり、のち。

意外なことが起きた。

似非でない、ほんものの将軍が来たのである。

†

ほんものの将軍、第九代足利義尚。

が、母とともに牛車をつらねて東山殿にあらわれたのは、秋空にたかだかと、米をまいたように白雲の浮かぶ午後だった。

事前に可否を問われた義政は、

「もちろんである。万事いたらぬ鄙《ひな》の地ながら、上様のお越し、あつく歓迎もうしあげる」

とこたえさせている。

本心である。

将軍の位をゆずったのは、まだ応仁の乱の終わらなかったころ。あのとき義尚は九歳だったから、いまはもう十九歳のはずだった。

（ひさしぶりじゃ）

正直、胸がはずんだ。

父子の血縁はないかもしれぬが、縁はある。われながら滑稽《こっけい》なほどの真摯《しんし》さで、

（わが生きかたを、彼の記憶にのこしたい）

が、いざ母子が来て、会所の北西のすみ、十二畳の茶の湯の間へ通しても、話はさっ

そく非平和的である。

奥に母子をならべて座らせ、義政はみずから下座へまわって、

「息災のようじゃな。どちらも」

と口を切ったところ、顔をしかめて、

「さまあし」

と言い返したのは、向かって左の母のほうだったからだ。

つまり、富子。

さまあしとは様悪し。要するに、

——貧乏くさい。

と言ったのだろう。義政はわざと声を荒らげて、

「何じゃと？」

「私たちに一言もなく洛中をすて、岩倉をすて、長谷をすてて、まだ普請も終わらぬうちに選んだものが、こんな田夫野人のごとき生活ですか。奇なり、奇なり。このごろ殿様が洛中の衆庶に何と呼ばれておるか、ご存じか」

「知らぬ」

「『東府様』と」

「え」

一瞬の沈黙のあと、義政はもう、こらえきれない。手を打って、

「はっは、はあ」

高笑いは、なかなかやまなかった。近時これほど痛快な話があるだろうか。富子はそのほっそりとした、よく反る指で、つと畳のへりを撫《な》でて、

「紺無地とは、さまあし」

「まいにち見るには、そのほうがよいのだ」

富子はつぎに部屋を見まわして、

「柱も、檜《ひのき》とちがう」

「檜のかおりは好ましいものじゃが、青畳のそれとは諍《いさか》い合う。どちらか片方をえらぶが徳よ」

「何を仰せになります。芳香というのは銭とおなじ、多いほうが豊かに決まっています」

「これまでの時代は、そうじゃった。わしはちがう。渾沌《こんとん》よりも純一をとる。追増よりも删除《さんじょ》をとる。畳のへりの紺無地も、おなじこの『わび』の心意気からじゃ」

「わび?」

「それはな」

義政は身をのりだし、説こうとしたが、どのみちこの妻は、

(会得せぬ)

そう思い返して、

「目に入るものにしろ、鼻に入るものにしろ、少ないほうが魂のあそびの余地は大きい

わな」

ごく簡潔ながら、これはこれで本質を衝《つ》いたつもりである。富子はただちに、

「座敷飾りを置かぬのも、そのせいですか」

「いかにも」

義政は、うなずき、四周を見た。

従来の会所では、大げさに言えば、

――四方を、うめつくす。

というほどに香炉やら、花瓶やら、文房具やら、印籠《いんろう》やら、油滴やらを置いてみせるのが常態である。会所というのは一種の応接間にほかならないので、そのようにして客をもてなすと同時に、一種の示威をおこなうわけだ。

が、義政はいま、そうした座敷飾りの品をひとつも置いていない。

かろうじて義政の背後につくりつけの茶の湯棚が設けてあり、食籠、茶碗《ちゃわん》、杓立《しゃくたて》、水瓶などを列しているが、ほかにはせいぜい襖《ふすま》に、

――蘆雁《ろがん》の図。

と義政が心ひそかに呼んでいる左右一双の水墨画があるくらいか。

左右どちらも、冬の景色である。

川辺だろうか、湖辺《うみべ》だろうか。枯れかけの蘆《あし》が一本ずつ、二本あわせて「ハ」の字になるよう立っている。

その根もとに、一羽ずつの雁《かり》。

左の雌は水面に浮かびつつ、首を「へ」の字にまげて頭をなかば水中に没している。

右の雄は陸にあがり、二本の脚で立ちつつ、雌へ体を向けている。

ただし首は向けていない。まるで螺旋《ねじ》を巻くように天へのばし、円い目を見ひらいている。はるか遠くの渡りの地をなつかしむかのようなまなざしが強い印象をあたえるこの絵を描いたのは、雪舟《せっしゅう》という相国寺の僧である。

いや、相国寺の僧だった。

いまは例によって戦乱の京を避けているのだろう、どこか西国の地にいると聞いたが、二十年前、まだ義政が将軍だったころには花の御所へたびたび来て、義政のこのみを聞き、素案を示し、いろんな絵を描いたものだった。

この蘆雁図は、そのうちの一対なのである。

あんまり気に入っているので、義政は、岩倉にうつれば岩倉にうつし、東山殿に転じれば東山殿にとどけさせと、ほとんど掌中の珠《たま》としている。

ただし出し惜しみはしない。出し惜しみはかえって作物を枯らすというのが義政の文化人としての直観だった。したがって富子もかつては何度も接していたはずだけれども、この日は予想どおりと言うべきか、見たところまったく、

（気づいて、おらぬ）

ということは、ひょっとしたら、義政がもてなしの手を、

——はぶいた。

とすら思っているかもしれぬ。義政は念のため、

「ほかは、あるぞ」

と、富子に言う。富子はちょっと首をかしげて、

「ほかは？」

「この会所には、六つの部屋がある。ほかの五つには押板もあるし、台子もあるし、とき に付書院もある。相応に飾りして、おぬしらに目の馳走《ちそう》をしようと思うておったわ。どれ」

と、にわかに立ちあがり、

「ひとわたり、案内つかまつろう」

「この会所を？」

「そうじゃ。もしもこの東山殿を一面の扇とするならば、この会所は、その扇のかなめ。建物自体はいつか焼ける日が来るにしても、その様式は、事によったら、後世にのこるやもしれぬぞえ」

と言ったのは、もちろん冗談のつもりはない。

義政は、本気でそう思っている。しかしそれにもかかわらず、この宣言は、結果的に見ると、まだまだ過小評価だった。この東山殿会所の内装様式は、ひとり東山殿のみならず、日本の建築史、ひいては文化史そのものの扇のかなめとなり、圧倒的な存在とな

り、後世にのこったというよりも、後世を支配したのである。

その支配は完全だった。五百年以上を経た二十一世紀のこんにちですら、私たちはそこから脱することができない、あるいは脱する必要がない。ただしこんにちの私たちは、その建てぶりを、会所様式とは呼ばないけれども。

書院造

と、呼ぶ。

或る意味、

――和風住宅。

というのと同義である。いま義政のいる東山殿会所は、書院造そのものではないけれども、それを近く、強く、予見するものではある。

いうなれば、支配の一歩手前。

それをこれから妻子に見せる。富子は、

「やれやれ」

またぞろ病気がはじまったと言わんばかりのため息をつき、それでも立って、上半身ごと横を向き、

「まいりましょうか、上様」

返答がない。

義尚は、そっぽを向いてしまった。義政は横顔を見おろすことになる。やっぱり当今

に似ている目じりが、ぴくりぴくりと、死ぬ虫の肢《あし》のように痙攣《けいれん》していた。

頰の肌は少女のごとくつややかなのに、みじかい黒毛が鑢をなしている。

見苦しいことこの上ない。二、三日ひげを剃《そ》っていないのだろう。

「上様」

と富子がうながしても、義尚は、

「ふん」

そっぽを向いたまま。或る意味、わかりやすい不機嫌ではある。こんな田舎へ、

――むりやり、つれて来おって。

などという不満を母に示しているのか。

(まさか)

と義政は否定してみる。

足利義尚、征夷《せいい》大将軍、もはや母親の言いつけに嫌々したがうような地位でも年齢でもないのである。嫌なら自分の意思で「行かぬ」と言えばいいだけの話なのだが、

(あり得る)

それくらい、この子は母から離れられず、また母も子から離れられない。

泥沼のなかで、はだかで抱き合うような人間関係。それだけに富子は、こういうときは無理にでも、

「さあ上様、まいりましょう、上様」

としつこく言うのが常であり、このときも、

(言うぞ)

と見ていたら、案に相違して、富子はあっさり、

「そうですか」

「…………」

「それでは上様、ここでお待ちを」

例の、蘆雁図の襖のほうへ足をふみだした。義政はちょっとびっくりして、その背中へ、

「よいのか」

富子はふりむかず、

「ええ。そのかわり……」

「何だ」

「そのかわり、お茶の」

「え」

「お茶のおふるまいを。お茶の」

みょうに繰り返す。こんな富子は、

(見たことがない)

義政は内心いぶかりつつも、

「珠光が、別棟にひかえておる。ここで点《た》てさせよう」

「ぜひ」

「行こう、富子」

義政は富子の横へすべりこみ、襖をあけた。

夫婦一対、しばし文事への旅立ちである。

†

義政はいったん南西のすみ、建物そのものの入口にもどった。

ここからあらためて出発するのだ。あとから来た妻へ、

「この会所には六つ、部屋がある」

説明をはじめた。

屋根をはずし、空から間取りを見たとすると、北側に三つ、南側に三つ、それぞれ横にならんでいる。

北を上とすれば、夫婦は左下にいる。義政は、いちばん近い部屋を手で示して、

「これが、六の間」

と言い、そこから反時計まわりに、
九間《ここのま》

狩の間
石山の間
御納戸
茶の湯の間
とまわったのち、
「ここに、もどる」
と告げ、足でトンと床を鳴らした。
その足を、そのまま広縁へふみだした。
東へ向かうことになる。六の間の前を通過して、その左どなり（北を上とすれば右どなり）、九間の前で立ちどまった。
立ったまま、障子戸をさらりと引く。
内部《なか》は、十八畳のひろさである。三間《げん》四方だから「九間」なのである。ここへ越してきた当夜、善阿弥とふたりで話したとき、善阿弥がそこに控えていた部屋である。あのときは調度のたぐいは何もなかったが、いまは中央にひとつ、火鉢を置いている。銅製の、まるで壺《つぼ》のように口のすぼまっているもので、ななめに刺した火箸も銅製である。
「おやおや」
と、富子はもう口をとがらせて、

「まだ秋のさかりじゃというに、気のお早い。寒さのこたえるお年でもあるまいに」

「べつに炭をおこしてはおらぬ。あれも飾りじゃ。季節を待つたのしみをあらわす」

「あれは何のたのしみです」

富子が手をかざした方向は、部屋の右奥。

畳の上に、横長の、黒うるし塗りの押板がひとつ置いてある。

押板の上に、いわゆる三つ具足をならべる。左から香炉、華瓶《けびょう》、燭台《しょくだい》である。本来はもちろん仏前にそなえるものだけれども、義政はあっさりと、

「目のたのしみ」

「それだけ？」

「それだけじゃ」

「ご信心は？」

「炭をおこさぬ火鉢があるなら、帰依のない仏具もあってよかろう」

聞きようによっては、たいへんな暴言である。

がしかし義政としては、結局のところ造形美術、ことに立体美術の精髄は仏教美術に、

——あつまる。

という認識がある。

宗教以外にはなかなか偶像や図案の口実はなく、またその人材もいないのが日本の現状なのである。富子はただ、

「はいはい」

「要らぬなら、取り去ることもできようぞ。押板はつくりつけのものではなく、いわば単なる置き板じゃからな」

「炭をおこさぬ火鉢、帰依のない仏具のつぎは、飾りを去った部屋ですか」

大した機知でもないけれども、義政は大げさに、

「うまいことを言う。部屋の格が低いからじゃ」

「いちばん高いのは？」

「もひとつ右の部屋じゃ。そこにはみごとなつくりつけの、微動もせぬ飾りの場がある」

義政は体の向きを右にして、ふたたび広縁を奥に進んだ。

いや、進むふりをした。

目の前で広縁は尽き、障子戸が行く手をはばんでいる。

義政はふたたび左を向き、九間へふみこみ、火鉢の手前で右へまがった。

襖をひらき、移った先は、狩の間である。

会所全体の東南のすみ。義政はまた九十度、体ごと右に向いた。

南を、見ることになる。

衣《きぬ》ずれの音を立てつつ富子があとから来て、横に立ち、おなじほうへ顔を向ける。部屋そのものは六畳とたいそう狭いけれども、目の前では、それとはべつに三畳ぶんの空間がぐっと奥へ押し出されていた。

この押し出されたところが広縁を侵して、いましがた、義政の行く手をはばんだわけだ。

この三畳を、

「押板床《おしいたどこ》、という」

義政は、そう教えた。

文字どおり押板の床。あるいは単に床《とこ》ともいう。のちに「床の間」と呼ばれるようになり、それを設けた部屋そのものの格式の高さを示すようになり、こんにちにいたるまで日本家屋の文化中心、日常生活の美術館となることになる史上最重要の舞台装置。

こんにちにおいても、

——床の間つき。

といえば、一般に、その家で最高の部屋ということになる。そういう輝かしい床の間の未来を、義政はこのとき、この会所において、

(たしかじゃ)

すでにはっきりと予見している。だからこそここの狩の間という、会所のかなめとなる部屋にこれを念入りにこしらえたのだ。

そう、広縁をわざわざ、

(侵してまで)

その特別な空間には、しかし畳は敷いていない。

板敷きである。ほかより一段、高くして、正面と右とを障子戸とし、左側には、これまた義政が将来きわめて有望と見ている、違い棚を設けた。

違い棚とは、二枚の棚板を左右から食い違いに、つまり高さを変えて吊《つ》ったものである。

ここから見ると、奥の、つまり右の棚板のほうが少し低い。その低いほうには薬壺《やくこ》を、高いほうには印籠を、それぞれ載せて見せている。

両者の下の地のところには大ぶりの石鉢を置き、萩や桔梗《ききょう》、薄《すすき》を生けて視覚的なおもりとした。花ならば、富子の目もよろこぶだろう。

実際、富子は、

「まあ」

かすかに声をもらした。好意の表明なのだろう。

違い棚に置かれたものは、地の石鉢もふくめて三点、すべて唐物《からもの》である。国産品はひとつもなし。べつに義政は外国をむやみと崇拝するたちではないけれども、現実問題として、質のちがいは、

——あきらか。

と、言わざるを得ないからである。

例外は、あるいは絵画くらいかもしれない。たとえばあの茶の湯の間の蘆雁図を描いた雪舟とか、あるいはその上の世代に属する如拙《じょせつ》、宗湛《そうたん》といったような優秀な描き手は

日本人である。

だがその反面、彼らはみな、相国寺という文化的に宋や明のひじょうに強い影響下にある禅寺の僧侶《そうりょ》でもあった。雪舟のごときはほんとうに明で絵の勉強をしているので、半分くらいは、

——外国人。

とも見なし得る。

日本の文化は、総じて見れば、宋や明の圧倒的な支配下にあるのだ。こういう観点から見た場合、日本史は、ひょっとしたら自分に、

(容器《いれもの》を、のこす)

その役目をあたえたのかもしれぬ。

義政はこの会所を建てるあいだ、何度かそう思ったことがある。

この会所は、あるいは東山殿そのものが、巨大な文化的容器なのである。

あるいは「わび」の精神も、おなじかもしれない。そのなかで彫刻、漆工、金工、木工、陶磁器《やきもの》、茶の湯、生け花、染物、織物……あらゆる分野の日本人作家がぞんぶんに腕をふるうことのできる一種の哲学的な容器。

もしもその容器がほんとうに完成したならば、そのときは日本文化が、

(日本人の、ものになる)

外国人のそれとのあいだに健全な均衡をたもつことになる。もちろん義政自身は、そ

のさまを見るのはかなわぬだろう。その前に、寿命のほうが、

（尽きる）

　ともあれ。

　義政の意識は、目の前の押板床に向いている。

　違い棚のほかにも、まだ見せ場はある。正面の障子戸の下、ひざほどの高さの付書院である。一種の固定化された文机だが、そこにならべた墨、硯《すずり》、水滴などの文房具も、やはりぜんぶ唐物だった。

　義政は、体ごと妻のほうへ向きなおり、

「どうじゃ、富子」

「何がです」

「違い棚、付書院、そこに置かれた船載の文物のかずかず。これほどに濃密な空間《しつらい》は、ほかのどこにもないであろうよ。室町《むろまち》殿にも、内裏にも、相国寺にも。わしが自慢じゃ」

　われながら、鼻息があらい。

　言うことが子供っぽい。富子はなおも付書院を見おろしながら、

「押板床そのものは、何も殿様が開祖ではないでしょう」

　いかにも挑発的な口ぶりである。義政は、クイとあごを上げて、

「はっはっは。存じておったか」

「当たり前でしょう。殿様がまだ上様であられたころ、室町殿には会所や泉殿といった

ような建物がありました。わらわもようお客をもてなしたものです。そこにも、こうした開帳場が」

「ああ、そうじゃったな。あの会所や泉殿は、たしか伯父上《おじ》の代《よ》のものだったかな」

「ええ」

「しかし伯父上には、普請の趣味はなかった」

伯父上とは、ここでは第四代将軍・足利義持のことである。

父・義教の兄（同母兄）にあたる。なるほど押板床は、そのへんの時代に世にあらわれた。

いまから六、七十年前か。きっかけは、その前の将軍である「北山殿」足利義満が明との国交を正式にひらき、勘合《かんごう》という合わせ札をもちいて双方の身元を確認したいわゆる勘合貿易を開始して、これで明の文物がどっと日本へながれこんで来たことだった。

仏具も、生活用具も、文房具も。

それらのものを社交の場での展示物とするためまず義満の代に押板が発明され、そうして義持の代に、それを固定した押板床が、

（発明された）

義政は、そんなふうに認識している。

ただし義持は、もともと文事にはさほど大きな興味がなく、舶来のものを展示するのも、しょせん政治的な、

——権力誇示の、一法なり。

としか意識していなかったような感じはあるが、それはそれとして、義政はこういうわけで押板床の創始者ではない。

その継承者、ないし発展させた者である。この点では、たしかに富子の言うのは正しいのだ。もっともこのとき、義政は、べつのところに胸を衝かれた。

「上様、か」

義政は、ため息をついて、

「もう十年か。そう呼ばれなくなってから」

「もっと前より」

「ああ、そうか」

「………」

富子は、うつむいたようである。義政がまた笑いながら、

「未練はまあ、ありはせぬがのう。わしには似合わぬ笏《しゃく》じゃったわ」

と言うと、

「殿様」

富子が、義政のほうへ顔を向けて、

「なつかしゅう、ござりまするな」

声が、みょうにあたたかい。

粥《かゆ》を煮たような粘りがある。上目づかいに義政を見る、その瞳《ひとみ》がにわかに大きくなり、輪郭を曖昧《あいまい》にした。

ひょっとしたら、うるみのせいか。

(まさか)

義政は、みずから否定した。この妻は、若いころから、人前で涙を見せたことがない。特に義政の前ではない。七年前、兄の日野勝光が死んだときでさえ社交用の笑みは絶やさなかった。義政はつい口ごもって、

「ど、どうした」

「あのころが。なつかしゅう」

「おい、とみ」

「殿様」

富子は、のどの奥でしゃっくりのような音《ね》を立てると、手をもちあげ、白いしなやかな指のふしで目をぬぐった。

その手をさしのばし、義政の手をやんわりとつかんで、

「いまひとたび、もどれるものなら」

「どこへ」

「むかしへ」

つかむ力が、つよくなった。

目のふちが、赤い。

この世には義政しか、

——たよる者が、ない。

とでも言わんばかりの弱者のまなざし。むかしにくらべて目じりの皺《しわ》はふえたけれども、その皺ごと、

（愛《かな》しや）

義政は、粗暴の念が湧いた。

骨をくだくほど抱きしめたくなる衝動をかろうじて鎮め、やや急いで呼吸してから、

「何ぞ、あったか」

「それが……上様」

「殿様じゃ」

「あ、殿様」

「どうしたというのだ、とみ。おぬしらしくもない」

「洛中へ、お帰りには」

「洛中へ？」

「ええ」

「わしが、小川殿にか」

「室町殿を、再建してでも」

「何と、まあ」

もはや、ただの人である。義政が語を継げずにいると、富子は、

「義尚が」

と、この世でただひとり、おのが腹を痛めて生んだ男子の名を挙げた。目下の征夷大将軍、正真正銘の上様。

いまはさだめし、あの茶の湯の間で、村田珠光手ずからの茶のもてなしを受けているだろう。最高級の、栂尾《とがのお》産の茶を。

「あの子が、どうした」

義政が身をのりだしたのと、富子が、つと手を引いたのが同時だった。

その目の光はもう、いつものつめたい炎光である。横を向いて、

「板敷き」

「え？」

「殿様はむかしから、度外れてお嫌いだったではありませぬか、ぎいぎいという板敷きの床をふむ音が。あれは気のやまいです。その殿様にして、このご自慢の空間《しつらい》をあえて畳敷きにせなんだとは」

富子の視線は、ひたと押板床を向いている。

義政はむなしく宙に浮いた自分の手をそろそろと引っこめつつ、

（何じゃ）

真意を、はかりかねている。本来ならば、

「よくぞ尋ねた」

と即応し、そのわけを勇んで語りはじめるところである。ここでもまた板敷きか畳敷きかには義政なりの深謀遠慮があるのだから。がしかし、富子はいま、

（話を、そらした）

そのこともまた、あきらかなのだ。

義尚に関する何かしらのことを、おそらく禍事《まがごと》を、言うべきかどうか葛藤《かっとう》があった。

義政はしいて押し返すことをせず、

「よくぞ尋ねた」

韜晦《とうかい》に乗った。勇んで語るふうの口調で、

「たしかに、この押板床は板敷きじゃ。なぜならそこには、主客《われら》はふつう足をふみいれぬ。ぎいぎいと音も立たぬからのう」

冗談めかしたが、これは本心なのである。

板敷きのほうが畳敷きよりも格式が上だという、そのこと自体はもともと義政もみとめているのだ。

あの北山の祖父の鳳凰《ほうおう》ではないけれども、板敷きはやはり略式に対する正式、褻《け》に対する晴れ、私《わたくし》に対する公、それはたしかである。権威がある。

その権威は、歴史によってもたらされる。義政が畳敷きをこのむのは、あくまでも現《い》

今《ま》ふうの、実用優先の思想にかなうからであり、押板床はしかし実用の具ではない。非実用的であることで千鈞《せんきん》の値がある。となればここで畳敷きにこだわるのは、

「馬鹿信心というものじゃ、とみ。何にしろ、ものごとは機を見て考えねば」

義政がそう説明すると、富子は唇のはしを陰気にもちあげ、くるりと体の向きを変えて、

「つぎへ行きましょう」

「あ、ああ」

「あと三部屋、のこっているのでしょう」

「よし」

あとの三部屋は、大したことはない。

義政はまた先に立ち、北側の二部屋をさっと見せて、三部屋目が、もとの茶の湯の間である。

襖を引く前に、

「義尚が、おるぞ」

念を押した。

富子は、

「……わかっております」

襖を引き、室内《なか》を見た刹那《せつな》、

「あっ」

夫婦同時に、絶句した。

†

義政は、このとき。

というのは、富子との会話のなかで、

――義満のころに押板が発明され、義持のころに押板床が発明された。

などと思い出したとき。

本心では、ぎくりとした。もっと考える必要があると思い、そのためにもさらに論を進めたかった。そもそも会所というもの自体、日本史において、

――いつ、はじまったか。

という話がしたかった。その話をした上でなければ、押板がどうの、押板床がどうのといくら論をかまえようが、しょせん根幹《ねみき》を欠いた枝葉でしかない。

がしかし、その話までしたら、

（長すぎる）

義政は、そうも判断した。この手の文化的な議論には、富子のあの極端な実利志向の頭脳はたぶん耐えられない。

もうやめろ、と言われることは確実だったろう。会所はいつ、はじまったか。

会所とは、あらためて定義するなら、

——人と会うのに用いられる部屋、もしくは建物。

つまり社交場である。

平安時代には、存在しなかった。

このころの代表的な建築様式というべき寝殿造は、どこをたたいても、会所という音《ね》は出ない。なぜなら当時の貴族には、そもそも社交という習慣そのものが存在しなかったからである。

厳密には、少しは存在した。したが彼らの生活は、それよりもはるかに、儀式によって占められることが大きかった。

公的にも、私的にも。

何しろ疫病、落雷、台風、凶作……命にかかわる深刻な問題のうちのかなりの部分が、いわゆる、

——人知では、解決できぬ。

禍事をあらかじめ避けようと思ったら、神仏にすがるしか方法がない。そんな時代だったのである。

そうして神仏というのは、平常点を重視する。

ふだんから接触をはかり、ご機嫌をとり、供物をささげておかなければ、いざという

とき助けてくれない。

人間がことごとに儀式にあけくれた所以《ゆえん》であるが、その儀式は、大別して二種類ある。

ひとつはもちろん、人の一生に沿うものである。

誕生、成長、結婚、懐妊、出世、長寿、忌日《いみび》、死などなど、誰かひとりが主人公になるたび、一家親族があつまる。

神事をおこない、読経をおこない、いろいろと貢ぎものをする。

これだけでも大した頻度であり規模なのだが、それよりもさらに大がかりなのが、一年の季節に沿うものだった。

正月、曲水、端午、七夕、盂蘭盆《うらぼん》、重陽、十五夜、大みそかの追儺《ついな》ほかほか、大催事がそれこそ応接にいとまなし。そうして人の一生とはちがい、こちらには、家のうちそとの別はないのである。いちいち、みんなが参加する。

寝殿造の建物がおしなべて板敷きの巨大な空間をかかえこむのは、ひとつには、この必要からなのである。そこでは「儀式もできた」のではなく、儀式ができて、そのついでとして、日々の生活ができたのである。

ということで。

儀式のないときは、つねに措置は臨時である。

部屋などは必要に応じて、屏風《びょうぶ》、衝立《ついたて》などで仕切ればいいのだ。

これは案外、合理的だった。ひろさも自由に調節できるし、部屋数も、思いのままである。

畳を置けば、いごこちもよくなる。

取り去るのも容易。逆にいえば、それだけの仕掛けで成立してしまうほど、それほど彼らの日常は他愛ないものだったし、個人的な交際も素朴だった。おそらくは、男女の仲もそうだったろう。社交がないと言う所以である。

空間デザインの面から見れば、平安時代とは、

——間仕切り。

の時代にほかならないのだ。

いまだ「間取り」の時代ではない。

それが鎌倉時代になると、日本の支配者は、貴族から武士へと交代する。これが建築史には大きかった。

武士はもちろん、元来は、戦闘員である。

実利をおもんじる。儀式などという無駄なものには貴族ほどに時間をさくことがなかったし、その故にこそ彼らの集団は、軍事的にはもちろん政治的にも機動性にとみ、天下をわが手ににぎることができた。

儀式のかわりに、何をしたか。

言いかえるなら、武士たちは、神仏のかわりに何とつきあったか。

人である。彼らはおなじ武士どうし、いや、貴族を相手にするときですら、より私的

な、より濃密な、より少人数での関係を志向するようになった。

神を相手にするよりは実利的だろう。ここにすなわち社交が生じる。対人関係と言いかえてもいい。それはつまり、ここではじめて世にあらわれたのだ。

社交とは、ひょっとすると、だから引き算の結果なのかもしれない。儀式から神仏をとりのぞき、七面倒くさい手順と作法をとりのぞき、趣味や感覚をおなじくせぬ多数の人間をとりのぞいた小規模のいとなみ。固定化された人間関係。こういうつきあいが流行すれば、当然、そのための場もあらわれなければならぬ。

その場がつまり、会所なわけだ。

会所はじつに、鎌倉の世にはじまったといえる。

もっとも、この時期の会所は、まだ幼児がよちよち歩きしているようなもの。そのときどきで、あいた空間を利用したり、臨時の建物でしのいだり。この幼児が成長し、いわば成人になったのは、鎌倉の世が終わってからだった。

鎌倉の世が終わり、建武《けんむ》の中興をへて足利氏の天下となり、そう、第三代将軍・義満が全盛期をむかえたころである。社交の習慣は、飛躍的に普及した。

普及には、おもにふたつの理由がある。

ひとつはもちろん天下の動乱が終息し、太平の世になったこと。もうひとつは、個人の趣味の多様化だった。

娯楽の種類が、ふえたのである。

鎌倉時代に誕生し、いまも流行をきわめている連歌にくわえて、茶寄合、香寄合、猿楽の鑑賞、唐物の鑑賞などなど。ことに唐物の鑑賞については、義満自身が仕掛人である。

彼のおこなった勘合貿易がおびただしく明から文物をもたらしたことが、ほかの娯楽にも影響をおよぼした。

茶寄合など、へたをしたら、茶を飲む時間よりも器を愛《め》でる時間のほうが長いくらいである。してみると、その義満の建てた北山殿に、おそらく日本史上はじめて専用の、固定された会所建築がもうけられたのは、けだし偶然ではなかったろう。

その会所建築こそ、
天鏡閣
にほかならないことは前述した。義満はそこへ有力な武家や公家《くげ》、ときには天皇をまねいて非政治的ないろいろの催しをした。きわめて実用性にとむ建物だったのだ。

使用頻度からしたら、ひょっとすると、おなじ北山殿に燦然《さんぜん》と立つあの舎利殿よりも――金閣よりも――はるかに上だったかもしれない。日本にはこのとき、ほんとうの意味での、文化というものが誕生しつつあった。

神仏から独立した、純粋な人間的な趣味の世界。

あるいは単なる個人の所有をこえ、個人の表現をこえた、共同体的な支援、展示、批評の世界。

義政の言う「文事」である。

その天鏡閣は、部屋中、びっしりと畳敷き。

しかも部屋がみな柱、欄間、襖などで固定されている。

空間デザインの面から見れば、あの王朝の寝殿造の「間仕切り」の時代はここではっきりと終わりを告げた。

「間仕切り」から「間取り」の時代になったのだ。

しかしながら室内の、座敷飾りの置場となると、これはまだ固定されていない。

それは押板という、移動可能な一枚板にすぎなかった。

もちろんその板自体にも彫刻等はほどこされたし、四本のみじかい脚がつくことも多かったけれども、どちらにしろこの押板がさらに固定され、装置化され、舞台化され、完全に部屋の一部となったのが、義満の死後。

第四代・義持のころであることは、これもすでに述べたとおりである。

すなわち押板床。こんにちの床の間。あるいはその応用編ともいうべき違い棚も。もちろん移動可能な押板がただちに滅びたわけではないけれども、ひとり義持のみではない。

この時代の金持ちはみな、大名も、寺僧も、商人も、せっせと押板床や違い棚をおのが邸内ないし寺内にしつらえて得意満面だったのである。

この点は、六、七十年後の義政の時代もおなじである。

義政の会所とは、ただちに間取りの会所である。その意味では義政はまだまだ独自の域には達していない。伯父の時代の余光のなかにいる。まことに富子の指摘は正しかったわけだが、しかしながら本音では、

(少し)

と、そう言い返したかったことも事実だった。

(少し、達した)

ここでも義政はやはり富子の退屈をおもんぱかって口に出すことをしなかったけれど、祖父・義満も、伯父・義持の時代の人も、しょせんは「場」をこしらえたにすぎない。部屋を固定し、置場を固定し、社交館と美術館を一体化させたにすぎない。実際そこへ何をどう置くか、どのように見目よろしく並べるかという一歩先の問題は、彼らは考える余裕がなかったのである。

あるいは、あっても、

(洗練の度が、とぼしかった)

何でもかんでも高価なもの、珍奇なものを置けばよしという率直な態度、素朴な自慢。それを意識したがために、義政はようやく、

(手本に)

そのことを、思い立った。

（わしみずからが手本になる。永遠に）

或る日、絵師の相阿弥《そうあみ》を呼んだ。

大した絵師ではない。いわゆる器用貧乏である。水墨画、着色仏画、花鳥画、ひととおり何でもこなせるし、場合によって彫刻もやる。

出来あがったものは、どれもうまい。しかし心にのこらない。この場合は、最適だった。義政はその相阿弥へ、

「よいか、相阿弥。わしはこれから、わしの飾りのすべてを口授《くじゅ》する。そのための前提《したく》として、まずは唐絵、仏具、茶道具、花器、香道具、文房具等ひとつひとつの品について特徴、来歴、上等下等の差を述べる。ひとつひとつがわからねば、その組み合わせが会得できるはずもないからな。おぬしはそれを、条目書きにせよ」

「はい」

「その上で、その飾りかたの実例《ためし》を示す。それも記せ。ただしおぬしを呼んだのは、文《ふ》章《み》とともに、絵をも描かせるためじゃった。その絵はうつくしくある必要はない。ただわかりやすくあれ。初心の者でも一見でわかるよう」

「はい」

翌日より、義政の口述は開始された。

口述の内容は、きわめて具体的だった。

たとえば三つ具足の問題なら、

――そもそも、絵と置物の関係というのは。

などと抽象論はいっさい説かない。ただ元来が仏教由来のものであることを述べて、どうしても四君子――竹、梅、菊、蘭《らん》という純然たる植物画――の絵を掛けたいなら、

「三つ具足のほうから仏教のけしきをぬぐうべし。花瓶を三つならべてもいい。香炉でもいい」

と、つねに具体的である。

いっそ実践的ともいえる。相阿弥は至極まじめに書きとった。その結果、このくだりは、やや改変された上ではあるけれども、のちに『御飾記《おかざりき》』一巻の冒頭部分を占めることになる。

『御飾記』は、そんなわけで、事実上、義政著ということになるだろう。

もちろんこれしきの薄い本では見識をすべて盛りこめるはずもないので、義政はのちに、べつの者を呼び、もう一冊『君台観左右帳記《くんだいかんそうちょうき》』をあらわした。二巻あわせて、日本で最初にあらわれた美術評論の教科書、あるいは事典兼実例集（図版多数）である。最高の見識で、はちきれんばかり。しかし義政には、これを、

――稀覯書《きこう》にしよう。

という心はみじんもない。

歌学における秘伝書のような存在にしよう、ごくごく一部の天才にのみ受け継がせようなどというのは、義政には、単なる吝嗇《りんしょく》でしかなかった。

むしろ自分の名をかくし、積極的に、

「筆写させよ。流布させよ」

そのように、相阿弥に命じた。

相阿弥は実際、そのとおりにした。

うわさを聞きつけて、いろいろな人が筆写を申し込んできた。洛中の貴族とか、僧とか、周辺地域の商人とか。みな知識欲が旺盛《おうせい》だった。もちろん大名のあいだにも流布した。もっとも彼らは、応仁の乱以後は、そのなかのかなりの数が自分の領国へ帰ってしまっていて、これがまた義政の本を、ということは義政式の室内装飾を、全国にひろめる結果になった。

その点では、日本を、

（支配した）

義政にはいま、そんな心の充実がある。

祖父や伯父を、

（こえた）

その、たしかな手ごたえ。

むろん義政はそのためにこそ自由な筆写をゆるしたのだし、それ以前に、そもそも抽象論など説かなかった。

ひたすら実例の提示に終始した。正直なところ、この充実は、この満足だけは、

(富子に、聞いてもらいたかった)

とはいえ。

まだまだ「少し」である。

少し上手にものを置いただけ。ほんとうの野望はこんなものではない。さらに先にある。ないし、さらに根本的なところにある。その根本においては自分はいまも、事業を、

(遂げては、おらぬ)

その根本の事業とは、

——独立。

と、はっきりと見さだめてはいるのだが。

文化の、政治からの真の独立。

その独立のために必要なのは、

(わび)

義政の目には、いま、そのことまでも見えているのだ。

突飛なようだが、そうではない。

義政にとって「わび」の心は、これまで述べてきたことの理論的帰結として存在している。なぜなら王朝時代には、儀式は多人数でおこなった。武士の世には社交は少人数でおこなわれた。となれば、未来のひとつの理想郷は、

――孤独。

その境地となる。

ならざるを得ない。そうして「わび」の基本が孤独にあり、他人からの解放にあり、そのことで精神の自由を志向していることは、これもまた義政のこれまでさんざん考えてきたところである。社交の未来は、「わび」にあるのだ。

東山殿には、会所が建った。

じき常御所も建つだろう、そのつぎに建てるべきものは、まさしくその「わび」を、

（手がかりに、する）

もしもそれが達成されたら、もしも「わび」の心をまったく現身《うつしみ》と化し得たとしたら、その建物は、ないしその部屋は、真に東山殿を代表するものとなるだろう。ばかりか足利時代を代表し、それまでの日本史を代表して、

（以後も）

その名は、もう決めている。

建物の名は、

――東求堂。

部屋の名は、

――同仁斎。

普請は、じき始まる。義政の仕事はこれからである。

†

義政が襖を引き、もとの部屋の、つまり茶の湯の間のなかを見た刹那。

「あっ」

夫婦同時に、絶句した。

富子は、

「よ……よしひさ」

うめいたが、理性をいくぶん取り戻したか、

「上様」

言いなおした。

上様は。

部屋のまんなかで、こちらに背を向けている。

あぐらをかいている。

その背中はまるで老人のように丸まっているが、ただし義政が最初に目をやったのは、
息子の左奥、六の間につづく襖のうちの中央の二枚。

例の、

（雁）

雪舟筆、蘆雁の図にほかならなかった。

左右一双のうち左のほう、つまり義政から見て手前のほうの、雌の雁はぶじである。あいかわらず、すこやかに首を湖中へ沈めている。が、

「……ぐっ」

義政は、声がもれた。

右の雄は、無惨だった。一本の枯れかけの蘆の下、ながい首をあたかも螺旋《ねじ》を巻くように天へのぼして、円い目を見ひらいている、その目がだらりと涙を垂らしている。しかもその涙は、

（金閣）

義政が一瞬、あの祖父の建てた鏡湖池《きょうこち》のほとりの楼閣建物を思い出したほど、それほどあざやかな黄金《おうごん》色だった。

もしも陽の光がさしこんでいたら、その部分は、それこそ金箔《ぱく》を貼ったように見えたかもしれぬ。

絵そのものは、水墨画である。

黒一色のはずである。その涙の正体がしかし、

（酒）

と即座にわかったのは、部屋中に、においが充満していたからだった。

とろりと饐《す》えた、あたかも熟柿《じゅくし》をつぶして三か月も放置したような……義政は意を決

し、息をとめ、ずかずかと室内にふみこんだ。

左ななめ前方へ。

つまり、まっすぐ襖の前へ行く。

息子に背を向け、しゃがみこんで、顔をちかづけた。酒は、雁の目だけではなかった。首や尻《しり》にも、散っている。

足の下の土のところでは手のひら大になっていて、襖そのものが「ノ」の字のかたちに凹《へこ》んでいる。おそらくはここに、何者かが酒入りのうつわを、

(投げた)

うつわは、そのまま落ちたらしい。

襖の下のあおあおとした畳表がたっぷりと酒を吸って変色し、饅頭《まんじゅう》のようにふくらんでいる。この畳も、絵と同様、

(焼きすてるしか)

義政は立ち上がり、きびすを返して片ひざをつき、

「義尚」

将軍を、名で呼んだ。

将軍は……息子は、あくまで正面を向いている。義政に見えるのは横顔である。頬はさながら病人のごとく頬骨が秀でて赤黒く、ぴくりとも動くことがない。

唇も、色がわるい。

その唇がぱくりとひらいて、

「何です、東府殿」

（東府）

父上、とは呼ばなかった。

（こいつ）

心が激した。背後の襖絵を指さして、

「おぬし、何をしたかわかっておるか。これはわしが酷愛の画じゃ。小川殿へも、岩倉へも、室町殿へも、転居《やうつり》のごとみちづれ《いい》にした。それをこのように……」

義政のほうへ正対し、

「申し訳ございませぬ」

畳に両手をついたのは、息子ではない。義政から見て息子の左奥、例の茶の湯棚のかたわらの、角頭巾《ずきん》をつけた老人である。

平伏の姿勢が、じつに端正。

それ自体ほとんど美術品のようだった。茶人・村田珠光は平伏したまま、

「申し訳ございませぬ。茶を点てよとの命でここへ参りましたに、上様が『茶などいらぬ、酒をもて、いっとう大きい茶碗でもて』と。それはそれは強強《こわじ》いなさりますもので、余儀なく」

そこまで言って身を起こし、

「それを」

と手で示したのは、息子のひざの先である。

そこには梨地に螺鈿《らでん》をほどこした膳《ぜん》が置かれ、その上に、中国産《からわたり》の油滴天目がひとつ。

油滴天目とは、黒い釉《うわぐすり》の上にまるで油のしたたったような金色の斑紋《はんもん》がひしめいたもので、それだけでも珍宝と呼ぶに値するのに、ここにあるのは茶碗というより、いっそ、

――鉢。

と呼びたいほどの大きさだった。

天下に、ただ一品。

まだ少し入っているのだろう。息子はぼんやりと目を前へ向けたまま、それへ右手をのばし、親指を内側へくいこませて摑《つか》み、引き寄せた。

口もとへ近づけ、のどの音を低く立てて、苦い薬でも服《の》むように体をそらして飲みほした。珠光がここで口をひらいて、

「と、このように、上様は一杯目の、なみなみ注《つ》いだのを飲みほされました」

「いまのは？」

「十二杯目」

「じゅ、じゅうに……」

「一杯目のときは、ただちに『二杯目を』とおおせになりましたが、それがしが躊躇《ちゅうちょ》し

たばかりに、上様はご不快をおぼえられ、茶碗を……」

「投げたのだな」

義政はそう言うと、ふりかえり、もういちど雄雁の絵を見た。それの底にも、さだめし酒がのこっていたのにちがいなかった。

珠光がうつむいて、

「すぐさま、懐紙で拭《ぬぐ》うたのですが」

「おぬしの責任《せめ》ではない」

と義政はうなずいてみせたが、この言は、本心からの言だった。

むしろ珠光に申し訳なく思う。この天下無双の銘碗は、たぶんもう二度と、

（茶席には、使えぬ）

鋭敏な客の鼻と舌には、酒のにおいは、どれほど洗っても去りはしない。茶の味はぶちこわしになる。

「わしが責任じゃ」

と口をはさんだのは、息子である。

目をとろんとさせ、ろれつのまわらぬ口調で、

「悪かったのう、乞食《こじき》茶屋。しかしこう考えたらどうじゃ。もはやこれは碗ではないが」

と、それを珠光へぐいと突き出して、

「わしが名で、これからは銘盃《はい》になる。さあ注げ。こころよう十五杯目をよこせ」

息子の背後で突っ立ったまま、これまでに見たことのないような恐怖にみちた顔をして、
富子が、さけんだ。

「義尚！」

「珠光の話を聞いておらなんだか。それは十三杯目です。もはや数もわすれるほど泥酔《ふかよい》して。体を害します」

肩へ手をかけた。

声は、あくまでも甘えるようだった。よほど癇《かん》にさわったものか、息子はとつぜん立ち上がり、身をひねって、

「うるさい！」

富子の胸を、茶碗で突いた。

富子の体が、うしろへかたむいた。転倒を阻止すべく片足を引いたのが、かえって悪かったか。かかとが敷居にひっかかり、尻から畳に落下した。

みしりと、建物自体がきしんだ。

義政の位置からは、妻の姿はあられもない。紫足袋《たび》の両足はおそらく本能的にそろえられているものの、ひざが割れ、白い内股《もも》がのぞいている。ひさしぶりに見るそれは、存外、ふくよかな感じでもなかった。

息子は、

「ふん」

鼻を鳴らし、立ったまま珠光のほうへ体を向けて、

「はよう酒を、はよう！」

茶碗をほうった。

さすがに父の目をはばかったものか、実際は「ほうった」と「落とした」の中間くらいである。畳の上でにぶい音を立てて、油滴天目は、半円を描くようころがった。

珠光は端座したまま、視線をわずかに義政へ向けた。

――飲ませて、よろしいか。

そう問うていることは、あきらかだった。

義政はその目を見返しながら、内心、

（これか）

納得するところがある。先ほど富子を狩の間へつれて行き、つくりつけの押板床や違い棚を見せていろいろ説明したときだったか、富子は、ふと気弱になった。

義政が将軍だったころがなつかしいなどとらしからぬ愚痴をこぼしたばかりか、息子のことで心配があるので、義政に、

――東山を下り、家へ来てほしい。

とまでもらした。あれはみな、

（このことか）

つまり、酒《さか》みずく。

息子はもう、酒なしでは生きられぬ体になっているのだ。おそらくは昼となく、夜となく飲んでいるので、母親としては、その悪習を、どうかして絶ちたいと願っている。あるいは絶とうと決意している。だからこの茶の湯の間を出るとき、富子は、

——お茶のおふるまいを。お茶の。

と強調したのだ。あれは茶を出せという意味ではない、酒は出すなという意味だったのだ。

そういえば、

(就任の日も)

義政は、思い出す。

十年前の冬。息子がぶじに将軍宣下を受け、それを祝う大宴が室町殿でおこなわれたさい、息子はよほどうれしかったのだろう、

「わしの名は、きょうから義尚じゃ。第九代将軍・足利義尚じゃあ」

何度も吼《ほ》えては杯をかさね、大酔した。

とつぜん、

「陣太鼓をもて」

と言いだし、持ちこまれたそれをさんざん打ち鳴らしたかと思うと、撥《ばち》をすてて、蝙《かわ》蝠《ほり》扇をとってひらき、

「これが、武家の頭領の舞じゃ。みなの者、よう見ておけ」

あやしい足どりでふりまわした。義政は何度も、

「もう、よせ」

と叱責《しっせき》したし、おなじ大酒家である富子の兄の日野勝光ですら、

「上様、もうそのへんで」

と眉をひそめたものだったが、じつはこのとき、

「何をおっしゃる。このみごとな飲みっぷり、一国のあるじはこうでなければ」

と、さらなる飲酒を勧めたのが富子だった。

最後にその場にたおれこみ、うつぶせのまま、不規則ないびきをかきだした新将軍はこのとき九歳。まだ声変わりもしていなかったのである。もちろん、

――子供なのに。

という観念は、このころにはない。

若年の飲酒が健康におよぼす害など誰も知らぬ時代ではあるが、それにしても限度がある。

――あの母は、あまい。

とか、

――幕府《こうぎ》は、これでつぶれるかも。

とかいううわさは、またたくまに洛中洛外へひろまったのである。義政はそれまでの

数年間、この嫡男とほとんど接触がなかったため、ここまで事態が深刻とは知らなかった。

もともと富子は、生まれた刹那から、この嫡男を溺愛《できあい》していた。

「ゆくゆく、将軍たるべき鳳児なれば」

と言い言いして、ほしがるものは何でもあたえたばかりか、乳母《めのと》たちにも、臣下にも、

——あたえよ。

溺愛というより、愛玩《あいがん》である。理由は誰の目にもあきらかだった。

じつを言うと、厳密には、これは長男ではない。

次男である。もう二十四年も前、富子はひとり男の子を生んでいたからだ。

長禄《ちょうろく》三年（一四五九）正月のことなので、義政の御台所《みだい》となって四年後。

義政二十四歳、富子二十歳だった。

しかしながら死産だった。義政はいまも、この子はおもだちが、

（わしに、似ていた）

と思うのだが、事実はまあ青い死体しか見ていない。富子は産褥《さんじょく》でなかなか起きあがれず、後述するが、人間以外の何かになっていた。

とにかく富子は、義尚を愛玩した。義尚のほうも成長すれば、おのずから母親が鬱陶《うっとう》しくなる。

飲むな、飲ませろ。政治をこうしろ、口を出すな。ふたりの仲は、もはや修復不可能

なところまで来てしまった。

だからこそ富子はこのたび、この東山殿へ、

(わざわざ、来た)

義政は、いまや確信している。

そうして息子は来る気がなかった。富子がむりやり連れ出したのだ。この小旅行を機に、息子との仲を、

——改善しよう。

としたのにちがいない。してみると、あのとき義政へぽつりと「帰って来てほしい」ともらしたのも、存外、本気なのかもしれなかった。

むろん義政は、帰る気なし。

当然だろう。東山殿の普請と作事はまさしくこれから佳境をむかえようとしているのだし、かりにそれを除いても、いまさら父親あつかいされたところで「はい、そうですか」とのこのこ火中の栗をひろいに出かけるようなお人よしでは義政はない。

この母子とはもう、死ぬまで、

(へだたりを、埋めぬ)

が、それはそれとして、おとなの理性もなくはない。

一国のあるじの心身が、ひとりの若い男の心身が、この場でさらに腐敗するのをわざわざ見すごす理由もない。さっきから、

――飲ませて、よろしいか。
ところの指示を待ち受けている村田珠光のきびしい目へ、凜然《りんぜん》と、
「茶にしろ」
義政がそう命じたとたん、富子が、まだ尻もちをついたまま、
「そうなさい。義尚」
夫婦の意見が一致したのは、ひょっとしたら、新婚のころ以来かもしれなかった。
義政は、妻のほうへ歩み寄り、手をさしのべた。
妻はすんなりと義政を見あげ、その手をとり、ふたたび立った。
義尚は。
そのさまを見たわけではない。
けれども珠光をじっと見おろしたまま、案外あっさりと、
「わかった。茶にしよう」
ほどなく母子は、山を下りた。
義政はそれを中門のところで見おくった。しばらくして日野家から、東山殿のための、
――寄進。
という名目で、多額の銭がもたらされた。

第五章　雁のうらみ

その年の秋は、ことのほか寒かった。

雪がふるのも、早かった。

血ぬられた袴《はかま》を身につけたように東山の山そのものが麓《ふもと》をあざやかに紅葉でそめた、その色もあせぬうち、山の頭はうっすらと白烏帽子《えぼし》をいただいたのである。

その白は、みるみる山の中腹へひろがり落ちた。

義政ご自慢の会所の屋根を漂白し、いずれ池になるであろう庭の大穴を漂白し、麓の道をびっしりと覆う枯れ紅葉の褥《しとね》を漂白した。

洛中《らくちゅう》を悉皆《しっかい》漂白した。こよみの上では、まだ師走《しわす》にもならないのである。

いずれまた、晴れる日もあるだろう。

雪もいちどは、

（とける）

義政はふと思いついて、若い善阿弥を呼び、

「普請は、休みじゃ。とけるまで。三、四日はめいめい好きにしろと、人足どもに」

「伝えます」

善阿弥が出て行こうとしたのへ、義政は、

「もうひとつ。輿《こし》を出せ」

「輿を？」

「湖へ行く」

「何用のおありに？」

「鮒《ふな》でも、釣ろう」

湖とは、むろん琵琶湖である。義政は輿に乗り、いったん山を西へ下りた。逆もどりするような恰好《かっこう》で山の南方、逢坂山《おうさかやま》の、そのまた南の峠をこえた。

こえた先は、近江国。輿はひたひたと街道を東進しつづける。義政はその上で、

「行け。行け。奥島《おくしま》まで」

輿丁《こしかき》たちを叱咤《しった》した。べつに急ぐわけではないけれども、何となく、そこで見るべきもの、見なければならぬものが、

（ある）

あまりいい気持ちではない。輿丁たちの、

「ちっ」

という舌打ちの音がきこえたのは、これは義政に対してではなかっただろう。また雪がふってきたのである。

その晩は、石山寺《いしやまでら》で一泊した。

翌日。義政は、ふたたび朝から旅をはじめた。昼ころに輿が停止したので、義政はそれを下り、

「うむ」

自分の足で大地をふんだ。

うーんとのびをして、目をこすり、あらためて目をひらけば、

「うむ。うむ」

眼前には、琵琶湖のひろがり。

ちらほら程度の雪のなか、湖面には小舟が二、三艘《そう》、夢のように浮かんでいた。

夢ではない。

どれも漁小舟《いさりおぶね》である。舟の上では藁蓑《わらみの》をすっぽりと身につけた男女が、だみ声で歌をうたいつつ、力を合わせて一帖《じょう》の網を水へ入れたり、水から出したりしていた。

この寒さのせいだろうか、漁獲は皆無のように見える。それでも彼らは歌をつづけ、網の上げ下げをつづけて倦《う》むことがない。

ひょっとしたら明日までも、明後日《あさって》までも、それこそ、

（死ぬまで）

手前の岸には、せまいながらも浜がある。

その上には網がひろげられ、釣り竿《ざお》や鉤《はり》や魚籠《びく》がならべられている。そこへ沖からさ

ざなみが、ちゃぷちゃぷと音を立てて寄せて来ている。あとからやはり輿で来た善阿弥が、横に立ち、湖の奥のほうを手で示して、

「あれが、奥島でござりまするか」

義政への質問と、ひとり合点とを打ち重ねたような口ぶりで言った。

なるほどそこには、暗い緑色をした、皿を伏せたようなかたちの島ひとつ。藁蓑の男女の漁小舟は、その島の手前でなおも仕事しているのである。義政は、

「何じゃい」

善阿弥を見て、目をしばたたいた。

その二の腕をぽんと打って、

「あの島は、沖ノ島《おきのしま》という。いみじき勘ちがいじゃ。奥島というのは島ではない、ここ」

足もとの大地を指さして、

「この集落の名じゃ。ゼンナ、こんなことも知らなんだか」

「はあ」

もっとも、これは義政もまちがっている。琵琶湖というのは案外、水面上下の差が激しく、なるほどいまは地つづきだが、場合によっては独立島になる。義政が、

「まわりを見ろ」

言うと、善阿弥は、

「はあ」

すなおに首を左右へ向けた。
義政も、おなじようにした。さっきの浜の風景はいかにも漁業の村めいていたけれども、こうすると、その印象は一変する。
遠くの山まで、
田
田
田
黄金の稲の刈り跡がすがすがしく縦横の列をなしている。
「……これは」
つぶやいたきり、善阿弥が絶句してしまったのは、そのながめに気をとられてしまったのにちがいなかった。
そこから取れるのは、米だけではない。
漁師の身につける藁蓑の藁も、はるか京洛の地で会所に敷きつめる畳の原料も。すなわちこの奥島は、半農半漁の、どちらの収穫もゆたかな天地である。ふるくから、
――奥島荘。
と呼ばれ、それでなくても宝の山である近江国でももっとも租税のあがりの多い荘園として京でも名が高かった。
いうなれば、被収奪地として伝統がある。

それだけに租税の受け取りぬし、つまり荘園領主のほうは、権利関係が複雑である。京における複数の寺が、こんにちの株主のごとく、荘園を分かち持っていた。なかには宝篋院《ほうきょういん》のような幕府と親しい寺もあり、そこへのあがりは、さらに幕府の蔵へ行く。その意味では、間接的ではあるけれども、足利幕府は筆頭株主ともいえる。

善阿弥は、

「はあ、知りませなんだ」

耳のうしろを指の爪で掻《か》きつつ、勇気ある告白をする。

「じつはそれがし、京洛の外の地に出るのは、その……」

「その、何じゃ」

「はじめてで」

「わしもじゃ」

「え？」

「わしも、これが最初じゃよ。もちろん奥島荘の名そのものは、何度となく接したが」

義政は微笑して、やはり耳のうしろを指の爪で掻いてみせて、

「とはいえ、わしには、いまさらおどろくような土地はないが」

「なぜです」

「これまで毎日、胸のうちで、日本中のあらゆる風景、人情、物産を思い描いてきたからのう。ま、年の功じゃ」

主従がこんな取るに足りないやりとりをしていたところへ、背後から、

「失礼」

みょうに元気がいい。義政と善阿弥は、同時にふりむいた。

義政はにわかに顔をあかるくして、

「おお。六角高頼か」

再会を心からよろこぶという調子で言った。

六角高頼、しごく若い。

まだ二十代だろう。かたわらで栗毛《くりげ》の馬がさかんに湯気を立てているのは、これに乗って来たらしい。高頼はこれまた長幼の序を、

――わきまえております。

と言わんばかりに体をふたつ折りにして、

「お久しゅうございまする、東府様。このごろは京洛の地をすっかりと無沙汰《ぶさた》にいたしまして、うしろ髪ひかれる思いでおりましたところ、はからずも、このような鄙《ひな》の地へわざわざ東府様よりお越しいただく光栄を……」

「世辞はよい。高頼」

「はっ」

「見てのとおり、わしが供まわりは少人数じゃ。いまなら暗殺は容易じゃぞ」

「め、め、滅相もない」

そんな非道無法なこと考えもしなかったという目をしてみせた。若いながら、

（きつね、じゃな）

それが、義政の評価である。

幕府がいま、京の東への玄関口というべき近江国の統治をこの大名に委任しているのは、いちおう安心でもあるし、警戒すべきでもある。

もっとも高頼本人は、肚《はら》の底では、委任されているなどとは毛ほども思っていない。

最初から、

——俺のものだ。

と信じているにちがいないのだ。

この奥島荘の租税は、それほど魅力的なのである。いつまでも京の坊主に吸われっぱなしにはしておかぬ、幕府の蔵にはしておかぬ。……高頼はいずれ、かならず、

（何かの手に出る）

義政は、ほとんど確実視していた。

俗に、

——下剋上《げこくじょう》。

という。

臣下が主家をしのいで権勢を得る。あらたな主家となる。そんな乱世の凶木の種子は、もうすでに、歴史の土中で芽を吹いている。義政はゆるりと顔の横で手をふって、

「まあ、わしはもう隠居じゃからな。暗殺される価値もないわ」

「このたびは、どんなご用で？」

「隠居らしく、鮒釣りをな」

「よろしきことで」

「舟を借りたい」

義政が言うと、高頼はちょっと首をひねって、

「存じかねます」

「まさか。天下の六角高頼が、たかだか舟一艘も動かせぬと？」

「天下の足利様のものですから。この奥島荘では、舟一艘にいたるまで」

「なら借りる。挨拶《あいさつ》重畳」

「あな畏《かしこ》し」

「去れ」

「では」

六角高頼はくるりと背を向け、栗毛に乗り、家臣とともに行ってしまった。義政は善阿弥に命じて、

「それでは、徴せよ。船頭ふたりに舟一艘」

「一艘」

と善阿弥が首をかしげて、

「それだけですか？」

と言ったのは、供まわりのぶんを考えたのだろう。少人数とはいえ、ぜんぶで五十人ほども東山から連れてきた、というより、彼らが勝手についてきたのである。

義政はうなずき、

「一艘でよい。釣りに警護はいらぬわ。わしとおぬし以外の者、みな浜で火でも焚《た》いておれ」

「はっ」

ほどなく善阿弥は、浜辺の一軒の家から、ふとった中年の夫婦とともに出て来た。夫婦は、やはり漁師らしい。彼らに舟を漕《こ》ぎ出させて、ぜんぶで四人、湖上の人となる。

雪が、いくぶん強くなる。

義政も、善阿弥も、がさがさと藁蓑で身を覆う。

†

それから半日、義政の竿は、ぴくりともしなかった。

漁師夫婦が、よほど申し訳ないと思ったのだろう、あたらしい餌をつけた竿をつぎつぎと手わたしてくれたり、あるいは、これは妻のほうが、

――鮒は、冬には鮒の巣にこもる。

などと助言しつつその巣のへんまで漕いでくれたり。

じつに甲斐甲斐《かいがい》しい。義政は上きげんで、

「はっは、よいよい。鮒にも気分のよしあしがあろう」

そもそもが、釣りなぞしたことがないのである。この不漁の時間自体が、義政には、精神的な大漁だった。

陽が、西の山を侵しつつある。

あたりが暗くなりはじめた。晩秋である。真の闇までは短時間だろう。漁師の夫は船尾へ行き、石を打ち、かがり火を焚いた。

その火を、舟のなかの火鉢にうつす。

炭があかあかと熾《おこ》る。義政はいったん竿を置き、その横へすわり、

「おお、寒や」

手をかざして暖をとりはじめると、背後に、ささ、さささという、紙人形のささやきのごとき音が立った。

「ん？」

ふりかえり、空をあおいだ。

空は、夕やけ色である。

さっきまで気前よく雪をふらせていた灰色の雲も、ぬぐったように消えてしまった。

そのきれいな夕空の奥から手前へ、音もなく、一本の黒い糸がのびてきた。ものさしで引いたかのような無機質の直線。義政は、
「雁《かり》か」
つぶやいた。目をこらせば、それは無数の鳥影のつらなりだったのである。なるほど雁は冬鳥だが、
「はて」
と善阿弥が首をひねったのも、もっともだった。この鳥が冬を越すところは、坂東《ばんどう》とか陸奥《むつ》とか、もっと北のほうなのではないか。
少なくとも、この湖ではないだろう。その証拠に、古来、この鳥とこの湖のとりあわせを詠んだ歌はただの一首もないような気がする。隊形もおかしい。ふつうなら直線などではなく、「く」の字さながらの折れ線を描いて飛ぶところ。と。
黒い糸がプツリと、天頂のあたりで、まるで小鋏《ばさみ》でも入れられたように切れた。たちまち直線が波を打つ。あとから来た鳥たちが、いっせいに急降下しはじめた。湖面めがけて突っ込んでくる。着水し、羽根をとじて、
くわくわ
ほっほっ
ぎゃあぎゃあ

騒々しく鳴きはじめたその声はたしかに雁のほかの何ものでもない。じきに湖面はうめつくされ、いちめんの雁色になり、湖面のわずかな上下につれて雁たちの顔も上下した。

何千羽。

いや、何万羽いるだろう。

ほかの小舟は、いつのまにか姿がない。この鳥どもに、まさか、

(食われたか)

義政の背に、刺すような悪寒が走った。

ずん、ずんという低い音が船尾のほうでした。義政はほぼ舟のまんなかにいる。見れば、雁どもが、くちばしで船体をたたいていた。

たまたまぶつかった、のではない。

明確に意志的な動きである。義政が善阿弥の袖《そで》を引いて、

「お、おい」

声がふるえたのは、しかしほかの理由からだった。舟を漕いでいたはずの船頭の夫が、その妻が、どこにもいないのである。

櫂《かい》もない。

釣り竿もない。いつのまに湖に落ちたのか。そんな水音は、

(せなんだ)

義政はわずかに視線をあげ、船尾のむこうの風景を見た。

奥島の岸が、かすんで見えぬ。ふりかえれば船首である。その向こうの広大な視界は、ほとんどが、例の沖ノ島で占められた。

うっすらと白鳥帽子をいただいている、その樹の一本一本までくっきりとわかる。この島のほうが、

——近い。

と、善阿弥も判断したのだろう。

「安んじて、黙座なされい」

と義政に言うと、ばさりと藁蓑をぬぎ、舷側《げんそく》から身をのりだし、右手を湖につっこんだ。

体をかたむけ、肘《ひじ》のへんまで。

そうして、

——櫂のかわり。

とばかり、ばしゃばしゃと、うしろへ水を掻きはじめる。

「お、おい。ゼンナ」

という義政の呼びかけが、耳に入らないのか。善阿弥はその若い二の腕をねっちりと筋肉でふくらませつつ水掻きをいよいよ繁くする。舟はいっこう進むことをしない。無数の雁のあいまで水は吸いこまれそうなほど透明で、しぶきがあがるたび、それらは陽

光できらきらと数珠《じゅず》玉のようになった。

雁は全員、左の目から。

ということは義政から見て右の目から、だらりと血の涙を垂らしている。彼らは同時に黒い口をひらき、声をそろえて、

「三春」

義政を、幼名で呼んだ。

みはる……。

みはる……。

みはる……。

と、山びこのごとく余韻のかさなりが遠ざかる。余韻のままに、

「三春よ。この顔をまさか、見忘れていまい」

義政は、歯の根が合わない。

かちかちという無機質な音が、自分の出しているのではないように聞こえる。合わぬながらも、

「ゼンナ」

袖を引いた。

返事は、ない。

見ると善阿弥は右手を水に入れ、なかば舷側に身をのりだしたまま背中をぐったりと

丸めていた。

顔は、横に向いている。両目がゆで卵のように白い。

「ゼンナ。ゼンナ」

ゆすっても、ぴくりともしない。雁たちは、

「ほっほ」

と笑って、

「安心したわ。わしがこの世を発《た》ったとき、おぬしはまだ六歳じゃったが、さすがに実の父の顔はわすられぬと見えるのう」

「ち、ちがう」

「何？」

「あの襖《ふすま》の絵を酒でよごし、あまっさえ杯まで投げつけたは、それがしにあらず。義尚じゃ」

義政は声を上ずらせた。雁はいっせいに首をひねり、

「義尚？」

「わが息子の」

「ということは、わが孫か」

「…………」

義政がことばにつまったのは、ほんとうに自分の息子かという例の疑問が思い浮かん

だからである。雁ははっきりと父の声で、

「わしは何かを、息子のせいにしたことはなかったがのう。わしが生前の不始末は、みなわしの責任じゃった」

（不始末）

その一語に、義政は、強烈な違和感がある。

その程度のなまやさしいものではなかっただろう。が、口は、

「と、と、ととさま」

「何じゃ」

「それでは何を、お、お怨《うら》みに」

「おぬしを」

「ひいっ」

「先日、おぬしは北山の人に、うらみがあると言うたではないか。何のうらみじゃとあの人が問うたら、答もあろうに、おぬしは『わが父を生んだ』と。それはひとりおぬしのみならず、世間に対しても最大の罪じゃと」

（たしかに）

義政は、嘔吐《おうと》した。やはり果物のにおいだった。たしかに金閣をつつむ炎のなかで、
義政は、鳳凰と化した義満へそのように白状した。

つつみようもない事実である。しかしながら、

「ちがいます」

義政はようやく顔をあげ、藁蓑のすそで口をぬぐった。

雁と化した父たちは、

「どうちがう」

「先日、ではありませぬ。もう十五年も前の話……」

「たわけめ！」

父たちが羽をふるわせ、湖面に無数のさざなみを立たせて、

「死者の世には時間はない。千年も万年もおなじじゃ。そのような些事《さじ》がいったい何の弁疏《べんそ》になるか。言うてみよ。おぬしはなぜ、わしをうらむ」

義政は、ほとんど舌をもつれさせて、

「ととさまは、たしかに、わが肉体を生んだ。そのことは恩に着なければならぬ。がしかしわが精神は、非道にも、まさしく人として形づくられようという六つのときに早くも滅せられました。ととさまの手で」

「わしの肉体も、滅せられたがのう」

「身から出た錆《さび》かと」

「当時もそう思うたか？」

「記憶がござりませぬ。何しろ六つでしたから。どちらにしろ、わが精神は、あのとき玉と砕けました」

「ちゃんと生きておるではないか。いまも」

「そう見えるよう努めております」

「普請作事をやるときは、ぴちぴち潑《は》ねているがのう」

「それは」

と、義政はなお言い返そうとするけれども、ことばがつづかない。恐怖が絶頂に来たところへ、ぎい、ぎいというきしみが来たのだ。

（櫂）

義政は、顔をそらした。

船尾のほうを見た。胸の裂けるような期待とともに。櫂はやはり、影もかたちも、

（ない）

絶望が、義政の気を遠くさせる。ぎい。ぎい。ならば何の音なのか。義政がようやく、

（しじゅうから）

思いあたった刹那《せつな》、

「あ」

柱が、折れた。

それまで柱一本でかろうじて立っていた心のあばら屋の、その柱がめりりと縦に裂け、くの字になり、あばら屋自体がくずれ落ちた。

義政は、全身の力が抜けた。

体がくたりと舷側へうつぶせになり、頭が、善阿弥の横にならぶことになる。片頬がなかば水に没する。口中へひたと水が入ってくる。白濁しはじめる視界のすみっこで、義政は、雁たちが同時に飛び立つのを見た。

彼らは空に滞り、こちらを見おろす。

それから錐《きり》状の編隊になり、沖ノ島のてっぺんの白烏帽子のあたりへ吸いこまれて行く。もはや明日からは、

(雪舟は、使わぬ)

義政がぼんやり決めたのと、沖ノ島そのものが女人の顔になり、

「わらわも」

呻吟《しんぎん》したのが同時だった。

「わらわも、うらみを」

女人の顔には、おぼえがある。

富子ではない。肉づきがよく、目がくりくりとしていて、富子とは反対のまろやかな印象。

義政は、

「……おいま」

とその名をつぶやいて、おのが意識の糸の、ふっ

と切れる音を聞く。
鼻の奥まで、水が来る。

第六章　血の海

筆者はここで、少しく時間を巻き戻さなければならない。

この雁《かり》の、つまり義政の父である第六代将軍・足利義教《よしのり》の、生前のはたらきぶりから説かねばならない。それがどれほど義政の精神形成に、例の「政治で負けて文化で勝つ」という発想の形成に、ひいては銀閣そのものの形成に影響をあたえたか、はかり知れないからである。義教は、以下「父」と呼ぶが、会所づくりや庭づくりなど、普請作事への関心はなかった。

そのかわり、政治への野心は無限だった。

身体髪膚《はっぷ》ことごとく政治といえる。いちばん大きな理由はたぶん、父自身、あまりにも非政治的な経緯で将軍になったことにある。

文化的でも、経済的でもない。

或《あ》る意味ひたすら物理的である。あろうことか、父は、くじ引きで将軍にえらばれたのである。

そもそもは、義満《よしみつ》の実子だった。

母は、正室ではない。醍醐寺三宝院《さんぼういん》の坊官（在家の僧）の娘で、藤原慶子《よしこ》という人である。貴族の出ながらも体がわりあい丈夫だったようで、兄も生んでおり、この兄が将軍職を継いだ。第四代・足利義持である。弟たる父のほうは、よくあるためしだが、

——用ずみじゃ。

とばかり十歳でもう青蓮院《しょうれんいん》に入らされ、髪を落として、義円《ぎえん》という名の僧になった。僧の世界でも、やはり血すじがものを言う。比叡山にのぼり、座主にまでのぼりつめた。座主は天台宗の最高位である。ほどなく辞したのちもなお斯界《しかい》の重鎮でありつづけ、しかし三十五歳のとき、兄の義持が病死した。

この兄は、じつにふしぎな思想家だった。日本史上、もっとも独特な将軍観を持った将軍といえる。みずからの将軍職はわりと早い段階で子の義量へゆずり、けれども実際のところ権力を保持しつづけたのはまあ一種の院政だから古今めずらしくないにしても、その子が若死にしたあとは、ほかの誰かを置くでもなく、みずから復位するわけでもなく、空位のまま放置した。

約三年、空位がつづいた。死にのぞんで、管領《かんれい》はじめ諸大名が、

「継嗣《けいし》は、いかに」

と聞いたときにも、苦しい息の下、

「ここでわしが決めたところで、貴様らが従わなければ意味がないだろう」

と、指名を拒否した。

意固地の極のようでもあり、現実直視の至境のようでもある。ほどなく死んだ。管領どもは、

――やはり、からでは格好がつかぬ。

という議になり、後継者さがしを開始したのである。

兄・義持は、もう男子がなかった。弟たちから採らざるを得ない。候補者はみな僧侶《そうりよ》。永隆《えいりゆう》、義昭《ぎしよう》、義承《ぎしよう》、それに父の計四人。

みな母親が側室であり、条件は同一だから、このうちの誰をえらぶための理由もないかわり、誰をえらばぬ理由もない。

幕議は結局、

――くじ引きで、えらぶべし。

そのように一決した。

――誰でもいい。

と天下へ公言したにひとしい。手続きはどうするか。まさか当人をあつめて引かせるわけにはいかないというより、元来、くじというのは、人ではなく神様が引くものである。

いわゆる、お神籤《みくじ》。実際は人が引いた。

商人はほんとうに首を刎《は》ねられたというから、徹底的というより、一種の潔癖性である。

京の街は、たちまち沈黙の街になった。

叡山のつぎは、ほんものの大名に手をつけた。

はじめは小者ばかりだったが、やがて幕政の重鎮をも消した。若狭ほか三か国の守護である一色義貫《よしつら》、伊勢国の守護である土岐持頼《もちより》は、これをたてつづけに暗殺した。

家内の者に、

――暗殺せよ。

と、大っぴらに幕命をくだし、実行させたのである。おもてむきは、単なる内訌《ないこう》にすぎなかった。

大名ばかりではない。朝廷もやっつけた。何やかんやと難癖つけては公家どもへ蟄居《ちっきょ》や配流を命じること七十余名。

配流先で死ぬ者も、なかにはあった。

将軍の強権を取り戻したい。それとともに自分自身の俗世に捨てられた二十五年間をも、

――取り戻したい。

まるでそう叫んでいるかのような、或る意味、勤勉な仕事ぶり。勤勉な乱心。

ともあれ父は叡山を討ち、一色氏を討ち、土岐氏を討った。

――つぎは、誰だ。

と、ほかの大名は、もちろん疑心を起こしただろう。その答はすでにして、前後の情況から明白である。

赤松満祐。

播磨、美作《みまさか》、備前三か国の守護。父より二十以上も年上であり、還暦をはるかにこえている。父はこの長老とはもう将軍就任直後からうまが合わず、おなじ赤松氏のなかの庶流である、同世代の赤松貞村《さだむら》のほうを、

「貞村。貞村」

何かにつけて呼びつけて、諸事、相談した。所領もやった。

待遇の差は、あからさまだった。単なるわけへだてではない。単なる感情的行動でもない。あの一色義貫や土岐持頼を暗殺したときとおなじ、冷静かつ入念な作戦計画の一環である。

おなじ家内の誰かに目をかけ、対立をあおり、暗殺を命じる。

——また、その手か。

と周囲が観測していたところへ、ほかならぬその長老のほうの赤松満祐が、

「宴会をやりましょう」

と、父に申し出た。

「お祝いの宴にござりまする。公方様がこのたび鎌倉をみごと討ち果たしたお手なみ、まことに感服いたしました。戦勝記念の一席を設けまする故、ぜひわが邸へのお越し

を」

名目は、ごもっともである。室町幕府の鎌倉支店、というより、むしろ東日本総本部と呼ぶべきだろう。

東国武士をそっくり支配する。その本部長たる足利持氏《もちうじ》が、かねがね本部長よりもさらに大きく、

──もうひとりの、将軍。

という顔をして、ろくに言うことを聞かなかったので、父はあっさりと兵を出し、たたきつぶして、本部長を自害させた。

そのこと自体は、室町の慶事である。

時期的にも、ちょうどいい。しかしこのさい疑問なのは、長老が、その少し前から気がふれていたことだった。

──つぎは、わしが殺される。

という恐怖のあまり、出仕もできず、他家あずかりの身になっていたのである。家督は十九歳の長男・赤松教康《のりやす》が継いでいた。その長老がいまさら出てきて、

──なぜ祝宴を。

誰もが、首をひねった。長老はさらに、

「近ごろ、わが邸では、池の鴨が子を生みまして。その子らのよちよちと尻《しり》ふりつつ親

のあとを泳ぐさまは、なかなかかわいらしゅうござりまする」

父はあっさり、

「鴨の子か。それはよい」

戦勝直後の、油断だったか。

よほどの自信が、あったものか。いや、そもそもが、さほどの考えもなかったのかもしれぬ。何しろこれは、西の足利が東の足利に勝利した、ということは一種の天下統一であり、在洛諸大名のひとしくよろこぶところだったから、父のもとへは連日のように同様の申し出がある。

赤松満祐の申し出も、そのひとつにすぎないといえる。父としては、応じるのがむしろ、

——武家の頭領の、義務。

という思いもあったのだろう。

もっとも、この場合のみ父はふと、

「三春も」

と、つぶやくがごとく言いそえた。

「三春も、ともなおう」

三春つまり義政は、このとき六歳。

当日の朝、父の近習である山名凞貴《ひろたか》が来て、

——公方様が、これこれ、このように。

と、同行すべき旨をつたえる。義政はただ、

「はあ」

としか、答えられなかったが、横から乳母のおいまが、

「承知しました」

と口をはさむ。義政はびっくりして、

「え？」

「いいきっかけではありませぬか、三春様」

「いいきっかけ？　何のための？」

と、義政の聞き返しはあどけない。

「つぎの将軍は自分じゃと天下に示す、そのための」

と、おいまは、ひどく生ぐさいことを言った。ただの乳母で生涯を終える気は、

（ないのだ）

と義政が知るのは、のちのことである。ともあれ義政は、この日の夕刻、赤松邸へ向けて出発した。

父が死に、おのが精神の或る部分が死ぬことになる、血の海のなかへ。

†

子供にしては。

というより、子供だからこそ、記憶は明確だったのだろう。

義政はのちに青年になり、壮年になり、初老の域に達してからも、目を閉じればたちまち思い出さざるを得ない。

この日が、嘉吉《かきつ》元年（一四四一）六月二十四日だったこと。

赤松邸が、室町殿をいくらか南へ行ったところ、西洞院二条《にしのとういんにじょう》にあったこと。

その中門の甍《いらか》の、しっとりとした灰色。なかに入れば、足の下の板が、ひとあし踏むたびに、

ぎい

ぎい

と悲鳴をあげつつ沈んだこと。

宴の場に通されてみれば、庭をのぞむことができたが、その池には、ただし鴨がいなかったこと。その日は大雨だったのである。池の水はにごり、波が立ち、ひたひたと岸へ打ち寄せること湖のようだった。

（ああ）

失望が、つい声に出てしまったらしい。

父がめずらしく上きげんで、

「ははあ、三春。がっかりしたか」

「あ、いや」

「よいよい。可愛し、可愛し。だが息子よ、このことは胸にきざみこんでおけ。鴨というのは見るものにあらず、狩るものぞ。はっはっは」

父がそれから、

「三春。そなたは、ここにすわれ」

と示したのは、父の右どなりの席だった。

父の左は、親足利の筆頭というべき公卿《くぎょう》・三条実雅《さんじょうさねまさ》。

最上段は、この三人のみ。

目の前の、一段、低いところでは、父の近習たちが向かい合わせに二列をなすよう座している。

両足を前で組み、あぐらをかくような姿勢である。

その奥は、いわば二の間。

さらに一段、低いしつらえ。そこは大名たちの空間だった。

管領・細川持之《もちゆき》をはじめ、山名持豊、畠山持永《もちなが》、細川持常《もちつね》、京極高数《たかかず》、大内持世《もちよ》、細川持春《もちはる》といったような幕府の要職を占める人々。

日本の政治そのものの大人たち。

赤松側の人々の顔も、そこにある。

もっとも、長老たる赤松満祐の姿はなく、かわりに新当主・赤松教康が、

「若輩者ながら」

とか、

「爾後《じご》よろしゅう」

とか、あるいは、

「教康の教は、元服時に、公方様より偏諱《へんき》をたまわりしものにて」

などと挨拶《あいさつ》してまわっている。義政はさすがに、

（場ちがい）

肩がこわばった。大人のなかに子供ひとりという情況は、そうしてその子供がいちばん上の座を占めているという情況は、

――そんなものか。

ではすまされないなどと思いつつも、そのいっぽうで、

（少人数だなあ）

鼻を鳴らしてもいる。まねく側、まねかれる側、あわせて三十名ほどというのは、

（祝勝会とは、この程度か）

料理が出て、酒が出た。義政は退屈した。義政は誰とも話さなかった、というより、

相手にしてくれる大人がいなかった。

ただひたすら料理に箸《はし》をつけ、うまくもない酒をなめつつ一座をぼんやりと眺めるだけ。観察にも飽きた。大酒盃《しゅはい》のまわし飲みが二巡目に入るころには、全員の声は、ひときわ高くなっている。

その話の内容は、義政にはひときわ、

（わからぬ）

わからぬながらも、あんまり他愛なさすぎるので、わかる必要がないということはわかる。

義政は顔をそむけ、庭を見た。

戸外はもう、闇である。

池はもちろん木の一本も、石の一個もあとかたもないが、ただしやや下座に近いほう、広縁につづくよう設けられた屋根つきの能舞台だけが、

——不意打ち。

という感じで、にわかに明るく浮かびあがった。

舞台の四隅に、かがり火が焚《た》かれたのだ。

笛、小鼓、大鼓などを持った囃子方《はやしかた》が来た。役者たちが来た。役者のひとりが翁《おきな》の面をつけ、「高砂《たかさご》」を舞いはじめる。

その舞の流派が、

(観世《かんぜ》)

ともわかったのは、このころからもう文事に対する関心が格別だったものか。

少年は、たちまち引きこまれた。

箸を置き、立ちあがり、能舞台の正面で尻を落とした。

ひざをかかえて、役者を見あげる。たったひとりの観客のために彼は舞う。二番目の「清経《きよつね》」が終わり、三番目の「鵜飼《うかい》」がはじまるころ、背後でまたしても大人たちのだみ声が沸いたのは、例の、大酒盃のまわし飲みだったろう。

たぶん、五度目ではないか。

義政は無視した。「鵜飼」はことのほか好きな曲目だったからである。が、その途中で、ドドという低い音が背後から来た。

太鼓か。

(ちがう)

地震か。

(ちがう)

義政は、はっと父のほうを向いた。

父もごとりと杯を置いて、

「何ごとぞ」

主賓の、とつぜんの大音声。

その場が、しんとなった。

義政はむしろ、父のその耳聡《みみざと》さにおどろいた。存外、飲んでいなかったのか。飲んでも酔えなかったのか。ふと将軍はかわいそうだと思った。となりの三条実雅が、こちらは目の下をとろんと赤爛《ただ》れさせて、

「か、み、な、り」

甘ったれたような口ぶりだったが、義政は、つい信じた。

庭へ目をやり、空をあおいだ。なるほど遠鳴りが雲の下面をつたう、そんな感じのひびきである。

（そうか）

と納得してしまったのと、ばりばりと稲妻の落ちたのが同時だった。

稲妻ではない。義政は、ふたたび父のほうを見た。

父のうしろに、甲冑《かっちゅう》が数体。

いずれも胴丸にかぶと、袖《そで》、籠手《こて》、臑当《すねあて》をつけた完全装備のなりである。生身の部分のほとんど見えぬ、人形のように非現実的なそれらが、

「公方、お覚悟！」

その声で、父は、腰を浮かした。

何をしようとしたのだろう。片膝《ひざ》立ちになり、身をひねったが、ひねったままの体勢で首だけが跳躍した。

空中に、弧を描く。

どすんと音を立てて部屋のまんなかへ落ちる。

毬《まり》のように二度はずみ、それから止まった。

横向きに、鼻を下にして。その顔はまだ質問の途中だというように口が半びらきで、その唇もぬれぬれとして、まるで唇そのものが一個の生物のようだった。

のこされた胴は。

片膝立ちのまま、火山のように血を噴きはじめた。

しゅうっという小気味いい音が立つ。山裾《やますそ》がたちまち血の海になる。

この小さな体に、よくもまあ、

（こんなに、たくさん）

義政は感動のあまり駆け寄ろうとしたけれども、その胴のうしろでは、たったいま義政を遺児にしたばかりの甲冑の男がまだ刀をさげたまま仁王立ちしている。

義政はようやく立ちあがり、腰の奥に疼痛《とうつう》を感じた。

事のゆゆしさが、ようやくわかったのだ。大人たちの反応はさすがに速く、

「ぞ、ぞ、賊党！」

最初に太刀をとったのは、意外にも、公家の三条実雅。

彼のうしろの押板床には刀架けがあり、一口の太刀が横たえられていて、それをつかんだのである。

太刀は、このたびの祝いの品。赤松家より将軍へ献上された金覆輪の切物だった。鞘《さや》を払い、

「きゃあっ」

という悲鳴じみた声をあげつつ、甲冑たちへ駆け寄ったが、これはかえって悪かった。公家の刃《やいば》など、猫の爪よりも取るに足りない。甲冑のひとりが身をかわし、腰のあたりに組みつくと、三条はあっさりとあおむきにされた。

と同時に、べつの甲冑が、耳のへんを斬りつけた。空振りに近い。鬢《びん》の毛が二、三本とんだ程度だったけれども、三条は、あわを吹いて失神した。

結果として、この簡単な敗北が、この男の命を助けたことになる。甲冑たちは一の間、二の間へと下りてきて、

「おのおのがた。ちと、ちと耳を寄せられい」

と、呼びかけたけれども、このときにはもう近習や大名も立ちあがり、それぞれ刀をかまえている。

武家のならいとして、宴のあいだも、身辺から離すことをしなかったのだ。

「わあっ」

と、誰かが甲冑たちへ切りこんだのを機に、乱闘になった。

将軍の護衛役である走衆《はしりしゅう》も、あらかじめ庭にひかえていたものが、土足で駆けあがって来たため、低い天井の下はいよいよ人がいりみだれた。舞台の上には役者や囃子方はもういなかったが、これはもちろん、裾をからげて逃げ出したのだろう。

義政も。

(逃げなきゃ)

が、その足は、むしろ部屋のなかへ向かった。

血戦の中心、父の首へ。首級《しるし》を敵にとられては、

(ならじ)

と武士として決意した、わけではない。むしろ依存心の結果だった。ただの首になってもなお父をたよりにしたのである。

義政はそれに両手をそえ、瓜《うり》のように抱えようとしたが、人間の首というものの意外な重さがその企図を阻んだ。

ろくろく、持ちあがりもせぬ。

周囲では、怒号がとびつづけている。

白刃《はくじん》がひらめきつづけている。幸運にもというべきか、義政は、おなじ年ごろの男子のなかでも背が高いほうではない。

打々《ちょうちょう》の音は、ただただ頭上でむなしく鳴った。義政は首から手をはなし、退路をさがした。

「あった」

と口に出したのは、はからずも、ふたたび父の胴を見た刹那《せつな》だった。

胴のうしろは、押板床。

さっきまで引出物の金覆輪がこれみよがしに置いてあったところ。その側面は、片方が壁、もう片方があかり障子になっていて、あかり障子はぴたりと閉まったまま、桟ごと大きくやぶれていたのである。

やぶれ目の紙がみなこちらを向いているあたり、暗殺者たちは、ここへ体あたりして来たのにちがいない。ということは、そのやぶれ目の向こうは、かならず安全な場所に通じている。

ひょっとしたら、

（戸外に）

義政はそう考えて、走りだした。父の胴の横を抜けようとしたが、

「あっ」

血の海で足がすべり、横ざまにころんだ。

はずみで胴を蹴《け》ってしまった。

胴はもう血を噴くことをやめていて、片膝立ちの姿勢のまま、ゆっくりと木像のようにかたむいた。

ばしゃん、と血しぶきが跳ねる。義政は立ちあがり、障子のやぶれ目へ身を投げた。

投げた先は。

(雨)

義政は、しめたと思った。

戸外ではない。

ないが、戸外のような、それでも足の下には板床のある、

(広縁)

義政は右へ走り、二度か三度、直角にまがった。

建物そのものの外周をたどっていたのにちがいない。走るうち、前から誰かに出くわしそうな気がして恐くなり、手近な遣戸《やりど》をあけ、とびこんだ。

そこは、部屋。

というより、空間だった。まっくらなのに、とてもせまく、どこにも通じていないことが即座にわかる屋敷のなかの袋小路。

この場合はむしろ安心できる。義政はうしろ手に遣戸をしめ、目をつぶり、両手をつきだして進み入る。

両手が壁に――壁だろう――ぶつかったところで、しゃがみこむ。

ひざをかかえ、股《もも》のあいだに顔をうめる。

乱闘の音は、ずいぶん遠くなったようである。あえぎは少しおさまったけれども、そうなると、こんどは自分の体が、ことに血でぬれた右半身があさましく、わずらわしく

感じられだした。

それでなくても雨の気配がしんしんとしている。真冬の底冷えのようである上、血のあぶらが肌へ吸いつく。

（あな、生悪《なまわろ》し）

と顔をしかめるだけの心のゆとりも出てきたころ、外の広縁が、
ぎい
ぎい
板張りの、きしみ。

しじゅうからを、絞め殺したような。

しだいに響きが大きくなるとともに、それが人の足音であること、およびその人がひとりではないことが義政の耳に如実にわかる。

（全員、速度はゆっくりだが、確実にこちらへ近づいている。

まちがいない。自分を、

（さがしに）

何しろあの刺客たちは、むろん赤松の家来に相違ないが、父を殺したくらいなのだ。

当然、つぎは、

（自分）

足音たちが、遣戸の外で停止した。

義政は、息をとめている。苦しい。遣戸の向こうで人の声がひそひそと何かささやきを交わしている。ほどなく、

ぎい

板張りを踏む音。

彼らは、ふたたび歩きだしたのだ。

音は、遠くへ消えてしまった。義政は、

「はあ」

ながながと息を吐いたときにはもう洩《も》らしきっている。股間《こかん》から立ちのぼる湯気の気配。そのあたたかみは、正直、何かを洗うような心地よさがあった。このとき義政の心のなかには、永遠に、一羽のしじゅうからが住みついている。

もっとも、その心地よさは、つづかなかった。

血のあぶらを溶かしたのだろう、ふしぎなにおいをも立たせたからである。

焦がし黄粉《きなこ》を酢で煮たような……そのにおいもまた、温度とともにうしなわれ、股間はまるで氷の金箔《ぱく》を貼りつけたようになった。

歯の根が、合わぬ。

かちかちと音を出すわけにもいかぬ。義政は前歯で下唇を嚙《か》みちぎりそうなほど嚙んで、

「ととさま。ととさま」

声が、おさえられなかった。

涙が、こらえられなかった。自分はつまり、父を、

（見すてた）

その事実に、ようやく気がついたのである。

父の子でありながら、足利本家の男子でありながら、ゆくゆく武家の頭領の位を継ぐ身でありながら、それらしい進退を毛ほども見せられなかった。

ただ単に、

——命が惜しい。

というだけの理由で戦場へ背を向け、こうしてみじめに逃げかくれしている。こんなことでは、将来、りっぱな大人には、

（なれぬ）

じつを言うと。

この瞬間、大人たちも見すてている。

むしろ彼らのほうが意気地がなかった。将軍側の客でほんとうに応戦したのは細川持春、山名凞貴、大内持世、京極高数らの近習ないし大名と、あとは走衆のなかの数人のみ。

そのほかは刀こそ抜きはしたものの、それっきり呆然《ぼうぜん》とたたずむばかり。

刺客の側も、同様である。隙なく甲冑に身をかためておきながら、そうして一時はた

しかに乱闘状態に入りながら、無防備の、酒で足もともおぼつかぬ連中へ、

「いくさは、よそう」

という意味の申し出をしたのである。

「当方の目的はただ公方様のお命のみ、余人を害する気はござらぬ」

談合は、たちまち成立した。

客たちは刀をおさめ、ほどなく、

――酒も料理もなくなったから、帰る。

とでも言わんばかりの澄まし顔で、ぞろぞろと赤松邸を去ったのである。そこに主君のなきがらをのこし、それどころか勝敗の象徴たる首までのこして。

茶番どころか、共犯にちかい。こんなことになった理由はたぶん、

――くじ引きで、えらんだから。

ではないのだろう。もともと将軍側だろうが赤松側だろうが、武士たちの父への評価はその程度のものでしかなかった。

あるいは世の中全体の、将軍という地位への評価は。

少なくとも、命にかえても守りぬくような、ないし命にかえても打ち倒すような、そんな価値ある政権ではなかった。

後日談だが父の首は、京から持ち出された。

赤松満祐ほか七百騎が自邸を焼き、本国の播磨へひきあげたさい、いっしょに都落ち

したのである。

播磨の寺で、父の首はねんごろに首化粧をほどこされた。

首桶《おけ》に入れられ、盛大に葬式をあげられた。

その上でねんごろに京へ返却されたのだから、足利家としては、武門の恥の上ぬりの上ぬり。いくら細川、山名らに追討を命じ、播磨を攻めさせ、結局のところ赤松家（本家）をほろぼすことに成功したとしても、権威の回復はあり得なかった。ともあれ義政。

この六歳の子供はむろん右の経緯を知らないから、例の暗い空間のなかで、

「……ととさま。ととさま」

わが身を律儀にさいなんだ。

どのくらい、時間が経っただろう。遣戸の外に、またしても足音が近づいてくる。

こんどの音は、ひとりである。

義政の背後でがらりと音が立ち、義政は、

「ひっ」

亀のように首をすくめ、すくめつつ振り返った。五十代くらいの男が、こちらを見おろして、

「三春様」

髪の毛は、まず黒い。

白いものは、ちらほらとしかない。ただしその髪の毛は、頭のうしろで結ってはおら

ず、肩のあたりで切りそろえて少女のようだった。

むろん、武士の髪付ではない。

「ゼ、ゼンナ？」

義政が問うと、

「いかにも、三春様、ご安心召され。これは善阿弥めにござりまするぞ」

「ど、どうして」

「胸さわぎが、いたしました故」

と、いまだ濁りを知らぬ目でにっこりする。

「近所の土倉の軒先で、雨やどりの体で、哨戒《しょうかい》しておりました」

「雨やどり……」

「何もなければ河原のねぐらへ帰る気でしたが、屋敷の内で、どうやら変事が生じたようなあわただしき物音。すわ助け出さんと門から突き入りました」

「も、門番は」

「ひょいと」

と、初代善阿弥は、片手をくるりとひねってみせた。投げ飛ばした、くらいの意味なのだろう。

義政は、

「それじゃあ、足音は」

「足音？」

「ゼンナの前に。何人もの。ひそひそと」

「将軍側の近習か大名でしょうなあ。みな安んじて帰途についたとか」

「あ、あ」

義政は、着物の袖でごしごしと涙をぬぐう。戸外のあかりで空間の内部がようやく薄ぼんやりと見えはじめた。二段か三段の茶の湯棚があり、茶入や茶碗《ちゃわん》が置いてある。最下段には、鉄製のあられ釜《がま》。どれもこれも上等の品でないことは、この年齢でも、義政にはすぐわかる。

「ここは、水屋か」

義政が聞いたら、

「ええ」

と、善阿弥の答はそっけない。

善阿弥もまた、この趣味の浅さに失望したのだろう。手をさしのべて、

「三春様、帰りましょう」

「うん」

義政はそれを素直につかみ、立ちあがって、

（あ）

足の先が、内側を向いた。

股間のつめたさを思い出したのである。恥ずかしさで顔を上げられなかったけれども、善阿弥は、

「わすれ申した」

「え？」

「今宵《こよい》ここであったことを、この善阿弥、きれいさっぱり失念しました。三春様も、おわすれなされ」

「……うん」

「おわすれなされ」

もういちど言うと、善阿弥は手を引き、義政をこの世の広縁へふたたび引っぱり出した。

善阿弥に手を引かれ、歩いて花の御所に帰ると、すでに一報がとどいていたのだろう。裏門は多数の武士でかためられている。

義政はその人の列のあいだを通りぬけたが、その先の庭では、乳母のおいまが立って待っていた。

彼女もまた、まわりにたくさんの侍女がいる。義政が一歩、すすみ入るや、

「ああ、三春様」

おいまは両ひざを地につき、両手をさしのべ、義政の背にまわした。きつく、きつく抱きしめた。

雨のせいか、涙のせいか、ぬれた頬で頬ずりして、

「三春様。三春様。ようもご無事で」

おいまは、もう三十になっていたろうか。あるいはまだ二十代だったろうか。腕のなかの義政がかちかちと歯を鳴らしているのが、寒さのせいというよりは、心理がいまだ、

――おぼつかぬ。

と見たのにちがいない。

義政から手をはなし、やや身をはなすと、おのが着物のえりを両手でつかんで左右へ裂いた。

侍女たちが、

「きゃっ」

と悲鳴をあげた。首から肩にかけての素肌があらわれ、魚籠《びく》から鮎《あゆ》が跳ねるようにして、片方の乳房がこぼれ出たのである。

おいまは義政のほうへ突き出して、手をそえて、

「お吸いなされ」

「え」

「やや、やや子のころは、百度も千度もそうしておられたではありませぬか。三春様、今宵はやや子におもどりあれ。そうして一切をおわすれなさいませ」

義政の横の善阿弥が、

「そ、それは」

さすがに絶句した。

義政の近習はみな顔をそらし、松明《たいまつ》をあさってのほうへ向けてしまう。まるで陽だまりが動いたように目の前がにわかに暗くなったけれども、しかし灯《あか》りのきれっぱしは居残るので、義政の目には、やっぱり歴々とそれが映る。

花びらを剝《む》いてめしべだけにしたような紅《あか》い乳首が雨に打たれて下を向き、また起きなおりを繰り返している。義政は、

「うん」

善阿弥から手をはなし、顔を寄せ、乳首をぬるりと唇のあいだへ押しこませた。

ちゅっ、ちゅっと鼠鳴《ねずな》きのごとき音が立ちはじめる。

「おわすれなさりませ。おわすれなさりませ」

ことば自体はさっきの善阿弥とおなじだったけれども、義政には、こちらのほうが心がはるかに安らぎ、春になった。

唇をうごかし、上あごをうごめかし、のどの奥を蠕動《ぜんどう》させているうち意識が遠のき、眠ってもなお吸いつづける感覚があった。

第七章　東求堂

東山殿は、なお普請中である。会所が完成したことは前述した。

会所に富子、義尚の母子をまねいたのは一月前のことである。

十九歳の義尚が――現将軍が――中国産の油滴天目でがぶがぶ酒をくらったあげく義政酷愛の雪舟の襖《ふすま》絵へそれを投げつけ、結局、茶碗《ちゃわん》も絵もだめにしてしまったことは、これもまた既述した。ほかの建物は、

――まだまだ、これから。

という段階である。

義政は或《あ》る日、敷地の南のはしに立った。

正面には池がある。穴も掘り終えていないから、水もないし、水鳥もいないが。

池の奥には、王朝ふうの寝殿。

ではなく会所がひとつ。ささやかなものである。そこから左右に渡殿がのび、左のほうには常御所。

右には、柱のみが立っている。

つぎに建つべき建物である。完成すれば、それは義政自身の完全な独創物になる。これまで日本が、いや世界が、まったく持ったことのない究極の文化的空間。むろん、この東山殿のかなめにもなるだろうその建物の名こそが、

「東求堂」

と、これは義政の声ではない。

背後からの声である。

「む」

ふりかえると、そこには、いつのまにか善阿弥がいる。

あいかわらず若さそのものの顔をして、絹のようになめらかな声音で、

「東求堂の柱ぶりに、何ぞ、いたらぬところでも。最前から目をお離しにならず……」

「なあに。ただ楽しみなだけじゃ」

「ならば重畳。じつは、殿様……」

と善阿弥がにわかに目を伏せたのは、何かしら、よくないことの報告に来たのか。義政のほうが一瞬はやく、

「ゼンナ。あれを見よ」

天を、指さした。

指の先には、空がある。

ぶあつい雲におおわれていて、灰色というより黒にちかく、その雲の下を、翼の大き

な鳥が一羽、見えぬ円周をたどりながら、ひょろ、ひょろろろと長鳴きしている。

いつだったか、おなじひびきを、

(聞いたな)

とふと思いつつ、義政は、

「あれは、わしじゃ」

「はあ」

善阿弥は、遠慮がちに目をあげた。

さかんにまばたきをくりかえして、

「鳶《とび》が……殿様？」

「そうじゃ。はるかなる中天より、わしは、この普請場の差配をしている。ほんとうを言うとここにかぎらず、日本を、いや世界すべてを差配しているつもりなのじゃ。去れ」

と小声でするどく言ったのは、善阿弥へではない。鳶へ命じたのだった。

鳶は、

――わかった。

とでも言わんばかりに円運動をとつぜんやめ、二、三度ゆっくり扇をつかうように両翼をつかうと、まっすぐ洛中《らくちゅう》のほうへ行ってしまった。

その姿が消えたところで、義政は、ふたたび善阿弥の顔を見て、

「わるい知らせか」

善阿弥はまた目を伏せて、

「大小ふたつ」

「小から申せ」

「横川《おうせん》師が、なかなかご遺憾のご様子で」

「ご遺憾？　わしにか」

「はい」

横川師とは、横川景三《けいさん》。

播磨国出身。いまは洛西・嵯峨《さが》の真浄院《しんじょういん》という小さな寺の塔主《たっす》にすぎぬが、かつては相国寺の住持公帖《こうじょう》（任命書）を受けたこともあり、今後もいつ、

――受けるやも。

とうわさされるほど有徳であるのみならず、詩文も多作で、それをまとめた書籍は地方の守護代にまで筆写を申しこまれるほどとか。

俗に、

――五山《ござん》文学。

という。臨済宗におけるもっとも格式の高い大刹《たいさつ》（五つとはかぎらない）でおこなわれる漢文学で、鎌倉以来の伝統があり、こんにちでは日本漢文学史中、いちばん実りゆたかなものと定評がある。その五山文学の当代の第一人者こそが、すなわち横川景三なのである。

義政は、七つ年下。

弟子のひとりを以《もっ》て任じている。いまだ将軍位にあったころから中国の歴史について、詩の読みかたについて、教えを得るところが大きかった。

それは義政の文化的知識の中核をなしていたと言うことができる。横川師は書もうまかった。その師が、善阿弥の言うところでは、

「老来いささか本意ならずと、こう申しておられますする。何しろ東求堂の扁額《へんがく》を書けとのご命、うけたまわりしは光栄なれど、書くたびに『気に入らぬ』とこう何度も突き返されるのではと」

「なるほど」

義政はくすりとして、

「ならばゼンナ、師にはこう返事せよ。わしが意にかなうまで、何度でも突き返すとな」

「承知」

「銭がなければ、人間は、好きなようにものがつくれる」

とうそぶいたその口調は、われながら、みょうに晴れ晴れとしている。

実際、この東山殿造営に関しては、五山禅林からは工費の供出をほとんど受けていない。むろん義政には、しいて、

——よこせ。

と言うことも可能だった。

・応仁の乱以後はにわかに幕府の威信がおとろえたとはいえ、言えば少なからず出しただろう。建物のひとつやふたつ増やせただろう。それをあえてしなかったのも、義政には、建築思想の追求だった。
この東山殿を、とりわけ東求堂を、

――わび。

という孤独であること、不足であることにむしろ積極的な意味を見いだす思想の化身として世にあらしめると決意した以上、必要以上の金はむしろ、

(他人の容喙《ようかい》を、まねくだけ)

いったい禅僧というのは、自分たちが、

――本場中国、そのものだ。

という意識がつよいせいか、建築にも一家言あることが多い。彼らに金を出させたら、東山殿は、必要以上に外国趣味が濃くなってしまう。

日本らしさが、減じてしまう。いまの義政にあらまほしきは、ただひたすら、

(口を出さぬ、金主のみ)

禅坊主など、いくら長年の師であろうが、せいぜい扁額を書かせておけばいい。それがすなわち、或る時期からの、義政の判断にほかならなかった。

「して、大は?」

義政が問うと、善阿弥はにわかに顔をくもらせた。

腰をかがめ、遠慮がちに、

「まさに、その銭のこと」

「何」

「じつは……」

と切り出そうとした刹那《せつな》、中門のほうから、

「殿様」

草履の音もあららかに、血相を変えて来たのは、四十すぎの男だった。

熨斗目《のしめ》の小袖《こそで》に紋入りの素襖《すおう》の、いつもの服装。

木幡興七郎。この普請の会計管理者。ふだんは冷静すぎるほど冷静で、そのため大工連中から無用の反感を買うこともあるほどだが、いまは滑稽《こっけい》にも、烏帽子《えぼし》を耳まで傾がせたまま、

「殿様。た、た、ただいま洛中から、もどりました」

善阿弥が即座に、

「つねに似合わぬ、うろたえまなこ。さだめし木幡殿も、あの話を」

「おお、聞いたわ」

とそちらへ首肯してみせてから、興七郎は義政へ、

「たまたま高倉《たかくら》小路が二条大路にぶつかったところの四つ辻《つじ》にて、森元氏信《もりもとうじのぶ》とばったり会うて、ああ、森元はそれがしが日野家にいたころの同輩で、いまも日野家にあり、そ

れがし が御台所《みだいどころ》様の消息をうかがったところ」

と、そこで、息がきれてしまう。義政が、

「とみが、どうした」

とうながすと、

「御台所様におかれては、当普請への出銭を、その、いまは形式上、日野家よりの出銭
ということになっており……」

「存じておる」

「その出銭を、やめる由」

「はあ？」

義政は、頭がことばを受け入れなかった。

いくばくかののち、やっと、

「まことか、輿七郎」

「まことで」

言われた刹那、手が出た。

右手で輿七郎の手首をつかんで、ねじりあげるようにして、

「まさか、とみが。為《し》送《おく》りをやめると？　そんなはずはない」

輿七郎は、ぱたりと烏帽子が地に落ちた。身をひねり、顔をゆがめて、

「ご、ご勘弁を」

「まさか。まさか」

富子こそ、この普請のいのちなのだ。

口を出さぬ最大の金主、というより、いまの義政には、ほとんど唯一の金主だった。

むろんのこと、ほかの資金源もある。足利家所有の荘園である。山城国、近江国などの近郊地域に点在するが、そのあがりは基本的には当主・義尚のものであり、この東山へまわされて来るのは一部にすぎぬ上、このごろは、国人の人気《じんき》もわるくなっている。ことに山城国では一揆《いっき》が頻発し、あがりは減少するいっぽう。いまさら禅寺の僧たちに、あるいは大名連中に、

――金をくれ。

などと言えるはずもなく、言うつもりもなく、つまり輿七郎のこの報告は、かけ値なしに東山殿そのものの、

(生死に)

輿七郎は、なおも顔をゆがめながら、

「ご勘弁を、殿様」

声が、大きい。

東の山にぶつかって、こだまが返って来るほどだった。

善阿弥がふたりのあいだに立ち、めりめりと屛風《びょうぶ》から屛風絵を剝《は》がすようにして義政の手を剝がしたので、義政はあとじさりして、

「とみめ、何としたことか。そういえば先月ここへ来たとき『洛中へ』などともらしておった。わしに帰宅《かえ》ってほしかったのだ。仲がこじれた義尚との和解のため、力を貸してほしかったのじゃろう。わしがそれをまったく無視して、その後もいっこう山を下りる気配がない故に……」

「いや、どうも。原因はその後にあるようで」

「その後？」

「つまり」

と、輿七郎はそこでいったん口をつぐんだ。

烏帽子をひろい、形をととのえ、ふたたび頭にのせてから、

「森元の申すところでは、御台所様は、たいへんお気に召さぬふうとか。殿様がその後、近江の湖へ……沖ノ島へ、お出ましのことが」

「それがしも、同様に。それがしは日野家出入りの経師《きょうじ》より」

と、これは善阿弥。ばつの悪そうな顔をしているのは、ほかならぬその琵琶湖への旅に同行したせいかもしれない。

「ふむ」

義政は、腕を組んだ。

思考がにわかに客観的になった。自分のふたりの腹心がこうして同日のうちに同様の情報を仕入れたというのは、はたして偶然か。

ちがう。

富子がそうさせたのだ。

となればその目的は何か。ただ送金を中止するだけならわざわざ義政の耳へ吹きこませずとも、いや、むしろ吹きこませぬほうが話のすすみは早いのだから、これは一種の、

（交渉の、合図）

義政は腕組みをとき、ふたりの顔を交互に見て、

「もしかしたら、おぬしら、もうひとつ先の情報を得ておらぬか？　わしが或る条件を果たすならば、とみの言うことを聞くならば、銭はふたたび出してやると」

どうやら、図星だったらしい。

ふたりは、顔を見あわせた。ほんの一瞬だが、まなざしを通じて、

――おぬしが言え。

――いや、おぬしが。

という会話を交わしたことが手にとるようにわかった。義政は、

「ゼンナ」

指名したとき、空気の変化に気づいた。普請場のほうへ顔を向ける。池の穴のまわりにはいつのまにか土まみれの人足や大工があつまっていて、肩を寄せ合い、不安そうにこちらの様子をうかがっていた。

足もとには丸太やら、炭俵やら、土をはこぶための竹編みの畚《もっこ》やらが投げ出されてい

る。

善阿弥は、

「殿様。お耳を」

手で唇をつつみ、義政の耳に寄せて来た。

彼らの耳には、よほど入れたくないのだろう。ささやきを聞いて、義政は、

「何じゃと！」

身がえび反りになった。

善阿弥は、泣きそうな顔になっている。義政は人足の存在をわすれた。しどろもどろの早口で、

「とみを呼べ。いや、こっちから行く。花の御所であろうが、小川殿であろうが、あやつの求めるところ何処《どこ》へも。そうつたえよ。すぐに使いを出すのじゃ」

空からは、とうとう雪がふりはじめた。

†

とみの指定は、花の御所ではなかった。

小川殿でもない。

「相国寺門前ちかくの、日野資任《すけとう》様のお屋敷へ、お越しあられたし」

という使者の口上を聞いたとき、義政は、

（とみめ）

息をのむ思いがした。わが妻ながら、何というあてこすりの天才だろう。

「……承知した」

まだうんと若かったころ、そう、花の御所を完成させるまで、義政はそこが住みかだった。

義政が、きめたわけではない。

おもな理由は、血縁だった。何しろ邸のあるじ日野資任は、本姓藤原。母・日野重子《しげこ》のいとこにあたり、義政にとっては、十九も年上の親戚《しんせき》である。

幕政への関与へも、熱心だった。

のちの逸話だけれども、あんまり熱心でありすぎたため、本業というべき公家奉公をよほどおこたったものらしく、或る日、所用があり、後土御門天皇に面会しようとしたところ、天皇は激怒して、

「会わぬ」

拒否したほどだった。

そういう幕臣そのものの日野資任が、

――三春殿は、まだおさない。わが邸でお守り申し上げる。

と言って、なかば拉致《らち》するようにして寝起きさせたのである。

もっとも、いまは義政も老いの世をむかえ、資任は病死してしまった。

当主は、次代のなにがしになった。富子はむろんそれを知っていて、あえて、

——資任様のお屋敷。

などという口上を述べさせたのである。

年があけて、文明《ぶんめい》十六年（一四八四）正月。七草粥《がゆ》のささやかな祝いをすませるや、義政は、山を下りた。

妻の意のところへ身をはこんだ。みちみち供の者へ、

「わしがそこで暮らしたのは、二十年も前じゃ。さきのいくさ（応仁の乱）で焼けたと聞くし、よほど様変わりしているじゃろうのう」

などと嗄《か》れぎみの声で話したりしたが、行ってみると想像以上だった。

門こそ、真新しい。

が、それをくぐれば、庭の池には水がなく、まわりの土は枯れ草で覆われている。夏秋に刈らず、冬枯れしてもなお始末する人がいないのだろう。

応仁の乱で凋落《ちょうらく》したのは、幕府だけではないのだ。

これは日野家の話ではないが、或る高位の公家の屋敷など、やはり応仁の乱で焼けたあと、庭の一角がふかい草むらになったところへ夜盗が勝手にあばら家をつくり、連日、酒盛りをしたという。

そんなことも思い出されて、まことに、

（世も末）

義政は中門から渡殿へ上がり、寝殿をめざした。

寝殿もやはり、真新しい。

ただし、ずいぶん規模が小さくなった。金がなかったのだろう。もっとも、寝殿造の建物というのは様式的に完成されつくしているだけに、新築しようが、縮小しようが、つくり自体に変化はない。

なかに入れば、義政は、何の違和感もおぼえなかった。

内壁もないし、襖もない。

板床がひろがるだけである。生活の場というよりも儀式の舞台。気がつけば、案内の者も、こちらの供まわりも姿を消している。

そのように、案内の者がしたのだろう。

むろん富子にあらかじめ言いふくめられてだ。義政はひとり、胸の高鳴りを聞きながら、奥へ奥へと足をはこんだ。

と、

——やはり。

と言うべきなのだろう。

一隅に、四枚の衝立《ついたて》が立っていた。

左と右、手前と奥、それぞれ向かい合っている。典型的な王朝ふう。長方形に区切られた空間のなかには女がひとり、横ずわりに座っていて、こちらに背を向けているが、左のほうから陽がさしこんでいるので、しらがまじりの長い髪がしっとりと絹光りして匂いやかだった。

時間は、午後。

義政がそれを見おろして、

（おいま）

つばを呑《の》んだのと、その女が、

「殿様」

声に出し、ふりかえったのが同時だった。義政は、

「あ、ああ、とみ」

もちろん富子だ。ふふふと唇のはしをゆがめて、

「何をそのような、もののけにでも遭うたようなお顔を。わらわを抱けとは申しませぬよ」

「お、おい」

「お銭《ぜぜ》の話をしに来たのでしょう？」

「そうじゃ」

と義政は応じると、右足をふみいれて、

「何故いまさら、そのような無体を言い出すか。わしをこまらせようと思うてか。なら

ば目的は果たされたぞ。わしは、いや、わしだけではない。いまこの刹那、如意ヶ嶽では、普請作事にたずさわる者みな手枷足枷《かせ》をはめられたごとく何ごともせず突っ立っておる」

「あらあら、かわいそう」

「あまっさえ、おぬし、信じがたい申し出をして来おって。銭をふたたび出してほしくば、東求堂の内部を、い、い」

口に出すのも汚らわしかったが、ようやく思いきり、

「板張りにせよと」

「ふふふ」

と富子はまた含み笑いしてから、

「湖は」

「え？」

「この期におよんで、殿様は、なぜあの湖になど身をはこばれたか。その上さらに沖ノ島へなど、いったい誰に会いに行ったのやら」

これはたしかに、痛いところだった。

おいまとは、乳母のおいまである。おさないころは乳をもらっていたので、育ての親といえるけれども、或る時期から、様子が少しずつ変わりはじめた。

赤松満祐の邸で父が殺されたときあたりからか。あのときおいまは花の御所の裏門で

義政を出むかえ、乳房をあらわして、義政にちゅっ、ちゅっと吸わせたのだった。

いや、それは早すぎるか。とにかく義政は成長し、おとなになり、気がつけば男女の契りをむすんでいた。義政はおいまに褥《しとね》のくさぐさを思うさま教えこまれたのち富子と結婚したのである。

富子は、男子を生んだ。

しかしこれは死産だった。義政はいまも、この子はおもだちが、

（わしに、似ていた）

と思うのだが、事実はまあ青い死体しか見ていない。富子は産褥《さんじょく》で号泣し、なかなか起きあがることをしなかったが、ひとたび起きあがるや、

「おいまが、悪い」

と、赤い目で言いだした。

「あのあばずれめが修験者をあつめて祈禱《きとう》させ、わが子を呪い殺したのじゃ。放逐せい。放逐せい」

義政は、ためらった。この時点でもなお関係を持ちつづけていたのである。

むろん富子は、そのことを知って言っているのだろう。命令は実行され、おいまは琵琶湖の湖中、東岸から約十三町（一・五キロメートル）のところに浮かぶ沖ノ島へと流された上、武士と同様に遇された。

女の身ながら、

——切腹。

を、命じられたのである。おいまは諸々として従った。

このたび義政が琵琶湖へ行き、沖ノ島を見たと言うのは、だから富子にしてみれば、

——未練が、あるか。

というところだったろう。事実あった。あのとき義政は、たしかに、おいまに会いに
行ったのである。結局のところ、そこにいたのは、無数の父の顔をした雁《かり》、ないし雁の
体をした父にほかならなかったが。

が、事実のすべてではない。

「ねたみか。おいまへの激しい嫉妬《しっと》の故に、おぬし、このような邪険なしわざを。ああ、
そうじゃ。おぬしの思うとおりじゃ。わしはおいまに会うために、沖ノ島へ……」

富子はあっさり、

「むかしの女は、問うておりませぬ」

「では、現在を申そう」

義政は衝立を押しやり、全身をその空間へすべりこませて、しかし立ったまま妻を見
おろしつつ、

「おぬしのせいじゃ」

「わらわの？」

「そうじゃ。おぬしは先日、東山へ来たとき、わが狩の間でこう申したであろう。押板

床はこの義政の発明ではない。わしの生まれる前から世にあったと」

「申しました」

「あれは正直、虚をつかれた」

義政は、口調をやわらげた。その押板床の上に何をどうならべるかとか、組み合わせはどうするかとか、季節との関係はどうあるべきかとか、そういういわば舞台の上の役者のことなら全身の血をしぼりつくすほど考えてきたのに、舞台そのものに関しては、

「まだまだ、考えてはおらなんだ。わしはそれに気づかされた」

「わらわごとき素人の言に?」

と富子はからかうように言い、首をちょっと傾けたが、義政は、

「わしは恩に着ているのじゃ。気づいてしまえば、おこなうべき仕事はただひとつ。押板床を創意すること。ああ、そうじゃ。この世にないものを案じ出し、世に示し、以て人の暮らしの範たること。もちろんそんな大それたことは、一朝一夕には成らぬ。おちついて、さめた心で思い煩わねばならぬ。それで普請をやめ、人足たちを休ませて、京に背を向け……」

「あの湖へ?」

「ああ」

「ほかの場所でもよかったでしょう。宇治《うじ》でも、水無瀬《みなせ》でも、何なら熊野《くまの》まで行かれても、おちついた風趣は得られたはず」

「みとめよう、兼ねていたことを。おいまの心供養も」

「ほら、やっぱり……」

「雁がいたぞ」

義政は、声をかぶせた。

こんな唐突な話題の転換が、功を奏した。富子は、

「雁？」

「わしは会うたのじゃ、雁の大群に。みな父の顔じゃった」

これには富子も目をまるくして、子供のように義政を見あげて、

「嘘」

「嘘ではない。ゼンナもたしかに見たと言うた。あまりの恐怖にふたりとも他愛なく気を失うたわ。おぬし先ほど、もののけが何のと申しておったな」

「え、ええ」

「何かの喩《たと》えなのじゃろうが、わしはもう、真実のそれに、一度ならず二度までも逢《お》うておるのじゃ。一度目は十六年前」

「十六年も」

「ああ。ただしそのときは、相手はたった一羽じゃったがな。わしは北山殿の舎利殿ですやすや寝入っていた。ふと目をさますと、まわりは業火につつまれている。屋根の上からバリバリと黄金の鳳凰《ほうおう》が落ちてきて、その鳳凰が、つまり祖父の顔じゃったのじゃ。

「これが何を意味するか、おぬしにわかるか」

と、義政の口調は、いまや嚙《か》んでふくめるようである。

子供におとぎばなしを聞かせているようでさえある。とみは、

「そのような一大事、これまでどうして打ち明けてくださらなかったのです」

と口では進んで非難しても、目のほうがもう、つぎの瞬間にも、

――三度目が、来るか。

と言わんばかりに泳いでいる。はじめのころの態度の余裕はすっかり消えてしまっていた。

富子ひとりが、臆病《おくびょう》なのではない。

この時代、人間心理の面において、男女差のもっとも大きいのはこの部分だった。もののけ、生き霊、幽鬼、神罰のごときものから、地震、かみなり、火山の噴火、蜃《しん》気楼《きろう》、昼空の虹《にじ》、夜空の彗星《すいせい》のようなこんにちは自然科学に属するものにいたるまで、およそ理由のわからぬ現象に対する恐怖心は女のほうが圧倒的につよかったのである。

そういう本然の性なのか。あるいは当時の社会にもとめられた役割になかば無意識にこたえたのか。ともあれ義政は、なおも立ったまま、

「その意味は、おそらく年齢《とし》じゃ」

「と、とし？」

「そうじゃ」

義政はつづけた。祖父・義満は、五十一で病死している。父・義教は四十八で惨殺された。死因は正反対にひとしいが、寿命そのものは、ほぼおなじ。

そうして義政は、いまその「おなじ」年まわり。

「かえりみるなら、十六年前のあれは、祖父が占いに来たのじゃろうな、そろそろわしの命を刈るかどうか。しかし『まだ早い』とふんで、生かすことにして、それで二度目にこんどは父が、やはり占いに。いくら何でも、もう長くないだろう」

「ととさまに、つれて行かれると」

「死ぬのはかまわん」

と、義政はさらに文句を投げおろす。

「かまわんが、その前に、わしはこの世にのこすべきものがある。まだ死ぬわけにはいかぬのじゃ。湖上の舟で目をさまし、あの沖ノ島をのぞみつつ、あと五年、いや二年でもかまわぬから生きたいとつくづく思うたそのとき、わしは大きなさとりを得た」

「さとり？　それは何です」

「もちろん」

義政はふっと息をもらし、われながら妙なふしをつけて、

「押板床」

「……………」

「言うたであろう。この世にまだない、わしひとりの創意の品。その創意のかなめを見つけたのじゃ。わかってみれば、じつにかんたんなことじゃった。つまりはな、おぬしに見せたあの狩の間のそれより……」

「聞きとうない！」

富子はとうとう、耳をふさいだ。

とつぜん雷鳴でも聞いたかのように、背をまるめ、頭を腹へ押しこむようにする。義政は身をかがめ、その背に手を置いて、

「これ、とみ。そなたには聞くことの義務がある。わしを呼びつけたのはそなたであろう。聞かぬ法はない」

「いや。いや」

富子が身をよじったので、義政は、手をひっこめた。

黒よりも白のほうが多くなった髪がうねり、波打ち、大蛇のように身をねじった。義政は眉《まゆ》をひそめて、

「きゅうに、どうした」

「ねたましや」

「ね、ねたまし」

義政は、瞠目《どうもく》した。

そんなみじめなことばを富子の口から聞く日が来るとは。これではまるで、

（ふつうの、女）

胸さわぎがして、

「それは、お、おいまが？」

「ちがう」

さらに激しく首をふって、

「その『のこす』が」

「どういうことじゃ」

義政が問うと、富子は早口で、

「おすわりなさい」

おのが横のところの板の間を、とんとんと平手で打つ。言われるとおりにするや否や、

「抱きなさい」

「何と？」

「わが背に、手を置きなさい。わらわの顔は見ぬように。これから申すのは、胸の底の底、もっとも恥辱にまみれた感情なのです」

「さっき、置いた」

などと抗議する気はむろんなかった。義政は右手をそっと置き、乳母がわらべに対してそうするように、ゆっくりと上下にさすりはじめた。

こんどは、富子は抵抗しなかった。少し安心したように息を吐いたあと、顔は伏せた

まま、

「わらわは終始、政事に生きました」

語りはじめた……。

ところで。

同日同刻、東山殿の普請場には、五つの頭脳が立っている。

最高会議ないし、

——司令塔。

というべき、五人である。

空は、冬晴れ。風がつよい。ゆくゆく東求堂になるはずの柱や桁《けた》や梁《はり》が、青空のなかで蕭々《しょうしょう》と、まるで骸骨《がいこつ》の哭《な》くように鳴っているのを見あげつつ、

(建つかな)

善阿弥は、ため息をついた。

と、心のうちを読んだのだろう、

「建つさ。善阿弥」

応じたのは、左どなりの村田珠光。

茶の湯の通である老人。いつもの角頭巾《ずきん》が風でちょっと傾いだのを手でなおして、

「殿様は、きっと御台所様と話をつけて来られる。そうしてふたたびこの地に立ち、思うさま、普請作事の指図をされる」

「そのとおりだ」

と、さらに左から声がしたのは、これは大工の三吉だった。

いまや八十人からの人足をたばねる大頭領になっているので、声もどこか巌《いわお》のごとし。

その大頭領が、

「東求堂は、殿様の思想の集大成だ。ゆくゆくこの国のあるかぎり、この国をつかさどり、この国びとを手のひらに乗せる。たかだか奥方の勘気ひとつで木っ端になっちまうなぞ、天がゆるさん」

三吉のうしろには、会計担当・木幡輿七郎がいる。毒いちごでも食ったような顔になり、

「どうかな、頭領。ことを決めるのは天ではない。銭ひとつだ。銭というのは有るか無いか、多いか少ないかがすべてのものさし。思想も勘気も関係ない」

「またそんな、とりすましたことを。建てとうないのか」

「建てたいさ、もちろん。だが希望も関係ない」

「因業者」

「無分別め」

胸と胸をぶつけだした。手を出さぬだけましだった。

五人のまわりは、人足どもの人垣である。

どいつもこいつも、ふだんは下帯ひとつの姿なのに、いまはみな麻の素襖を身にまと

い、袖をしっかりと合わせている。

体をうごかして働くことをしていないから、寒いのだ。

或る意味、あわれな光景ではあった。もっとも、ここで仕事ができるのは日本一の職人のみだから、着物は存外、高級である。

その人足どもが、かこみをせばめて、

「おい、ぜにざむらい」

「何しくさる」

手をのばし、小突いたのはもっぱら輿七郎のほうばかり。

当たり前だが、三吉の味方なのである。よほど鬱憤《うっぷん》がたまっているのか、怒号もとぶ。棒きれを使う者もいる。

輿七郎の右には、連歌師の自然斎。

「まあまあ」

両腕を入れて、三吉と輿七郎をひきはなし、

「きょうは諍《いさか》うな。ただ待て。人はみな待てずに身をあやまる」

これだけで輿七郎も、三吉も、にらみ合ったまま黙ってしまう。

人足どもも、腕を引いた。この普請場における自然斎、すなわち宗祇の地位は、ここまで高くなっていたのである。

もっとも、空気の熱までは引いていない。何かの小さなきっかけで悶着《もんちゃく》がふたたび起

きかねぬ不穏な感じはのこっている。宗祇は善阿弥へ、

「待つあいだ、ゼンナ」

「はい」

「旅ばなしを聞かせてくれ。聞いたところでは、殿様とおぬしは、沖ノ島をのぞむ湖の上でまぼろしを見たそうではないか。そのまぼろしは雁の群れ。みなみな鳥の胴体に、殿様のお父上にあたられる普広院《ふこういん》様（義教）の顔をくっつけていたというが？」

「ちがいます」

善阿弥は、即答した。しかし口調は淡々と、

「まぼろしではありませぬ。たしかな事実です。なるほど夢のごとき事実ではありましたが、気を失うて目がさめれば、湖面には、船頭をしてくれた漁師の夫婦の尻《しり》がふかふか浮かんでおりました」

「ほう」

「われらは舟を手でこいで陸へ這《は》いあがり、夫婦のとむらいを村人にたのんで、いっさんにここへ帰ったのです」

「おそろしや」

宗祇はにっこりとしてみせて、

「その『夢のごとき事実』というやつ、殿様は、かつて金閣でもご覧《ろう》じたそうな。たしか舎利殿の鳳凰一羽が火ながらに鹿苑院様（義満）と化していたとか……。わしもぜひ

目通りを願いたかったわい」

「呑気《のんき》なことを」

善阿弥は苦笑してみせた。宗祇は口調をあらためて、

「いや、これは不心得じゃった。それにしても殿様は、沖ノ島からこのかた、何やら人変わりされたようにも見えるが」

「それがしも、そう見ておりましたよ。東山殿の完成を、それはもう痛ましいほど急がれるようになった」

と口をはさんだのは村田珠光。どういうわけか温かな湯のにおいのする息とともに、

「心にゆとりがないというか、まるで、その……」

「あす死ぬかのよう？」

「そうそう、それ」

珠光はぽんと宗祇の二の腕をたたいてから、

「おかわいそうに。殿様はつくづく、わが国史上、もっともお弱い施主なのじゃなあ。東求堂などという規模の上では田舎の寺の本堂よりもささやかな建物ひとつですら、いまや、自分ひとりではこしらえられぬ」

「こしらえられても、畳が張れぬ」

と応じたのは善阿弥。珠光はそちらのほうを向いて、

「ときに善阿弥」

「何でしょう」

「殿様があれほど畳張りにこだわるのは、言いかえるなら、あれほど板張りの間が大きらいなのは、さだめし、あれだな、おさないころの悪夢が……」

「そのことですが」

と、善阿弥は、むつかしい顔をしてみせた。輿七郎が横から、

「何か、申したいふうじゃな」

「ええ、木幡様。それがしは、その……あの沖ノ島の一件以来、狐疑《こぎ》の念が去らぬのです。殿様はまことに、まことに畳がお好きなのかと」

「何を言う」

と口から泡をとばしたのは、大工の三吉だった。親が子供の自慢をするような口調で、

「俺なんざ、殿様をわざわざ泉万《いずまん》（畳屋の泉田万右衛門《いずたまんえもん》）のところまでお連れして、畳づくりの作事場をお目にかけたんだ。あれは殿様みずからの希望だった。それはそれはじっくりと、女の体でも睨《ね》めまわすみたいに見ておられたよ」

「たとえが悪いな」

「それほど好きってことだろ。殿様は畳にいのちがけだ。なあ、ぜにざむらい」

「ああ、これぱっかりは大頭領の言うとおりだ、善阿弥。理由もあきらか。ことに寝殿造の寝殿じゃあ、ぎい、ぎいとしじゅうからを絞め殺したような音が立つのが厭《いと》わしいのだと、われわれはみな一度は殿様の口から聞いているはず」

こんな犬と猿との仲直りみたいな反論に、善阿弥は、

「そのとおりです」

「おいおい」

「なるほど殿様はおさないころ、目の前で、父君の首がとぶのを見た。それ以来、板張りの床のぎいぎいを別して厭うようになられた。そのときのことは先代である老善阿弥から幾度となく聞かされたものです。が、殿様はこのたび、沖ノ島で」

「沖ノ島で？」

「雁の大群に遭うて卒倒し、その卒倒のあいだに半生をすべて思い出された」

「半生を？」

山頂のほうで、鹿の鳴き声がした。善阿弥はうなずいて、

「ええ。これまで忘れていたような細かいところまで、ありありと。ほとんど『ふたたび生きた』と申すほうが正しいほどの鮮明さだったとか。そうして殿様は、ひとつの誤解に気づいたのです。あの赤松満祐の屋敷における父君殺しは、ほんとうは板張りの部屋ではない、りっぱな会所でおこなわれたのだと」

「何、会所！」

「会所で！」

のこりの四人が、つぎつぎと声をあげる。

まわりの人垣も、

——おお。

とざわめきの声をそろえたのは、こちらはたぶん、話のなかみは理解していない。首脳五人につられただけ。善阿弥はしかしそちらへも首肯してみせて、

「何しろその生き地獄は、思い出してみれば、襖があり、広縁があり、何より押板床があったそうじゃからな」

押板床には刀架けがあり、金覆輪の太刀が横たえられ、なおかつその片方の側面はかり障子になっていたのだから熟慮の余地はない。

どこからどう見ても会所なのだ。第六代将軍・足利義教は、要するに畳の上で死んだのである。

「それは、おかしい」

と、三吉はなおも抵抗する。善阿弥の胸ぐらをつかまんばかりの勢いで、

「それじゃあどうして、殿様はその後、しじゅうからがどうのと」

「だから、そこが誤解だったのだ」

おさない義政は刺客たちの手をのがれ、ひとり部屋を出て、建物のはずれの水屋へかくれこんだが、そちらのほうは水屋だから板張りだった。その暗い、せまい空間でひたすら息をひそめるひとときがあまりにも身の毛もよだつようだったために、記憶がいわば上書きされた。

善阿弥は、そのように説明した。三吉は、

「なら結局、おなじじゃないか」

「おなじではない。これを思い出したことが、殿様の心に、どのような変化をもたらすか。『まことに畳がお好きなのか』と先ほど言ったのは、つまりは、そういう意味なのじゃ。はたしてそうなら……」

「そうなら？」

と三吉が先をうながしたが、こたえたのは宗祇だった。

「御台所様とは、あっさり話がついてしまうな。『板張りでよし』と」

善阿弥は、

「はい」

とうなずき、全員へ、

「ましてや殿様は、いまも申したとおり、しきりと完成をあせっておられる。あたかも、あす死ぬかのように……。もちろん殿様は、おもてむき、われらには相変わらず『畳敷きであれ』と申しておられる。嘘いつわりもないだろう。がしかし銭の交渉があんまり長引くようであれば、殿様も、いまさら父君殺しの思い出のある畳の部屋にそこまでこだわるかどうか」

「こだわらぬ、な」

宗祇が言うと、おもみがある。

全員、沈黙した。

頭のなかにあることは、

（みな、おなじだ）

善阿弥は、そう確信した。

はたして事態がそのとおりになったら、東求堂は、

（完成する）

そう思わざるを得なかった。

もちろん円滑に完成する。ただそれだけの話。どこにでもある寺《てら》ふうの家、どこにでもある籠《こも》り堂がまたひとつこの山の中腹にあらわれるだけ。後世どころか同時代のためにも何の範にもなりはしない。

「そんな」

と誰かがさけんだとき、バタリと中門がひらく音がした。

五人からは、左のほうになる。全員そちらへ首を向けた。人ふたりが並んで通れるほどの幅しかないその門をくぐりぬけて、つぎつぎと、武士がながれこんでくる。

胴丸も、かぶとも、臑当《すねあて》もつけている。

はっきりと戦争の装備である。みなみな右手には抜き身をさげているが、左手には、昼というのに、なぜか火のついた松明《たいまつ》をかざしている。

善阿弥がすすみ出て、

「何用です」

相手は、こたえない。

むっつりと流入がつづくばかり。こちらの人足どもが、

「たたき出せ」

「おう」

素手、平服で向かおうとするのを、

「やめろ」

と制して、

「どこの、ご家中か」

やはり返事はない。あとから入って来るのになると、太刀も持たず、松明も持たず、そのかわり長柄の斧《おの》をひきずっている。

(焼討ち)

善阿弥は、戦慄《せんりつ》した。この連中の目的がわかったのだ。いまもう建っている会所、常御所はもちろんのこと、普請中の東求堂も、これから使う材木も庭木も、一切合財を、

(灰に)

斧はもちろん、火のまわりを速めるための破壊の道具にちがいなかった。善阿弥はさらに前へ出て、

「御台所様の、さしがねか」

相手は、ようやく流入が終了した。

ぜんぶで三百人、いや、五百人もいるだろうか。このささやかな山荘をほろぼすには、じゅうぶんすぎる軍勢である。

「名乗らせよ」

と、親分格らしいのが二、三歩こちらへ来て、

「われら一統、大山崎にて石清水八幡宮をおまもり申し上げるところの宮ざむらいなり。われはその頭領、和田《わだ》燐二郎《りんじろう》景意《かげおき》」

人相、いやしい。

武士には武士にちがいなかろうが、しかし名乗りながらも抜き身をちゃかちゃか振り鳴らすあたり、身分ある者の所作ではない。そもそも大山崎には石清水八幡宮は存在しない。

「誰のさしがねか、と聞いた」

と善阿弥がふたたび問うと、和田とやらは、

「御台所様」

にやりとして、

「にはあらず。存外じゃろう？　われらにこの挙を命じたは……」

おどろくべき人の名を挙げた。

†

日野邸の寝殿で、富子は、

「わらわは終始、政事に生きました」

語りはじめた。

幼子のころは右も左もわからず、誰に何を言われようが、小さな声で、

「はい」

「はい」

女房どもにも、

——おとみさんは、雛《ひな》道具やさかい。

と陰口をたたかれるほどの無能力者だったが、長じてからは、この国の、

——おんな将軍。

たるべく、生活のすべてを設計しようと決意した。

きっかけは、あの死産だったろうか。

いくら日野家出身の正妻でも、いつまでも雛道具では地位は安泰ではないと、そう見さだめたからでもあるけれど、根本的には、

——おいまを、処分した。

このことが、ねむる意欲をめざめさせた。

女が女を憎んだのではない、政敵が政敵を追放したのである。それが富子の自己認識だった。

「自分には、政事の才がある。そう心決めしたのです」

富子は、そこでいったん口をつぐんだ。義政はなお背中を手でさすりながら、

「……つづけよ」

「ええ」

はじめは、夫の見よう見まねだった。

幕府の人事に口を出し、諸大名の土地あらそいへ積極的にくちばしを入れ、その跡継ぎをも、

――誰それにせよ。

と指名した。

のぞみどおり、おんな将軍になったのである。

皮肉にも、これが厄災の原因となった。あらたに義尚を生んだことで足利家へみずから跡目騒動をまねいてしまったからである。逆に言うなら跡目騒動をまねくくらい、それくらい発言力が高かった。

これが結局、応仁の乱につながった。牛が草を食《は》むような十一年間のだらだらとした戦争ののち、幕府の威光はおとろえた。

幕府の命などをまともに聞くのは一部の公家と僧侶《そうりょ》だけになった上、夫たる義政が、

——政事よりも、文事。

と宣言して、東山にこもってしまった。

この時点ではもう義政は将軍の座をしりぞいていたから無責任ではないのだが、つぎの将軍の義尚はおさなく、富子は、

——私ひとりが、幕府なのだ。

その気負いが、つよくなった。

実際、このころの富子は、幕府という朽ちかけの巨大な堂宇をたったひとりで地面の下から支えているような、そんな巨人じみた存在感があった。富子は日々多忙だった。その仕事はかつてのような大名家への容喙《ようかい》ではなく、気がつけば、もっぱら銭もうけになっていた。

政事の人から、商事の人になったのだ。

富子はわれながら、この方面では天才的だった。

義政よりも、亡き兄・勝光よりも有能だったろう。もちろん、

「あの、おいまより」

と、富子はそこだけ声を励ましてから、なおも語を継ぐ。一例が、京の七口のあつかいだった。

よそから京へ入る街道には、粟田口《あわたぐち》、伏見口《ふしみ》、東寺口《とうじ》、西七条口《にししちじょう》、西三条口《にしさんじょう》、長坂口《ながさか》、

鞍馬口《くらま》、大原口《おおはら》などの境目の地がある。

七というのは総称で、実際はもっとたくさんある。そのそれぞれに関を設けて、

——内裏修理にもちいる。

という名目で、通行税を徴収する。

これを考案し、しかも市民の猛反対にもかかわらず断固として実行したのがすなわち富子だったわけだ。

一人あたりの額はわずかでも、合算すれば巨額になる。

その金で、むろん内裏修理はしない。まとめて公家へ貸しつける、大名どもへ貸しつける。返済時には、高利をとる。法定上限などはない時代だから、相手の足もとを見ることで、その率は無限に上げられるのである。

銭というのは、あつめれば、想像以上に役に立つものだった。

京の街では、つねにどこかで市が立っている。

銭があれば何でも買える。所有する荘園の地頭がむかしほど言うことを聞かなくなり、米や乾物《ひもの》、薪、絹、労働者などといったような現物貢納が減少しても、いっこう困ることがないのである。

がしかし、そんなものは、銭の力のほんの一部にすぎなかった。

真の力は、貸したという事実それ自体にひそんでいた。公家や大名をいわば銭の縄でがんじがらめにして、その緩急を塩梅《あんばい》する。当面の借金以外の話でも、相手は服従せざ

るを得ない。それは権力ではないけれども、ほとんど権力にひとしかった。

富子はみずから応仁の乱を起こし、日本そのものを東軍、西軍のふたつに割ってしまった張本人だが、そのまんなかで大した軍事力も持たず右往左往しながらもなお足利家をほろぼすことなく、とにかく或る一定の地位をたもたせたのは、もっぱら東西双方にたっぷりと貸しつけた銭のおかげにほかならなかった。

このことを誇張してだろう、富子は、

「あのいくさは、わらわひとりの勝ちでした」

そうつぶやくと、首をもたげ、義政を見て、

「私は、銭を愛します」

はっきりと告げた。

義政は、

「そこまで申すか」

「もちろんです。銭というのは、入るように算段すれば確実に入るもの。その額もあらかじめ測ることができる。出産とはちがう」

「出産?」

「あれは確実なものが何ひとつない。野博奕《のばくち》とおなじです。精をあびても孕《はら》むとはかぎらず、孕んでも」

とそこで唇をいったん閉じてから、ふたたびひらいて、

「すこやかには、生まれません」

義政は、中腰の姿勢になっている。

富子の背からは、とうに手をはなしている。中空にぶらんと浮かせたまま、

「…………」

分娩《ぶんべん》のことを持ち出されると、男というのは手も足も出ないのである。絶句したまま、

（首）

富子の首すじに、おのが黒影のさしかかるのを見た。

かげは、さっきより、いくらか長くなっている。背後の太陽がかたむきを増したのだ。

首すじは、しわに鉛白がうめてある。粉飾というより造成工事である。

富子はみょうに上っ調子になり、

「いや、わらわは、このようなはしたないことを申す気ではありませんでした。わらわの申したかったのは、政事というものが、畢竟《ひっきょう》、かたちある物品《もの》ではないということです」

「かたちある、もの？」

「ええ。お香のけむりのようなもので、そこにあるうちは人を噎《む》せさせもしましょう、よろこばせもしましょう、じきに消えればただの空。焚《た》かれる前とおなじ虚無」

「そうか。それで……」

「この心のねたみの炎の火種、おわかりいただけたようで。わらわは何ものこさず逝く。

殿様の文事は、東山殿を……」

「のこすぞ。おぬしも」

「え？」

富子は何か言いかけた口のまま、目を見ひらき、たっぷりと十秒ほども経ってから、

「……何を？」

「義尚」

口に出したのは、誠心誠意のことばのつもりだったが、出したとたん後悔したのは、

——あてこすり。

と聞こえたことを恐れたのである。この夫婦のあいだでは、義尚が義政の子でないことは、もはや公然の秘密にひとしかった。義尚は東山殿とはちがう。少なくとも義政の作品ではないのである。

富子の、返事は。

じつに意外なものだった。あごをあげ、けんかを売るような口ぶりで、

「死にます」

「何？」

「あの子は、かならず。われらより先に」

（酒毒）

の二字が、胸をよぎった。さすがの富子も、この二十歳になってしまった息子がもう

真人間になるとは思っていないのだろう。せっかくぶじに分娩しても、その体は、骨の髄まで百薬の長がしみこんでいる。なるほど出産は計算できない。

「……とみ」

「何です」

「料簡《りょうけん》してくれぬか」

義政は言うと、富子の正面へまわった。

ひざをつき、妻の顔をまともに見つつ、左右の手を、左右それぞれの肩にのせて、

「料簡して、わしに東山殿をのこさせてくれい。何なら東求堂一棟だけ、そのなかの同仁斎一間だけでもかまわぬ。わしの畢生の作物じゃ。それを時代おくれの板張りにとは、何としても肯《うけが》われぬ。誰でもつくれるではないか。この世の高みの畳張りのために、どうか、どうか、何も言わず銭をまわしてくれい」

「それは、施主の要請ですか」

「夫のたのみじゃ」

「貸しつけましょう。格別の高利で」

「とみ！」

義政はつい肩をぎゅっとつかんでしまったので、富子は唇をかんで、

「痛い」

「すまん」

「どうでも、よろしい」

富子はそう言うと、左右の手をもちあげ、下から義政の手首をつかんで、

「わらわには、文事はわかりませぬ。その同仁斎とやらが板床だろうが畳だろうが、どうでもよろしい。あすのお天気のほうがはるかに大切。わらわはただ、それが殿様をもっともこまらせる口実だから申し上げた、それだけの話です」

要するに、そうまでして、

——会いたかった。

と言っている。

この妻がこれほど率直に心のうちを述べたことが、

(これまで、あったか)

義政はただ、

「とみ……」

つぶやくしかできなかった。富子ははっきりと、

「お銭は、出します」

告げると同時に、手をうごかした。

義政の手首をつかんだまま、おのが目の前に引き寄せた。

左右を、ひとつにした。

義政は、仏へ合掌したような姿勢になる。その合掌の手をさらに富子は胸へ引き寄せ、

もういちど、

「出します」

「板張りは？」

「お好きなように」

「と、とみ」

義政はもう耐えられなかった。富子の手をふりほどき、両腕を背中へまわした。抱き寄せて、頬と頬とを密着させた。妻の頬は意外とあたたかだった。こんなふうに体温を感じるのは何年ぶり、いや、

（何十年ぶりか）

義政は、体がおのずから動いた。首すじに唇をおしつけ、肌を吸った。しわの凹凸のやわらかみが、鉛白ごしに感じられる。

義政は、

「むう」

とうめいて唇をはなし、もういちど唇をふれさせてから、

「年をとったな、とみ」

「おたがい様です、と言ってほしいのでしょう？」

「おぬしは、頭がよすぎるのだ」

「おたがい様」

「ふふふ」

「ねえ、殿様」

「何じゃ」

「これだけは申しておきますよ。この戦乱の世で、わらわほど殿様の身をつねづね案じてきた女は……」

「存じておる」

「まことに？」

「ああ。ああ。まことじゃ」

ささやいて、抱きしめる両手にいっそう力をこめたそのとき、ド、ドド、と、渡殿のほうで足音がした。

かなりの速度でこちらへ来る。義政は戦慄した。目をつりあげ、甲高い声で、

「誰じゃっ」

妻から体をはなし、立ちあがり、音のほうへ体を向けた。

むろん襖などはないから、そのぬしは、衝立の向こうに姿がわかる。

二十歳の若者である。

いや、それは単なる知識にすぎず、かりに知らなかったとしたら、

（五十にも）

左右のまぶたが、溶けたように赤黒くたるんでいる。老人のようなというよりは、病人そのものの男だった。

「よ、義尚」

と義政が呼びかけたときには、富子ももう立っている。義政の背後にまわり、右肩に両手を置いた。

その手は、兎のひげのようにふるえている。

おびえかたが、尋常ではなかった。

義尚は、抜き身をさげている。義政は本能的に、

（うつくしい）

蔀戸《しとみ》からの陽光を受けて、一種、鏡のようである。義尚は、

「殺す」

ろれつのまわらぬ舌で、

「母上。殺す」

「ひいっ」

あとから女房たちが来た、武士たちが来た。

「上様」

「上様」

「きゃあっ」

「やめなされ。やめなされ上様」

こんな高調子な声また声に、将軍はいっそう苛立《いらだ》ったらしい。犬のように黄色い歯をむきだしにして、わけのわからぬことを言った。義政は、

「おぬしらこそ、そこで止まれ。しずかにしろ」

女房や武士へ命じた。

武士のなかには結城尚豊《ゆうきひさとよ》ら、義尚側近の顔もあるが、ぴたりと全員そのとおりにしたのは、これは一種の呼吸である。

かりにも十四の春から二十四年もの長きにわたり将軍の座にあった義政は、こうしたときの、ことばの発しようを心得ている。

「そのまま」

と念を押してから、息子へ、わざと上から見るようにして、

「どうした。義尚」

義尚は……義政の息子は、

「ふん」

なおも歯をむいたまま、義政を見返した。

いや、ちがう。

よく見ると、その目は背後の富子を見ていた。口がひらいた。そこから出たのは、おなじことば。

「母上。殺す」

†

「誰のさしがねか」

という善阿弥の問いに対して、石清水八幡宮の宮ざむらいの頭領を名乗る和田燐二郎景意とやらは、

「上様」

と言うと、にやりとして、鼻先で天を刺すようにした。

典型的な、虎の威を借るきつねのしぐさ。善阿弥は、

「というのは、つまり、その……」

「第九代将軍・足利義尚様さ」

「まさか」

善阿弥は、あごが落ちそうなほど口をあけた。なるほど借りるに値する虎の威ではある。

「上様が、どんなご所存で」

と尋ねかけたとき、まわりの人足どもが、

「野郎」

忍耐の限界だったのだろう。敵軍に、石を投げはじめた。敵軍が、

「わっ」

狼狽《ろうばい》したのは一瞬だった。何ぶん普請場なのである。地ならしの段階でもう石ころや木くず、瓦《かわら》のかけらは取り除いている。

あっというまに弾切れになる。石のつぎは土をつかんで放ったけれども、何の効果もないばかりか、かえって相手が太刀をかまえて、

「やるか」

要するに、口実をあたえただけ。それでも人足どもは臆するそぶりもなく、

「おのれら、去れいっ」

いっせいに突っこんで行く。

乱闘になった。

†

「母上、殺す」

と、義尚は、もう十度も吼《ほ》えている。吼えるたび、唇のよだれの尾がながくなる。富子はなおも義政の背後にいる、というより、かくれこんでいる。その子供のように熱い、せわしない息づかいを右肩のへんに感じつつ、義政は、

（ここでもし、とみが殺《や》られたら）

そのことを、思わざるを得なかった。

悲しいとか、さびしいとか、申し訳ないとかの以前に、

（東求堂が）

せっかく工費再支給の話がまとまったというのに、その支給者がこんなところで死骸になるのでは元も子もない。たいせつなのは後世だと義政はつくづく感じた。妻をうしなう悲しみなど、大事の前では私情にすぎない。

「殺す」

とまた言って、ようやく決心がついたのだろう。義尚は……息子は、はだしの足で、だんだんと板床をふんで近づいて来つつ、思うさま刀をふりあげた。

反射的に、義政の目が上を向く。

両腕が浮く。その浮いたところを横一文字。切っ先がぶつりと腹を斬り裂き、義政は、立ったまま臓物を噴出させた。

……というのが、つまりは息子の企図だったのだろう。実際、その刀は、たしかにそんな動きをした。

元来。

足利将軍家は、けっして貴族的ではない。

貴族的であることをよしとする家風でもない。武家のおかしらは一個人としても日本

一の武士でなければならず、したがって初代尊氏がそうしたように、

——体を、きたえよ。

というのが、むしろ代々の家訓のようになっていた。

実際は、むろん例外がある。父・義教のごとき長いこと仏門にあった人はきたえる理由も環境もないわけだが、ほかならぬその義教が赤松邸でろくな抵抗もできず人形のように首を刎《は》ねられたことは、家内をして、

——将軍は、やはり武家の本分にたちもどらねば。

そのことを、あらためて意識させたことだった。

とはいえ、つぎの将軍は、第七代・義勝である。病弱であっさり夭折《ようせつ》してしまうと、そのつぎの義政は、

——武士らしい武士に。

ということで、子供のころから剣術はもちろん、馬術、槍《そう》術、弓術、ひととおりの鍛錬はさせられたのである。青年期には、義政は、けっこう筋肉自慢をしたものだった。

こういう家風を、義政は、息子に対しても適用した。

息子はこの方面の才能があった。真の父親がおそらく後土御門天皇であるわりには諸事のみこみが早く、とりわけ弓引きの勁《つよ》さ、正確さ、姿のよさでは義政ははやくから敵《かな》わなかった。

若さの故もむろんあるにしろ、それにしても才だった。

が。

いま、もはや息子はあのころの武士ではなかった。刀の動きがどうこう以前に、

（だめだ）

義政は、まるで師ででもあるかのように足の動きへ目をとめた。

最初のだん、だんの時点でもう左足が右足の右をふみ、右足がそのさらに右をふんでいる。

当然、上半身も右へながれる。ぐらりとかたむく。その切っ先はみごと横一文字に切り裂いたのである……何もない空そのものを。

義政は、ただ突っ立っていただけ。

かわしも避けもしないまま、

「だめだ」

声に出すと、息子は、

「わあっ」

おたけびをあげつつ、片手で刀をふりまわした。

片仮名の「メ」の字がいくつも宙に描かれた。よほど体がぐらぐらするのか、あるいはよほど目がかすんでいるのだろうか。だとしたら原因は酒か。ほかの何かの病気だろうか。

うしろの富子はもう、

「きゃあっ」

などと金切り声をあげることもしない。ただ義政のうしろで雛人形になっているだけ。

義政は右足をもちあげ、足のうらで息子を蹴《け》った。

息子は、あっさりと飛ばされた。

尻もちをつき、ついたまま憎悪にみちた赤い目で、

「不義の夫婦！」

義政は、ことばの玄人である。

連歌は宗祇にきたえられ、漢詩は横川景三の添削をあおいで上手の域に達している。

その言語感覚が、

「くっ」

つい、笑みをこぼさせた。これはまた何という警抜な撞着《どうちゃく》語法だろう。夫婦というのは、不義でないから夫婦なのではないか。

が、同時に、

（なるほど）

息子はもう、真の父親が誰かを知っているのだ。だからこそ義政と富子の密着が不義に見える。義政はきゅうに心が楽になって、息子にあゆみ寄り、

「すまぬ、義尚」

詫《わ》びながら、息子の胸をもういちど蹴った。

ぐわん、と庭石を落としたような音を立てて板床に息子の後頭部がぶつかる。息子はぐらりと首をたおし、両腕をひろげた。

なかば、大の字になった。義政はその体の左へまわり、立ったまま、刀を持った手をふみつけた。

じりじりと、にじりつける。息子は、

「ぐっ」

とうめいたかと思うと、刀を手から離した。

義政はおもむろに身をかがめ、鞘《さや》のところをつまみあげた。存外、重い。おもて、うら、おもて、うらと刀身を幾度もひっくり返して、

「この程度か」

鑑賞の結果をつぶやいた。息子はようやく、

「とらえよ」

義政に、ではない。

あとから来た女房たち、武士たちに言った。

武士のなかには、結城尚豊がいる。かねて息子のお気に入りで、名の一字もあたえた。その寵臣《ちょうしん》中の寵臣へもういちど、

「この偽の父をとらえよ」

がしかし、結城は一歩あとじさりして、

「は、はあ」

「なりませぬ」

凛然《りんぜん》と命じたのは、富子だった。

こっちの反応は顕著だった。結城は肩をびくりとさせ、両ひざをついてしまう。義政はそれを目でたしかめてから、

「息子よ」

がらりと刀をすてて、

「すまぬのう義尚。おぬしには苦労をかけた。何しろとみは、おぬしが生まれる前、赤子が水になってのう。よほど心に傷を負うた故、おぬしが事なく生まれたら、それはもう、なさけの深いこと深いこと」

息子は、抵抗のそぶりなし。首を横に向けたまま、ちらりと結城のほうへ目をやったかと思うと、息を吐き、目をとじた。

胸が、大きく上下している。義政はことばをつづけて、

「この世のすべてをあたえ放題、させ放題。ほしがるまま酒も飲ませた。九歳のとき将軍宣下を受けた晩のあの大酔っぷり、青史にのこるものじゃったが、おぬし自身はまあ、記憶はないじゃろうなあ」

われながら、口調がかわききっている。

同情もなく、さげすみもない。ただ平淡なだけ。息子をしずかに見おろしつつ、

(狆《ちん》だ)

この息子は、要するに、酒漬けの狆にすぎないのだ。

ものごころついたときから「ほしい」と言えば、いや、言う前にもう母親にあらゆるものを機敏にあたえられるうち、自分でも、何がほしいのかわからぬまま成長した。

いったいに人間というものの欲求のうち、究極のものは、

――人生の、目標。

というやつだろう。

目的とか、こころざしとか、使命とか、男子の本懐などとも言いかえられる。たとえば第三代・足利義満におけるそれは幕府基盤の確立だったし、第六代・足利義教におけるそれは、苛烈《かれつ》きわまる大名たちへの権力行使だった。

自分(義政)のそれは、東山殿ただひとつ。けれども息子はそういうものを持たないというより、持つ機会を、ほとんど先天的にうばわれた。

親の溺愛《できあい》というより愛玩《あいがん》が、それだけは徹底的にあたえることをしなかったのである。ときに、この場合の親には、

(わしも、入るのかな)

義政は自問した。義尚はたしかに息子である。そうして、たしかに息子ではない。

ともあれ、いまは、逡巡《しゅんじゅん》のときではない。息子の頭のへんにしゃがみこんで、

「義尚」

「…………」

「将軍は、ゆずれ」

と言おうとした。自分の弟である義視に、あるいは応仁の乱のさなかに成長した義視の子に。

もとより本気ではないけれども、そんな逃げ道でもつくってやらねば、この息子は、もはや心やすらかに生きることが、

（永遠に、できぬ）

そんなふうに思ったのである。

が、それを口に出す前に、息子のほうが身を起こした。

立ちあがり、武士たちのほうを向いて、

「結城！」

「は、はっ」

「わしがこんなに愛でてやっているのに、なぜ母上の命を聞く？　わしと母上の言が違うたら、なぜ母上のほうを立てる？　わしは傀儡《くぐつ》か？」

「義尚よ」

「おやめなさい」

と、義政と富子が同時に声をはさんだが、息子はしかし、母を無視した。

つまり、義政の顔をまともに見た。羽虫をとらえた子供のように残忍な得意顔をして、

「こっちの、勝ちじゃ」

「何だと？」

「わしは傀儡ではありませぬ。何もできぬ男ではありませぬ。いまごろは、父上、わしがひそかにあつめた手勢が東山に着いておりましょう」

にわかに呂律《ろれつ》がまわりだした。義政は胸のざわめきをおぼえつつ、

「東山に？」

「石清水八幡宮の宮守とか何とか適当なことを言うて、いまごろあやつら、建物も、檜の木材も、襖絵も、扁額も……ご自慢の腕におぼえある人足たちも、すべて灰にしておりましょう。わしが命じた。そのように」

「何と」

義政は、声をうしなった。

頭脳の底が抜けた気がした。つかのま富子と顔を見あわせると、

「かえる」

きびすを返し、駆け出した。

†

東山殿では人足どもが、

「おのれら、去れいっ」

わめきつつ、いっせいに武士のなかへ突入した。

武士はためらうところなく刀を抜き、むかえ斬りに斬ったため、

「わあっ」

人足たちはえびのように身をそらし、宙へ跳ねた。

血けむりが青空をそめ、風にあおられて「く」の字になる。東山殿という日本文化の頂点たるべき建設予定地は、あっというまに、日本でもっとも非文化的な場所になった。

人足たちも、空手ではない。

槍鉋《やりがんな》を持つ者、鑿《のみ》を持つ者、角材のきれっぱしを抱える者。

「わりゃわりゃわりゃわりゃ」

「きえええっ」

「応。応」

わめきつつ、ふりまわすけれども、どだい刀とは長さがちがう上、体の使いかたが素人まるだし。戦う者の身ごなしではない。

唯一、刀よりも長いのは大鋸《おおが》であろう。だがこれは大人の身長ほどの長方形の鉄板の片側に歯をきざみ、両端にTの字形の竹の柄をつけたもので（全体としてIの字になる）、元来はふたり一組であつかうもの。

いまは、ひとりがふりまわしている。見るからに取りまわしが悪く、むしろ味方のじ

やまになっていた。親分たる三吉は、はじめのうちこそ戦場へおどりこみ、

「やめろ。やめろ」

かたっぱしから子分たちの帯を引き、えりを引きしたけれども、敵の誰かに尖端《せんたん》で二の腕をあさく斬られたとたん、

「野郎」

逆上して、誰よりも無秩序に立ちまわった。空手である。これもまた、ときに味方をなぐったりした。

善阿弥も、最初のうちは血がわいた。

何しろまだ三十なのだ。がしかし味方の大工の頭領のこんな刹那的な行動に目がさめる思いがして、

（首脳）

日本最高の頭脳。

それをまもる義務を思い出した。特に連歌の宗祇および茶の湯の村田珠光は、いまやそれぞれ六十四、六十二の老人とはいえ、むしろこれから、義政とともに、完成した東求堂のいわば使用法のお手本を天下に示さなければならぬ人材である。

こんなところで骸《むくろ》にするのは、歴史への罪だろう。

「退《の》きましょう」

と声を出した相手には、木幡與七郎もふくまれる。與七郎は目の玉をひんむいて、

「ゼンナ、おぬし、逃げろと申すか」

「逃げるのではない、退くのです」

「おなじだ」

「ちがいます」

善阿弥は、相手の武士どもを手で示して、

「なぜならあの連中は、ああ見えて、あれで一枚岩では……」

「理屈を申すな」

輿七郎は、一喝した。その顔はもはや、数字の計算など、

――臆病者のやることだ。

と言わんばかりの士《さむらい》そのものの朱にそまっている。

これまでの人生に、どこか鬱屈があったのだろう。輿七郎はザラリと刀を抜き、はずむような声で、

「三吉ぃ！」

砂塵《さじん》のなかへ飛びこみつつ、

「ともに死なん、金蘭の友よ！」

いまのいままで犬猿の仲だったではないか。善阿弥はあっけにとられたが、ぐずぐずしている暇はない。のこりのふたりへ、

「とにかく、あちらへ」

東のほうへ目をやってみせた。ここでの東は、山頂を意味する。

善阿弥、珠光、宗祇の順で駆けだした。

庭をつっきり、東求堂をめざす。柱のあいだを風がさばさばと通りぬける風景に不安をおぼえつつ、右へまがる。

そこからは、山のぼり。

さいわい道はきりひらかれている。義政がかねて、

――せっかく山中に堂を築くのじゃ。眺望もたのしみとしたい。

と希望したのを受けて、海抜の少し高いところに西指庵《せいしあん》を、さらに高いところに超然亭《ちょうねんてい》を、それぞれ建てたからだった。

それぞれ、名前はりっぱである。

実際はどちらも四、五坪ほどの仮建築で、かろうじて柱を起こし、壁を立ててはあるものの屋根はかんたんな板葺《ぶ》きであり、内部も板敷きで、唐物の香合などをかざるための配慮もない。

湯をわかす炉があるだけ。長時間の滞在というよりは、むしろ一時的な休憩を目的とした家だった。

その西指庵のかたわらを善阿弥はまず通過しつつ、

（そういえば）

ふと思い出した。先代善阿弥が亡くなって間もないころだから、二年前になるか。

義政に、ここへ連れてこられた。

建物はもっと粗末だった。屋根はたしか茅葺《かや》きだったし、むろん西指庵などという名もなかった。

単なる、あずまや。

これから東山殿の殿々があらわれるであろう建設用地を見おろしながら、

――何を建てる。

と義政に聞かれて、善阿弥は、ここぞとばかり東山殿に関して抱いていた全体的な構想を述べたような気がするが、その内容は記憶していない。

どのみち、大したものではなかったのだろう。義政ももとより本気で意見を徴したのではなく、ただ単に、発言の場数をふませようとしただけではないか。

一種の教育的配慮。そういう面が義政にはある。となれば、

(わしもまた、殿様に建てられた建物のひとつ)

胸のあたたまるのを感じつつ、善阿弥はしかし足をとめることをしない。

なお、駆けあがる。道はしだいに細くなり、人ひとりぶんの幅もなくなった。

枯れ蔓《つる》が、地を覆っている。

足をひっかけぬよう注意ぶかく左へまがり、右へまがる。つぎは超然亭である。山頂にいちばん近い場所。

その手前で立ちどまり、あえぎつつふりかえると、つづいて来た珠光が、

「よい香りがする」

顔をしかめた。善阿弥は肩で息をしつつ、

「たしかに」

天竺産の伽羅《きやら》でも、

（かなわぬ）

と思われるような極上のかおりが鼻腔《びくう》にただよう、というより、鼻腔を乱打している。

宗祇も来た。体の向きを変え、

「あれじゃ」

下界を指さした。

「あっ」

善阿弥は、窒息した。

（死ぬ）

本気でそう思ったほど、胸がしぼりあげられた。

東求堂が、炎をふきあげている。

檜の柱がパリパリとここまで届くほどの音で爆《は》ぜ、灰と化し、黒い霧となって青空へ消えた。

林が燃えるようだった。まわりでは武士たちが松明をかかげ、上げ下げをくりかえしつつ、もう片方の腕で肩を組んで跳舞している。

勝利の舞のつもりなのだろう。

人足どもは。

もはや、武士の相手をする余裕がない。

全員、黒い影となり、東求堂にへばりついているように見えるのは、まだ焼けていない柱を伐るか、倒すかしているのだ。

そのための得物は槍鉋、鑿、大鋸……みなこちらのほう、つまり会所とは反対のほうへ倒そうとしているのは、会所への類焼をふせぐ気なのだ。

「何のためじゃ」

近くで声がした。

善阿弥は、

「え?」

横を向くと、

「ゼンナ。おぬし」

宗祇だった。こちらは息ひとつ乱すことなく、

「おぬし何か策ありて、われらをここにみちびいたのであろう?」

「申せよ」

と、村田珠光も言う。

手をかざし、ちょいと角頭巾をなおしながら。

やはり呼吸は平生のままだった。ふたりとも諸国放浪の経験があり、脚力があるから、この程度の駆け足はどうということもないのだろう。

「そうでした」

善阿弥は、ほとんど京を出たことがない。大きく肩で息をしながら、

「この高所で、たしかめたいことが」

首をのばし、あらためて普請場を見おろした。

全体に、ぱらぱらと人足がちらかっている。血まみれで右へ左へころがる者あり、大の字のまま動かぬ者もあり。だがそれらのあいだに点々と置かれた名木や苗、奇石のたぐいは、ここから見ても傷ひとつつけられていない。

(よかった)

と思うと同時に、

(やはり)

善阿弥は、おのが予想の的中したことを知った。

ふたたび宗祇と珠光のほうを向いて、

「下界で感じたとおりでした。あの武士たち、一枚岩に見えますがちがう。ひとつの大きな集団ではありませぬ」

「どういうことじゃ」

「いくつかの、小さな集団から成っています」

つまりは連合軍である。なぜならば、もしも単一の集団だったなら、何しろ命令者は将軍・足利義尚なのだから、彼らはただ、

——足利家の、家来である。

と名乗ればよかった。ないしは幕府機構の名を出して、

——引付衆の、配下である。

などとやる手もある。いずれにしろ石清水八幡宮の何やらなどと胡乱《うろん》なことを言う必要はなく、堂々と真実を告げればいいのだ。

それをわざわざ化けるとなれば、これはもう、名乗れぬ理由があるということ。ただし彼らは、風体からして正規の武士であることもまた確かだから、

(大名どもが、兵を出し合うた)

善阿弥は、はじめからそう見ていたのである。

「それが証拠に、あの者めら、名木奇石には手を出しませせなんだ。その枝ぶり、尖《とが》りぶりを愛で得る目があるから、ではまさかありますまい。その名木奇石がじつは諸国の大名からの寄進によること、そのことを憚《はばか》ったからでしょう。うっかりと石に刀傷でもつけて、その石がおのれの主家の献上物だったら、帰って弁疏《べんそ》が立ちませせぬ」

「なるほど」

うなったのは、珠光である。宗祇もまた、

「大名たちは、銭のかわりに、いまだにものは出すからのう」

「はい」

　と善阿弥は首肯してみせて、

「とはいえ上様が命をお出しになったこと、そのこと自体もまた事実でしょう。それも嘘なら僭称《せんしょう》です」

「おもい罪だな、この京では」

「おっしゃるとおりです、珠光様。その罪をあえて犯す理由もないでしょう。はじめから整理するならば、おそらく事の順序はこうでした。まずは将軍が命を出した。それを大名たちが受け、しぶしぶ少しずつ兵を出した。その兵がつまりは、あれ」

　そう言うと、善阿弥は、もういちど東求堂を見おろした。

　あいかわらず武士たちは火柱のまわりで肩を組み、松明をふりまわしつつ鬨《とき》の声をあげているが、よく見ると、臑当には数種類の色がある。

　黒、朱、赤銅、白……所属先をあらわしているのだ。

「となると」

　善阿弥は、なおもそれを見おろして、

「あの最初に名乗り出た和田なんとかも、真に頭領なのかどうか。たかだか一家兵の長にすぎぬやもしれません。ほんものは……あれかな」

　敷地全体の左奥、中門のすぐ内側へ目を向けた。

　ひとりの男が床几《しょうぎ》にすわり、鉄扇をもてあそんでいる。

まわりを、何人かの武士がかためている。その何人かはみな臑当の色がちがう、ということは主家がちがうということなので、いわば連合軍総司令部といったところか。

「あれだ」

善阿弥が言いきったのへ、宗祇が、

「……で？」

「え？」

「敵の構成が判明した。真の頭領もわかった。それでおぬしは、ゼンナよ、事態をどう打ち破ろうと？」

「それは」

絶句した。

どうしようもない。

あるいは、

(河原者が)

善阿弥は、そのことに期待している。

(わしの仲間が、みな来てくれる)

河原者とは。

その名のとおり、川っぺりに住む人々を意味する。

京ならば、鴨川のそれが代表だろうか。

洪水の危険がつねにあるし、泥濘《でいねい》地だから衛生的によろしくなく、ふつうは人の近づかぬ場所だけれども、天災やら、飢饉《ききん》やら、疫病やら、政争やら、人間関係の失敗やらで社会を追い出された人がやむなく住みつくようになったのが河原者の起源という。

つまるところ、流亡の民である。

何しろ共同体外の共同体であるからして、市中の法規はおよびにくいし、一般道徳の圧力もない。

為政者からの課税もないので意外に経済力もつきはじめ、彼らの暮らしは独特になった。

一種の、

――自由。

のようにも見える。市中の人々はそれを無意識的に羨望《せんぼう》し、無意識的に不安になり、無意識的に焦燥をおぼえ……その羨望や不安や焦燥がくるりと意識化されたとき、「善良な」市民の胸に、差別心理が誕生した。

――河原者。

というのは、いつしか被差別者の代表のような語になった。

彼らの仕事がしばしば肉体労働や屠畜《とちく》、皮革の加工、染色、死体埋葬などというような文明には必須だがしかし過酷な性質のものだったのは、仕事の故に差別されたのか、あるいは差別の故にそういう仕事をやらされたのか。

何しろ、古来のこと。

善阿弥にはわからぬ。わからぬが、おそらく卵とにわとりの関係なのだろうか。

ともあれ河原者の環境は、常人とはちがう。これが数代、ないし十数代を経るうちに、精神までもが常人とちがう固有の価値を持ちはじめたのは、歴史の必然というべきだった。

ところで彼らは、川っぺりの人でありながら、一種の都会人でもある。

異端の精神が都会にあれば、おのずから、それは文化を生み出す。生み出さざるを得ぬ。実際、足利幕府の世になると、河原者という語は、

——芸術集団。

の意をも兼ねるようになっている。能狂言の原形というべき猿楽がこういう人々によって催され、奏でられ、演じられてきたことを知らぬ人はこの時代にはないし、ほかに意外なところでは、寺や貴族の邸宅における庭づくりなども得意分野である。

その庭園設計者のなかの最大の存在がすなわち先代の老善阿弥だったことはいうまでもない。

義政がまだ若いころ客気にまかせて再建（事実上新築）した花の御所の庭も、先代が設計し、その指示のもと、たくさんの仲間が工事にあたった。一国の政治の中心は、まさしく河原者の作品なのだ。

その仲間が、いまこの現善阿弥の危機を察知して、

（来てくれる）

それが、一縷《いちる》ののぞみだった。現善阿弥もまた、先代と同様、いまも鴨の河原をねぐらとしている。危機の察知は、さほど、

（むつかしくない）

と、善阿弥は見ている。

何しろ敵の武士はここへ来る前に、いったん洛中のどこかに集合し、それから山をのぼって来ただろうから、途中、鴨川の橋もどかどかと渡ったはず。

それをまのあたりにして不審に思い、東山殿が目的だとわかり、武士たちを追いかけて、

（来る）

五十人か、百人か。

来れば、なかには目のいいやつがいる。

山上のこちらの姿にも気づくから、こちらのほうも身ぶり手ぶりで、

——そいつが、真の頭領だ。

と教えてやる。

首尾よく意志の疎通が成れば、仲間はあの中門ちかくの床几のやつの首をとばし、ほかの武士も動揺して……。

「あり得ぬな」

宗祇が、ぼそりと声を出した。

善阿弥は、

「え？」

「おぬしの胸のうち、手にとるようにわかるわい。希望の屋根にさらに屋根をかけておる。まだまだ若いのう。河原者とて、ひまではないよ。意気に感じて人助けなど」

「……たしかに」

善阿弥は、みとめざるを得なかった。

河原者が薄情なのではない。そもそも都会の住民が薄情なのだ。この京という人口の多すぎる街にあっては、他人への興味など、いちいち持つこと自体がもう人生のたいへんな遠まわり、時間のむだ。ひるがえして考えれば義政がこの東山殿建設の基本思想を「わび」という人間の孤独に由来する美意識に置いたのもこうした都会の風の正確な反映にほかならず、その意味では、東山殿というのは洛外の山上にありながら洛中よりも洛中。日本最小のみやこであり、かつ最大のみやこなのだ。

あるいは。

人は、他人のためには生き得ない。

その意味をよくよく味わう場こそがこの東山殿なのであり、その精髄たる、

（あれだ）

東求堂は、なお炎上中。

なおパリパリと爆ぜている。柱はほとんど空と化し、あるいは黒い炭と化した。

火の粉が散り、雲に舞い、ふたたび雨と地にふりそそぐ。

会所の屋根へ。常御所の屋根へ。さいわいまだ類焼はしていないけれども、季節はあたかも冬である。ここのところ数日、雨も雪もない。

空気はまるで乾反《ひぞ》りした檜の板のようにからからである。

「もう、だめだ」

善阿弥は、息がわなないた。宗祇ですらも、

「ああ」

息をもらしている。

東求堂だけなら、再建できる。

柱だけなら集めなおせる。だが会所も、常御所も、中門もとなると……いや、それどころではない。珠光がとつぜん、

「熱っ」

頰を手でおさえた。

風が、つよい。

火の粉がここまで飛んで来たのだ。風もやはり乾涸《ひか》らびきっている。もはやこれまで。

東山殿のみならず、東山そのものが燃えつきる。

全山ことごとく燃殻になる。

「がらに」

善阿弥がそううめき、手の甲で頬をぬぐったのは、これは火の粉のせいではない。火の粉などよりももっと熱い、もっとたくさんの湯があふれ落ちているのだった。とめどなく。どこかから。善阿弥は二、三度洟《はな》をすすった。あとは余生だという気がしきりとした。と、耳が、
わっ
人の声にふるえた。

声は、足もとからではない。

はるか遠くで湧き、あわあわと天穹《てんきゅう》にこだまし、けれども止むことがなかった。

ほんのわずかずつ大きくなり、地ひびきが重なり、かちゃかちゃという木製の何かの打ち合う音もしはじめて……。

「河原者！」

善阿弥が顔を紅潮させたが、宗祇が、

「ちがう」

ひややかに言う。たしかにちがう。音のぬしは武士だった。

第二陣、とでもいうべきか。

胴丸、かぶと、臑当……最初に来た連中とおなじ装備の連中が、下界からの石段を、まるで蟻の行列のように土けむり立てて上ってくる。

全員、抜き身をさげているところまでおなじ。

唯一あの連中と異なるのは、もう片方の手で松明をかざしていないこと。上ったところには塀があるので、左へ折れ、中門へ殺到した。

中門の内側には、例の、床几の武士がいる。

連合軍総司令部がある。こんな背後からの奇襲に、よほど動揺させられたのだろう。立ちあがり、ぽんと鉄扇を投げすてて、東求堂のほうへ何やらさけんだ。

――こっちへ来い。助けろ。

とでも言ったのだろうが、中門突破のほうが先だった。

第二陣はどっと普請場へなだれこみ……いや、案外粛々と入場して来た。その魁《さきがけ》をなす数人の武士は、床几の武士へ、戦うというより、

――話し合おう。

そんな申し入れをしたようだった。

立ったままの、臨時の対談。話のなかみは、むろんのこと、この山頂付近からはわからない。

彼らが敵どうしなのか、味方どうしなのか、それすらも、

（わからぬ）

善阿弥は、見まもるしかない。

せわしなく足ぶみしていると、第二陣の最後尾、石段の下方にとつぜん小箱があらわ

れた。

小箱は、ふたつ。相前後して、かぶとの頭のひしめきの上をすべるようにして向かって来る。

塀の手前で、左に折れる。

やはり武士たちの頭の上を滑走する。小箱はつまり輿だった。それぞれ二本の轅《ながえ》をそなえているのを、順ぐりに、手わたすようにして送っているのだ。

中門のへんへ来たところで、地に置かれた。なかから裾《すそ》をひるがえして出て来たのは、

「殿様」

善阿弥が、うなった。

うしろの輿からは、

「……御台所様も」

と、これは珠光。宗祇はただ、

「ふふん」

鼻先で満足の意を示したのみ。

遠すぎて顔かたちはわかりづらいが、まちがいない。ただしふたりの様子からは、前将軍とその正室、というような凜然たる空気は感じられず、何というか、

（ただの、夫婦）

この世のあらゆる塵を落とし、あらゆる感情をながし去った透明な動く人形たち。善

阿弥はふしぎな感慨にとらわれた。おたがい別の者を後継者にしようとして応仁の乱まで起こした夫婦が、おたがい愛人をこしらえた夫婦が、こんなにもやわらかな気を身にまとうことができるのか。

そのうちの、女のほうが進み出た。

中門をくぐり、対談のふたりの武士のほうへ歩み寄る。小首をかしげて、

「………」

ちょこちょこと、何か告げたらしい。

ふたりの武士は、ただちに行動を開始した。

めいめい配下へ命令したのだ。これにより第一陣も、第二陣も、わらわらと東求堂の火へとびこんで破壊消防を開始することになる。

人足に加勢したわけだ。ということは要するに火をつけた当人たちが消火にあたったわけで、将軍義尚の面目は、

——まるつぶれ。

というような光景でもある。善阿弥はまた中門のほうを見た。

例の夫婦が、じっと東求堂を見あげている。

東求堂の火の鎮まりを見て、おなじ顔で安堵《あんど》している。

（おなじ顔で）

足ぶみは、なお止まらない。善阿弥はもう体のうずきが限界に達し、

「おゆるしを」

連歌師と茶人に言い置いてから、快哉《かいさい》をさけびつつ、枯れ蔓だらけの坂をがさがさと鹿のように駆けおりだした。

第八章　同仁斎

二年後。

着工から数えれば、四年後ということになる。東求堂は完成した。

その日も、やはり晴れていた。

建物は、約七メートル四方。

面積、十四坪と少し。たいへん小さなものだった。へたをしたら臨済宗の大刹《たいさつ》の堂内にはこれより広い一室があるのではないか。

義政の思いの大きさに比して、その識見と思想の闊《ひろ》さに比して、あまりにもささやかな一堂だった。

むろん、それが義政の素志なのである。

義政はかつて、三吉、與七郎ら普請の仲間たちに、

――大きな会所がつくれぬなら、小さなそれを三つつくる。

と豪語した。建築費用の不足を逆手にとって、日本史に、あるいは日本人の生活の歴史に、まったくあたらしい風を入れようとしたのである。東求堂はなるほど既存の常御

所、および会所とならべて建てられ、渡殿でむすばれていて、三つめの小さな会所ともいえなくもない。

山上の西指庵や超然亭を入れれば五つということになるだろうか。建築の規模をほこる時代は終わった。住む者ひとりひとりの肌につく過不足ない空間。義政の素志が、まずひとつ実現したのだ。

屋根もまた、豪華から遠い。

入母屋《いりもや》造、柿葺《こけらぶ》き。

何しろ柱だけのころとはいえ、一度はとにかく焼失の憂き目に遭ったのだもの、

——瓦《かわら》屋根にしたら。

と大工の三吉あたりは一時しきりと勧めたものだが、義政は、

「寺じゃあるまいし」

断固こばんだ。たしかに瓦は燃えづらい。ひじょうに高価なわけでもない。だがこの時代、瓦葺きというのは、おもに寺院建築にしか使われることがなく、印象がやや大げさにすぎる。

東求堂のような小規模な、さりげない、飾り気のない装飾美を身上とする存在には、

(ふさわしからぬ)

と判断したのだ。

もっとも飾り気うんぬんは、理由のひとつにすぎぬ。

じつはそこにはもうひとつ、この東求堂という建物そのものに関するよりいっそう本質的な理由がある。このことは後述する。

とにかく三吉は、不満だった。

「何を言う。寺じゃねえか」

のちのちまでも陰口をたたいたが、これはこれで一理あるだろう。東求堂は、名分の上では、たしかに持仏堂だからである。

具体的には。

そこへ入ろうとする者は、まず、西どなりの会所から渡殿をわたることになる。わたった正面のところには両びらきの桟唐戸《さんからど》があり、その上に、「東求堂」と書きつけられた扁額《へんがく》がある。

あの元相国寺住持・横川景三の筆……ではなかった。

横川景三はあんまり何度も義政に書きなおしを命じられたため、

「もう、無理じゃ」

文字どおり、筆を投げてしまったのだ。

義政は、動じない。おなじ相国寺の益之宗箴《えきしそうしん》という高僧にたのんだ。ただ単に能書家というだけなら、こちらのほうが上だろうが、しかし何しろ益之宗箴は当時、七十なかばであり、しかも病臥《びょうが》中だった。

無理して床を出て、筆をとり、書いてくれたものを見て、義政は、

「字が小さい」

あっさり突き返した。

ようやく何度目かで嘉納《かのう》したものが、つまりはこの扁額になったのである。

扁額の字は、楷書《かいしょ》。

一見したところ、何の変哲もない。

字の大きさは常識的だし、字配りも平凡そのものだったが、見る人が見れば線のながさ、払いの太さ、「求」の字の点の位置にいたるまで、すべてが完璧《かんぺき》に均衡して厘毛のくるいもない。

その扁額の下に立ち、桟唐戸をキイとひらき、堂内に足をふみいれる。

東求堂そのものの、

——主室。

ということになる。

正面には厨子《ずし》が三つあり、中央のそれには阿弥陀《あみだ》如来がおさめられている。

向かって左右の小ぶりな厨子には、
勢至菩薩《ぼさつ》
観音菩薩
が、それぞれ安置されている。いわゆる阿弥陀三尊の支配する、ここは典型的な仏間なのだ。

仏間だから、床は板張り。

ごくごく当たり前のことだ。天井は折上げ式の格天井《ごう》で、やはり格の高い仏間の様式。

義政は落成の直前、この三尊の前に端座し、数珠《じゅず》を繰り、無量寿経などひとわたり誦《そら》じてから、

「ふっ」

ひとり苦笑いして、つるりと頭をなでたものだった。われながら、

（似合わぬ）

義政はこの前年、出家したのだ。

俗をはなれ、僧になった。

戒師は横川景三がつとめた。世間の誰もが、

――鹿苑院様（義満）に、お倣いに。

とささやいたし、あるいは、

――上様（義尚）との仲が、よほどこじれて。

などとうわさする者もあったし、そのいずれをも義政は否定する気がなかったけれど、

胸の底では、じつは未来への戦略である。

東求堂が、ないし東山殿そのものが、自分の死後も、

（永遠に、この世にあるよう）

そのことを、おもんぱかったのだ。

義政の見るところでは、自今以後、いよいよ日本は荒れる。

幕府は大名を統御し得なくなり、大名は守護代を統御し得なくなり、守護代は地侍を統御し得なくなり……都鄙《とひ》の秩序が崩壊し、身分の秩序が霧消する。

乱世が、いよいよ乱世になるのだ。

二十年前に勃発《ぼっぱつ》し、京の過半を焼きほろぼしたあの応仁の乱がふたたび京で、いや、こんどは全国的規模で起きるだろう。そうなれば足利家ゆかりの屋敷など、あっさり兵火にのまれてしまう。

いくら東山の地にあったところで、いや、東山の地だからこそ京をつつんで押し奪《と》ろうとする野武士どもの格好の兵舎になってしまうのだ。

ひょっとしたら会所の畳は泥と血でよごれた首級の置場になるかもしれない、庭の池は馬の水飲み場になるかもしれない。かりにその運命をまぬかれたとしても、夜盗のねぐらになるだろう、牢人《ろうにん》のふきだまりになるだろう。

その点、あらかじめ出家していれば、東山殿はもう俗邸ではない。誰であれ少しは手が出しにくくなる、ちょうど応仁の乱のとき京の寺々のうちの一部がそのようにして戦禍をまぬかれたように。

ゆくゆく室町幕府のほろぶ日は来ても、相国寺のほろぶ日は、たぶん、

（来まい）

その相国寺の庇護《ひご》あるかぎり、東山殿もまた、少しは生きのこりの確率が上がるので

はないか。

後世へよりいっそう届きやすくなるのではないか。義政はそう期待したのである。

はかない期待、かもしれない。

無駄な策かもわからない。が、何かを世にのこそうとする者はわずかの可能性をも追求するものだ、というより、追求しないことに耐えられないものだ。

剃髪《ていはつ》の日、義政は、

「これで、少しは安んじて成仏できる」

と微笑したという。成仏という語はもちいたが、これはたぶん、信仰心の吐露ではなかったのではないか。

ちなみに言う。

この義政の深謀遠慮は、なかば実をむすび、なかば蕾《つぼみ》のままに終わった。

蕾のままに終わったというのは、義政の死後、やはりと言うべきか、日本はいわゆる戦国乱世に突入したのである。

足利家は衰耗し、室町幕府は気息奄々《えんえん》となり、東山殿は野武士の占拠するところとなった。

兵禍を受け、しばしば火がまわった。しかしそれでも、究極のところ、実はむすんだのである。中門、常御所、会所、西指庵、超然亭……東山殿を構成するほとんどの建物が焼かれ、こわされ、庭の池もすっかり干上がったにもかかわらず、東求堂と観音殿

（後述）だけは生きのこり、平和な徳川の世をむかえ、二十一世紀のこんにちに至ったからだ。

どちらも形式上、仏堂であることは、偶然ではない。

そこに濛々《もうもう》とたちこめる信仰の空気、宗教の権威が、すんでのところで田舎ざむらいどもを自重させ、手を引かせた。彼らは文化的価値はわからなかったが、あるいはそれ故にこそ、超越者には従順だったのである。

義政の執念の勝利であり、或《あ》る意味、相国寺の勝利だった。

徳川時代にはねんごろに本堂、方丈、庫裡《くり》などを足されて現在にいたる。現在は義政の法名、慈照院殿喜山道慶大《じしよういんでんきざんどうけいだい》

から取って慈照寺と号しているが、宗派的には、祖父・義満の建てた北山鹿苑寺とともに、臨済宗相国寺派に属している。

†

この仏間は、たいへんにせまい。

畳わずか七、八枚ぶんほどか。これでも東求堂ではいちばん広いので、ほかの三室は、ところで。

六畳
四畳
四畳半
これを逆の面から見れば、義政は、この約七メートル四方の堂宇のなかに部屋を四つもこしらえたわけだ。

右のうち、六畳、四畳はまあ予備室である。

人をちょっと待たせるとか、近習をひかえさせるとか、飾り道具を置いておくとか、時に臨んで使用する。

多目的室ともいえようが、それだけに特段、部屋そのものに積極的な性格づけはなされておらず、その点でもうひとつ重要なのは、南東のすみ。

仏間とは対角のところに位置する、四畳半の部屋である。その存在のおもみは、仏間とならぶ。

ならぶ？

いや、じつは仏間をしのぐ。

真の主室である。そのことを示す要素はふたつある。ひとつは屋根である。

三吉のつよい勧めにもかかわらず寺院ふうの瓦葺きを採ることなく、より一般的といえる柿葺きを採ったのは、この建物そのものが仏よりもむしろ世俗のほうを、

――上と見る。

という挨拶《あいさつ》だった。

もうひとつは、名前である。

それは東求堂で唯一、名前のつけられた部屋なのだ。横川景三にいくつか候補を挙げさせた上、最終的に、義政みずからが選んだその名は、
同仁斎
そのまんなかに、いま、義政はひとり正座している。

正座しつつ、目をとじて、

(もう、じきか)

客の来るのを待っている。最初にまねくのは、

(あの、ふたり)

と、義政は、だいぶん前にきめていた。

ゆっくりと、目をひらく。

正面は、南向きの板戸である。

ほぼ完全にあけはなたれ、戸外が見える。そこには二十一世紀のこんにちならば白砂をぶあつく敷きつめて波状の模様をつけた銀沙灘があり、その奥に、円錐台《えんすいだい》形の盛り砂である向月台があるところだ。

内外無数の、観光客のすがたもある。

義政の目には、むろんない。

盛り砂やらカメラのレンズやらのかわりに、そっと泥池がひとつあった。とろりとした感じの、腐臭も放ちそうな水面の上に、円形の葉がひしめいている。蓮《はす》である。蓮というのは古来、蓮華《れんげ》と呼ばれるその花とともに阿弥陀如来とむすびつけられ、極楽浄土の象徴とされ、浄土系の寺の庭のいちばん主要な要素でありつづけてきた。義政は、ここは仏間の本尊と相通じるものにしたのである。

その蓮の葉の上に、桜の花びらが四、五枚。

山頂あたりの山ざくらが風で散らしたものだろうか。義政はその花の数をかぞえてから、視線を上に移動させた。

夜空。

春のはじめに特有の、白濁した漆黒。

月の輪郭も暈《ぼ》けている、というより溶けてなくなっている。義政は、故意に大きな声で、

「わびしい、なあ」

つぶやき、部屋のなかを見まわした。せまい。前後左右どの方向へも、手がいっぱいに伸びない感じ。

天井もひくい。立ってもまあ、

――頭は、ぶつけまい。

という程度。

背後の燭台《しょくだい》にたったひとつ灯《とも》されている蠟燭《ろうそく》の火が、わずかな空中の塵《ちり》をも影にしているのだろう、猿頰《さるぼお》天井の天井板にのしかかるような黒まだらを描いていた。

それを見ながら、これこそが自分の人生の、

(集大成、だ)

義政はそう思ったが、しかしその集大成の空間の、くりかえすが何という小ささだろう。

視覚のみではない。

聴覚においても、いまはもう、世界はほぼ無声だった。

風が吹けば若葉のささやきも聞かれるが、それ以外は、ジ、ジジという蠟燭の芯《しん》の焼ける音がかすかに立つのみ。さながら常寂光土ではないか。

「ふっ」

と思わず笑みをもらしたとき、さらさらという音が右方に浮いた。衣《きぬ》ずれ、だろう。

ゆっくりとこちらへ近づいて来る。おそらくは会所からの渡殿をわたり、仏間には入らず、ぐるりと縁側を半周して……。

「御免を」

正面の板戸から、顔がひょいと出た。義政は、

「入れ」

ひとりめは、宗祇。

つづいて珠光。両ひざをすべらせて入って来るたび、空気がゆれるのだろう、蠟燭のあかりが殴られたように横だおしになった。

板戸が、閉まる。

炎はふたたび安定する。宗祇はきょろきょろ目を動かしてみせて、

「たのしみにして参りましたが……酒食のしたくが、ないようですな」

「わしも、もう年じゃ」

義政はにやりとしてみせて、「この時分はもう、眠とうて眠とうて仕方ない。茶にしようよ。あれは頭がしゃきとする。珠光」

「承知しました」

と、珠光もまた、部屋をぐるりと一瞥《いちべつ》して、

「すわりどころを変えましょう。縦横そろって座を占めねば、混雑が」

「ああ」

三人全員、立ちあがった。

すれちがい、立つ位置を変え、ふたたび正座した。一種の席替えのようでもあり、整理整頓《せいとん》のようでもあり。

義政の場所は、北側、東寄り。

南を向いた。

正面には、宗祇。その余裕ある笑みと、

——さしむかい。

のかたちになるわけだ。

村田珠光は、義政の右どなりに尻《しり》を落とした。

かと思うと、背後の襖をさらりとひらいた。

また立ちあがり、敷居をこえて行ってしまう。その向こうは六畳の、例の予備室なのである。

予備室も、あかるい。

あらかじめ燭台が立てられているせいもあるが、部屋の中央に、畳を四角にくりぬいたような炉が切られていて、その炉にあかあかと炭が熾《おこ》してあるためもある。その熱は、じんわりと義政の頬をも炙《あぶ》りあたためた。

炭の上には、金輪がある。

珠光はその上へ鉄のあられ釜《がま》をのせ、水さしから柄杓《ひしやく》で水をくんで入れた。

水は、このあたりの湧き水である。沸くのに時間はかからないだろう。

沸けば、茶が祝い酒になる。

三人だけの落成式。歓声もなければ感動の表現もない。それこそこの場にふさわしいだろう。珠光は柄杓の柄を布で拭《ぬぐ》いつつ、

「善阿弥は、おまねきにならなんだので」

「後日、まねこう。今宵《こよい》は年寄りだけの宴じゃ」

「御台所《みだい》様は？」

と口をはさんだのは宗祇。あいかわらず腹蔵なさすぎる言いぶりで、

「銭こも出してくれたのに」

「呼んでも、来まい」

「なぜです」

「そういう妻じゃ」

とこたえた義政の口調は、われながら、好意にあふれている。

「だいいちそんなに請《しょう》じていたら、この部屋は、床が抜けてしまうわい。そうであろう宗祇」

「いかにも。しかしまあ、それを申すなら、われらふたりでも多いような気がしますがな。そもそものご旨趣からすれば」

宗祇は言うと、意味ありげに片方の眉《まゆ》をもちあげたので、義政は、

「わび、の話か」

「ええ」

「たしかに」

義政は、うなずいた。東求堂は、そもそも客をまねく建物ではない。

宗祇のいわゆる「ご旨趣」からすれば――宗祇と珠光には説明不要のことながら――

東求堂は、義政ひとりの、孤独のための小堂だ。

孤独とは。

不安、不便、不如意というような側面しか持たぬと通常される。

わびしさ、とも言いかえられる。しかしその孤独にむしろ自由という価値を見て、それもあらゆる自由のなかでももっとも貴重な「人からの自由」という至高の価値を見て、その価値を特に名づけて「わび」として、その「わび」をよりいっそう心ふかく味わうためにこそ義政はこの東求堂を建てたのだ。

あるいは、その真の主室たる同仁斎をこしらえたのだ。

手狭で飾り気のないのはそのせいである。その同仁斎へわざわざこうして余人を引き入れ、臨時の茶会をもよおすのは、

――矛盾だ。

と、どうやら宗祇は言いたいらしい。人と会うなら、

――この東山殿にも、会所があるではないか。

そうも言いたいのだろう。会所の完成は、もう三年も前だった。

ことにその東南隅の六畳の間「狩の間」は違い棚をそなえ、付書院をそなえ、三畳もの広さの固定された押板床――後世のいわゆる床の間――をそなえて舶載の文物をさかんに飾ることができる。

主客の目をなぐさめることができる。

ほとんど博物館である。同時代のほかの会所とくらべても、あるいは祖父・義満のころ以来の会所の歴史に徴しても、最高に濃密な空間であることはまちがいなく、いうなれば、

――会所を、きわめた。

と、これはもはや誰もがみとめる事実である。その「狩の間」を、ここで使わぬ手はないだろう。「狩の間」こそは社交の場、招待開宴に最適の場なのだ。

「たしかに、宗祇よ」

と、義政はおもむろに口をひらいて、

「ここは本来、わしひとりで座《すま》うべき部屋じゃ。実際わしは、おぬしらを、これまで何度も『狩の間』へ引き入れたことでもあるしな。茶会やら、歌会やら……」

「月例の、連歌の会やら」

宗祇がそう受けると、義政は首肯して、

「しかしまあ、今回は例外ということにしようよ。おぬしらはもはや客というより、わしの分身のごときものじゃ。それに……」

「それに？」

「わしはこれから、おぬしらに話をしようと思う。深い話じゃ。おそらく現今、それを理解し得るのは、おぬしらふたりしかおらぬじゃろう」

「ほう」

宗祇、表情は変わらぬ。義政は、

「つづけてもよいか？」

「むろん」

「では申す。この東求堂は、けだし『わび』の建物である」

「さっき聞きました」

「同仁斎はちがう」

「え？」

宗祇は、あきらかに片方の眉をあげた。

まじまじと義政の顔を見て、

「東府様、いま、ちがうと？」

「申した」

「聞いたか？」

隣室へ声を投げる。珠光もまた、

「ええ」

よほど意外だったのだろう。しゅうしゅうと湯の沸いたあられ釜へ柄杓をさしこもうとしたその体勢のまま、首だけがこちらを向き、向いたまま凍結した。

やはり義政を凝視しつつ、

「それは、その、造作に失敗したという意味で……」

「逆じゃ」

「逆？」

「ああ」

義政はぽんと手を打ち、太陽そのもののような表情になり、

「同仁斎は『わび』どころの話ではない。それを超える舞台になりおおせたわ」

「はあ」

宗祇と珠光、顔を見あわせた。

どちらの目の色にも、

――東府様、ご乱心か。

というような猜疑《さいぎ》の念が茶匙《さじ》一杯ほど込められている。義政は、

「もういちど申すぞ。この部屋はもはや『わび』にはあらず。その先の境地にある。これまで誰も足をふみいれたことのない、文事のきわみというべき究竟《くっきょう》の地へな」

「東府様」

宗祇が口をひらいて、

「『わび』とはつまり、わぶ（侘《わ》ぶ）ことなり。その先には何が？」

咳《せ》きこむように尋ねてきた。当代一の、ことばの専門家がである。義政は、

「当ててみよ」

「あそび？」

「ちがう」

「まなび？」

「ちがう」

宗祇がそれから、しのび、うかび、むすび、叫び、ならび、えらび……バ行活用動詞の連用形をかたっぱしから挙げたのは、さすが連歌師というべきだったが、義政はことごとく、

「ちがう」

「なら何です」

「さて」

ぷいと、庭のほうを向いてしまった。

宗祇は義政へにじり寄り、

「いまさらそのような、子供じみたはぐらかしを。はようお聞かせを」

とせまる宗祇の口調がいちばん子供じみている。義政はふたたび宗祇を見て、ふわりと息を吐いて、

「まあまあ、おちつけ。先ほども申したであろう、わしはもう眠たいとな。まず頭を醒《さ》まさぬと」

茶を待とう、という意味だった。

珠光の仕事が、しずかに進む。

攪拌《かくはん》する。

茶碗《ちゃわん》を湯であたため、湯をすて、茶の抹を入れ、ふたたび湯をそそいで茶筅《ちゃせん》でささと

義政の前へ、茶碗を押し出す。

義政はゆっくりと一服し、茶碗を返した。珠光はつぎに宗祇へ点《た》てた。宗祇の一服が

終わってから、義政は、

「それでは、ぼつぼつ始めようか。くだらぬ自慢と思うて、まあ聞いてくれ」

恬《てん》として、語りはじめた。

†

もちろんわしは、宗祇よ、はじめは「わび」の精神でこしらえようとした。

この同仁斎をな。それ以上の思案はなかったし、持とうという発意もなかった。たと

えば部屋のせまさなども……いや、それ以前に、畳のことも言わねばの。

畳のへりは、見てのとおり紺無地じゃ。

繧繝縁《うんげんべり》でも大紋高麗縁でものうてな。ああいうものは派手にすぎて、目を、心を、そ

こに一刹那《せつな》しばりつける。

そのぶん孤独の念のさまたげになる。こんなところにも気をくばったのじゃ。話をも

どそう。会所の「狩の間」は、六畳の間じゃった。

とみを迎えたころはもう、

——これ以上のせまさは、無理。

とつくづく思うたが、いざ住み慣らすと、やはりというか、もてあますものじゃのう。客との社交には好適じゃが、孤独の場たらしめるには、もっと縮めなければならなかった。空間の贅肉《ぜいにく》が多すぎたのじゃ。

わしは、そこで思案した。五畳か、四畳か、三畳か……けれどもあんまり陋狭《ろうきょう》でありすぎては、こんどは気ままに思想がはたらかぬ。

そこにある者の胸をおしつぶし、心慮をおしつぶしてしまう。結局わしは、設計をする大工の三吉に、

——四畳半に、せよ。

そう命じた。かなめとなるのは「半」であろう。むろん四畳半という数字自体はわしの発明ではなく、ほかの屋敷でも採られているが、それはただ空間効率のもとめるところ。たまたまそこには空き地があった、たまたま四畳では足りず五畳ではあまった、そんな話でしかない。

この同仁斎には、そういう「たまたま」はない。もっとふかい精神上の意味がある。単なる四畳ならば世界は完結し、きれいにおさまっているが、そこに「半」という足が出ることで、世界はやぶれる。

ふたたび、外へひらかれる。

そこに居る者は、あらたな一歩を予感するだろう。風を感じるであろう。すなわち同仁斎はぎりぎり狭い部屋であり、同時に、無限にひろい部屋なのじゃ。

これを人事にひきおろせば、孤独が宇宙にじかにつながる。もっと言うなら、宇宙を、

――支配する。

ということも占い得るだろう。うむ、宗祇、おぬしらしい猜疑の顔じゃな。はっきりと声が聞こえるようじゃ。

――四畳半なら、何も同仁斎でなくてもよろしいではないか。

牢獄でも。産屋でも。東府様がおさないころ父を殺した討手をのがれて身をひそめた水屋のようなところでも。

むろん、ちがう。

よろしかろうはずがない。牢獄や産屋や水屋では孤独が良質になりようがない。そこでつぎは調度の話になるわけじゃが、その基本は、いうまでもなく良質の質朴、良質の簡素ということになろう。

先ほど申した畳のへりの紺無地もそうじゃが、ここでも「狩の間」を思い出すなら、あそこには、押板床、違い棚、付書院、の三つが設けられていた。

みな唐物の文物を置くための場なので、三つの「棚」と呼んでもいいし、「台」と呼んでもいいじゃろう。

「狩の間」は、孤独の場ではない。

客たちを招じ入れ、社交をたのしむ場である。面積もたっぷりと六畳もある。三つの棚があってもおかしくない所以《ゆえん》であるが、この同仁斎では多すぎる。

質朴簡素を旨とするなら、ひとつ省いてしかるべきだろう。

どれを省くか。

わしの思案は、ここにいたり頓挫《とんざ》した。

頭をなやませること数旬……いや、苦労ばなしは好みではない。結論のみ申そう。

押板床じゃ。

わしは、押板床を除《の》けることにした。しかり。三つのうち、もっとも主要なもの。

何しろ「狩の間」では畳三枚ぶんもの地面を占めるほどじゃったからのう。同仁斎には大きすぎる。ほとんど部屋がもうひとつあるようなものじゃ。

当初は、除けるのではのうて、

——ちぢめよう。

と思うた。三枚を二枚に、二枚を一枚に……その果てに、いっそのこと、

——無きものに。

そのことに、思いが至ったわけじゃ。

もちろん、ほんとうに除けたら、部屋そのものの芯がなくなる。

同仁斎そのものの印象が軽くなる。これでは元も子もないわけじゃ。

除けるべし。

除けるべからず。

こんな押板床についての要求の狭間《はざま》でわしが何をえらんだか、その結果は、宗祇よ。

わしの右うしろを見よ。

おぬしには、左前方じゃ。

違い棚が、あるであろう。

奥行のあさい、縦長の、大人がひとり入れるかどうかの空間がぐっと向こうへ張り出している。そのちょうど胸の高さのあたりに、二枚の棚板がつけられている。

そうじゃ、そうじゃ。

右の棚板のほうが少しひくく、左右くいちがいになっている。

それだけを見れば「狩の間」の違い棚と同様だけれども、しかしあれとちがうのは、こちらは……ああ、むろん規模においても小さいが、そのほかに、上下にも、べつの棚を設けたことじゃった。

上のほうは、一枚板。

下のほうは袋戸棚。

天地のうちの地のほうに設けているから、地袋とでも名づけようか。襖《ふすま》を小さくしたような引違い戸をつけたので、収納の機能もあるけれども、地袋の上には花入れも載せられる、そこに桔梗《ききよう》も生けられる。真実のところは押板床なのじゃ。

すなわちここは、あらためて見ると、三階建てのようなもの。

石鉢などの大きな重いものは置けぬけれども、小さいもの、軽いものならぜんぶで四つ、五つ置ける。それでじゅうぶん。押板床はここに吸いこまれ、組みなおされ、あらたな息吹をはじめたのじゃ。

どうじゃ？　宗祇よ。

質朴簡素なことじゃろう、なおかつ充実しているじゃろう。

そうしてもうひとつの調度は、そのおぬしから見て右、つまり、この義政のまうしろにある。

やはり奥行のあさい空間がぐっと向こうへ張り出している。横幅は、そうさな、左どなりの違い棚よりは大きいな。

ただしこちらが違い棚とちがうのは、正面があかり障子になっていること。

いまは夜じゃから黒うしか見えぬが、昼間なら、戸外のあかりが障子紙に漉《こ》されて来るじゃろう。

その手前の、ひざほどの高さに設けられている、やはり一枚板の棚をほのぼのと照らすじゃろう。その棚こそが……。

そう。付書院じゃ。

墨、硯《すずり》、水滴などの文房具をならべるための、固定化された文机《ふづくえ》。

ああ、会所の「狩の間」にもあったのう。もはや付書院などという長ったらしい名はわずらわしい。向後はただ、

書院

と呼ぶことにしよう。もちろんわが同仁斎の書院では、実際に墨をすり、巻紙をのべ、手紙などを書くこともできるけれども、主眼はあくまで実用にはない。実用できる、という演出にある。

誰かに見せる演出ではない。おのれ自身への演出じゃ。言いかえるなら、

――ものを書く。

そのことを、たえず意識させるための契機というべきか。

まあ今宵にかぎっては、調度そのものの説明のために、違い棚ともども、わざと何も置くことをしなかったが、明朝からは、思うさま置くことにしよう。

違い棚には、いつもながらの座敷飾りを。

つまり食籠《じきろう》や、香炉や、水瓶《すいびょう》や、印籠などを。あるいは花や鳥や、岩肌むきだしの山をあらわした絵を。いっぽう書院は、くりかえすが墨、硯、水滴などの文房具を。

気づいたかな。

この両者、じつは性質が正反対であることに。

おお、すまぬのう珠光。待ちかねたぞ。おぬしの茶はまことによい香りがする。うむ、うむ、味よりも前にまず香りなのじゃ。

どういうものかな、ほかの者ではこうはならぬ。草いきれを熱《いき》れのままに煮つめたような青々しさ……目がさめたぞ。

上のまぶたと下のまぶたが、くるりと背中あわせになった。

胸もいよいよ高鳴りだしたわ。おなじ茶碗で、この口やかましい連歌師めへも飲ませてやってくれ。もっとも、この男は、茶など喫せずとも目はさっきから爛々《らんらん》としておるがな。

寄り道はよろしい、さっさと先を語れ、そう言わんばかりのまなざしじゃ。やむを得ぬ。わしはこの世間離れした物語を、もう少し、つづけることにしようか。

どこまで話したかな。

そうじゃった。違い棚と書院では、その飾りの性質が正反対だということじゃ。このように、左右にぴったりと並んでいるのにのう。

考えてもみよ、違い棚のほうのそれは、

――入れる。

ことの象徴ばかり。

食籠はものを食うことを、香炉はにおいを嗅《か》ぐことを、それぞれ人に意識させる。口を通じて、鼻を通じて、外界の何かを身体のうちへ取りこむいとなみ。

花鳥画、山水画もまたしかり。われらは絵に接するとき、二個のまなこを通じて、そこに描かれた生きものや風景をまことしやかに体のなかへ取り入れるじゃろう。

それに対して書院は「出す」ことの象徴じゃ。何しろ文房具を置くというのは、墨をすり、巻紙をのべ、書きものをすることの演出なのじゃからな。

ものを書くというのは、心理の出産じゃ。われらのなかにあるものを外界へ向けて解きはなつ、もっとも価値ある、もっとも困難な、いのちがけのいとなみ。

すなわち。

人はこの部屋にあるかぎり「入れる」と「出す」をふたつながら為すことになる。この世界から無限のものを吸収し、かつ無限のものを奔出させる。内向と外向。収斂《しゅうれん》と拡大。精神上の何かの行ったりきたり。すなわち違い棚および書院は、ともども世界に通じる穴のようなもの。

その通じる方向が、一対をなしているわけなのじゃ。

ここで部屋のひろさの話にもどるなら、わしがここをきっかり四畳の間にしなかったのは、完結を厭《いと》うたからじゃった。

あえて半畳という端物を足すことで、同仁斎は、戸外へ扉をひらく。せまくてひろい部屋になる。とどのつまりはおなじことじゃ。わしは世界との交歓のためにこそ、あるいは世界と個人の対等な屹立《きつりつ》のためにこそ、部屋を四畳半にしたし、違い棚と書院をこのように設けた。

密室であり、かつ世界そのもの。さっきおぬしは、宗祇よ、四畳半なら何も同仁斎でなくともよいではないかと言わんばかりの顔をしておったな。

牢獄や産屋や水屋でも結構ではないか。とんでもない。いまこそあきらかになったであろう、その差はここにあるのじゃと。

牢獄や産屋や水屋など、ただ密室であるのみ。精神の上で、世界にはつながらぬ。ところでこうした世界との交歓、世界と個人の対等な屹立は、べつのことばで言うならば、

――思索。

ということになるじゃろう。

自己反省、と申してもよいかもしれぬ。

そのためにはもちろんのこと、人はひとりでいなければならぬ。ふたり、三人でにぎやかに思索し反省するなど無意味以前に不可能であるし、逆に言うなら、それをしてこそ孤独というのははじめて意味がある。

当たり前のことじゃ。ただひとりでそこにいるだけなら、犬猫牛馬でもできるからのう。

そうしてこの思索や反省というやつ、さらにべつの語をもちいるなら、

――演じる。

ということにも通じるじゃろう。

心にちょっと枠をかけ、素の自分を排する。

自分に対して、自分を演じる。

逆に言うなら人をしてそういう演技をさせるところにこそあの「わび」という美意識

のまことの価値はあるわけじゃが、そこで思い出されるのが、いつじゃったろう、祖父・義満が……その化身の鳳凰が、

——会所など、ただの便利じゃ。

という旨を、申したことじゃ。

みずから北山殿に天鏡閣という名の会所を建てたことをあげつらって、

——しょせんは略式の、褻《け》の、私の、奇道非礼の場にすぎぬ。

と。まったく身もふたもない申しざまじゃが、あれはもちろん北山殿の総名代というべき舎利殿（いわゆる金閣）を念頭に置いた発言なので、祖父に言わせれば、舎利殿こそが正式の、晴れの、公の、常道常礼の場ということになる。

あれからもう、二十年ほど経ったのかのう。

わしは祖父に倣って東山殿をつくり、しかしその作意においては祖父に倣うことをしなかった。むしろ祖父のさげすんだ天鏡閣のほうに目をつけて、それをさらに略式の、褻の、私の、奇道非礼の場にした同仁斎をこしらえた。

祖父が見たら、さだめし、

——あばら屋以下。

と唾棄《だき》するじゃろう、魚の皮ほどの価値もないと断言するじゃろう。

けれども祖父は、ああして会所をおとしめるとき、ひとつの思いこみから抜け出すことができなかった。

——部屋というのは、みんなで使うもの。

この思いこみからな。

ひとりでは決して使わぬもの、と言いかえてもいいじゃろう。祖父だけではない。寝殿造全盛の王朝の世以来、わが国人は、すべて「みんな」を建物づくりの前提としてきたし、また実際、そういう生活に余念がなかった。

その背景にはおそらく、

——人間など、畢竟《ひっきょう》、ひとりでは何もできぬ。

という覚悟ないしあきらめがあったのじゃろう。

謙虚な決意と呼ぶこともできる。いまよりもよほど儀式が多く、年中行事が重視され、煩瑣《はんさ》な約束事が多く、個人よりも血族の単位で事がはこんだ「みんな」の時代。

いまは、ちがう。

人間ひとりひとりの内実が、むかしよりも豊かになった。

心のありようが複雑になった。実際はむろん人による。五百年前だろうが現在だろうが、豊かなやつは豊かであり、まずしい者は永遠にまずしい。しかし総じて見るならば、われわれは、内面においては富者になった。そういうことになるじゃろう。

そのぶん人と人のあいだの差異はいっそう大きくなり、個性が際立つようになった。

人は人から独立した、とも言えるかもしれぬ。

多人数どころか、少人数どころか、われわれはたったひとりで生きられるようになったのじゃ。

もちろんこれは、よいことばかりではない。ひとりで生きられるということは、ひとりで生きねばならぬということでもあるからじゃ。

他人をあてにすることはできぬ。そういう時代の落とし子として、わしはつまり、この空間をこしらえた。

孤独の空間。世界との対峙《たいじ》。それを成り立たせているのが四畳半という「中途半端な」広さであり、押板床と組み合わされた違い棚であり、そうして心の内実の解放の象徴というべき書院であることは、もはや繰り返すまでもないじゃろうな。

こうなると、祖父のあの二者択一じみた発想は、何の意味もないことがわかる。同仁斎は、どちらかの空間ではない。

どちらもの空間なのじゃ。略式であり正式。褻であり晴れ。私であり公。奇道非礼であり常道常礼。

つまりは。

日常であり、非日常。

……さて。

喫茶したな、宗祇。

待ってくれ珠光。すまぬがわしにもう一杯、こさえてくれぬかのう。つぎは……ああ、そうじゃ。おぬしは何でもお見通しじゃのう。さっきよりも量を少のうして、しかしさっきよりも濃く熱く……。

何じゃと、宗祇。

まだ不審をのこしておるか。

ああ、そうか。うっかりしておったわ。わしはまだ例の問いに答えてなかったな。同仁斎はもはや「わび」どころの話ではない、その先の境地に達したと先ほど申した、その境地とは何か。あそび？　ちがう。まなび？　ちがう。しのび、うかび以下もみなちがう。いやいや、そんな特別な語ではないぞ。おぬしはもちろん、世間の誰もがよう知っていることば。

それはのう、

さび

じゃ。

「わび」の先には「さび」があるのじゃ。

「わび」がもともと「わぶ」（侘ぶ）なる動詞であるごとく、「さび」も元来「さぶ」ないし「さびる」。

漢字は、いくつか当てられる。

「錆《さ》ぶ」「錆びる」を当てるなら、これはたとえば、金属をみがいてしばらく経つと表面にあわあわと生じるあの薄汚いできものを指し示すじゃろう。鉄さび、赤さび、刀さびの「錆び」はこれじゃな。

ほかにも「錆竹」といえば立ち枯れしてまだらの生じた竹であり、「錆声」といえば謡の上手がことさらに出す老い嗄《しわが》れた声。

どうじゃ、宗祇よ。

共通点が、わかるかな。

さすが、ことばの玄人はちがうのう。そのとおり、

――時の、移り。

にほかならぬ。或るものが時間の経過のせいで、いっそう複雑な、いっそう微妙なおもむきを帯びるとき、そのおもむきを「錆び」という。

ほかの漢字を当ててもおなじじゃ。「荒《さ》ぶ」「荒びる」ならば傷むとか、人の手入れがなくなるとかいう意味になるし、「寂《さ》ぶ」「寂びる」なら、おぬしらの歌論の用語でもある。

閑静枯淡、というほどの意味じゃったかな。どんな漢字を当てるにしろ、「さび」とは時の移りの結果である。それは動かぬことなのじゃ。

そうしてじつはこの点こそが「さび」と「わび」との決定的な差なので、「わび」はただ状態をあらわすのみ。

不足の美。不安な感じ。ひっそりとした空気。それ故にむしろ得られる心のおちつき……考えてみれば、わしへ最初に「わび」の一語をあたえてくれたのは、宗祇よ、ほか

ならぬおぬしであったなあ。

あれは青天の霹靂《へきれき》じゃった。わしの思案はあの日から本式にはじまったのじゃ。「わび」は静的な状態である。しかしただの状態にすぎぬ。それに時間の変化を足したものが、すなわち「さび」にほかならないのじゃ。

歴史を足したもの、とも言えるかもしれぬ。

……などと、ここまで来ると、わしのこのものがたりも少々具合が悪いことになるのじゃがのう。

はっは、おぬし、笑うておるな。

珠光もじゃ。察しのよい者はこれだからこまる。そうじゃ、そのとおりじゃ。同仁斎は新築物件である。

それをふくむ東求堂も、ほかの建物も。東山殿そのものが檜《ひのき》の香のいまだ脱けぬありさまであり、枯れも、傷みも、剝《は》げも、褪《あ》せもない。ほかのすべては持ち合わせようとも、ただひとつ、時間だけは持ち合わせがない。

言いかえるなら、わが東山殿は「わび」の境地ではあるにしろ、「さび」のそれとは申し得ぬのじゃ。

どうすべきか。

言うまでもない。わしがこれから「さび」をつける。

この東山殿に、とりわけ同仁斎に、これから長いこと住み慣らす。

唐物の文物を置き、ながめ、この世のありように思いを馳《は》せ、書を読み、文を書く。人が来れば、となりの会所へ招じ入れる。心づくしの接待をする。それもまた孤独の一種じゃ。そういう良質の生活をたもつことにこそ、のこりの年月はささげられるべし。

と、申したいところながらわしもいまや、五十をすぎた。はっきり晩年と見るべきじゃろう。いやいや宗祇、気休めはよい。わしの体はわしがいちばん存じておる。これは丈夫なものではない。あと四、五年がせいぜいだろうよ。そのあいだに、もうひとつ仕事をせねばならぬ。わが最後の大普請。ああ、そうじゃ。いかにも観音殿じゃ。

観音殿は、仏をまつる。

いったいに東山殿というのは欲張りで、仏寺であることと、住宅であることを兼ねるのじゃが、そのうちの住宅のほうの顔をこの同仁斎とするならば、仏寺のほうの顔がこれになる。

北山殿での、舎利殿にあたる。

逆に言うなら、この義政は、観音殿をこしらえねば永遠に祖父・義満とはならび称され得ぬ。

それはちと悲しい話じゃ。むろん観音殿はまだ着工したばかり、しばらくは息も引けぬわけじゃが、他人事ではない。宗祇、おぬしもせいぜい用心せいよ。

それでなくとも、おぬしは、わしより十五年も早う生まれておる。

頑健らしく見えて、いつこっくりと往生するやもしれぬぞ。まあ死水はわしが取ってやるし、遺言ものこらず聞き取ってやるが、ねがわくは、完成を見てから旅立ってくれ。

珠光よ、むろんおぬしもじゃ。

二杯目もうまかった。どんな祝い酒にもまさるわ。また観音殿でも点ててくれい。さだめし層倍もうまいじゃろう。その茶碗を置いたなら……。

ああ、そうじゃ。

わしはもう、この世に未練はない。よろこんで子たち、孫たちの世にゆだねよう。

歴史にゆだねると申してもよい。歴史というのは過去のみならず、未来にも沃土《よくど》を持つものじゃからな。彼らがこの小さな伽藍《がらん》を末々受け継ぐか、それともあっさり灰になるか……。

それもまた、わしの徳しだい。

†

三年後。

義政の息子・義尚が死んだ。

わずか二十五歳だった。

結局、あれから東山殿へ来ることはなく、したがって東求堂はもちろん同仁斎もその目でたしかめることはなかった。

じつは富子から、内々に、

――義尚とともに、拝見しとう。

という申し出もあったのである。

富子がさらに、

――こんどは酒を強いぬよう、かたく誓わせます。ご懸念あられるな。

とも言いそえたのは、これはもちろん前の襖絵の一件を気にしたのにちがいない。義政はその心持ちがよくわかったし、はるかに同情しもしたが、しかし明確な返事はあたえなかった。

同仁斎の内部のしつらえは、書院も、違い棚も、そのあいだを隔てる角柱の一本にいたるまで義政自身が素材から吟味をかさねたもので、襖絵とちがって取り外しができぬ。

（代替が、きかぬ）

いくらかたく誓ったところで、義尚の酒は、なければないで乱暴をはたらく体のものなのである。

が、より大きいのは、形而上《けいじじょう》的な理由のほうだった。

ほかはともかく、この四畳半の部屋だけは、妻子や親兄弟とは、

（相容《い》れぬ）

同仁斎は、孤独のための空間である。そのためにのみ組み立てられ、微調整され、虚飾を去られた。

ところが人間というのは、元来、孤独な存在ではない。

赤んぼうを見ればわかることだが、他人と連帯しなければ生きていけぬ。そちらがじつは基本なのだ。孤独はいわば意志の力で後天的に獲得するものなので、家族というのは、むしろその先天的な連帯のほうを代表する。

同仁斎とは、性格が相反するのだ。

結局。

富子は、それ以上はもとめなかった。むろん右のような形而上的な論理を理解したわけでもあるまいが、義政としては正直なところ、

(富子ひとりなら、見せぬわけにも参らぬ)

そう思い決めていたことも事実だった。何しろ金主でもあるし、義尚のさしむけた暴漢からこの東山殿をまもった救い主でもある。そうこうするうち、義尚に関して、

――ご出陣。

という驚嘆すべき情報を得た。将軍みずから馬上の人となり、近江国守護・六角高頼を征伐すべく花の御所を出たというのだ。

六角高頼は、この物語にすでに登場している。

義政が善阿弥とともに琵琶湖に浮かぶ沖ノ島へと旅したとき、栗毛《くりげ》の馬で、わざわざ

湖畔へ挨拶に来た。当時まだ二十代だったにもかかわらず挨拶はしごく慇懃《いんぎん》で、義政は逆に、

——きつね。

などと警戒心を抱いたものだが、ここ最近の政治的なふるまいは、うわさに聞くかぎりでも、なるほど存分にきつねぶりが発揮されているようだった。

何しろ国内の寺領、社領、公家領はもちろん幕府・奉公衆の所領をもむりやり自分のものとして、近習にあたえたりしたのである。高頼にしてみれば、

——近江のものを、近江のものにしただけだ。

というところだったろう。逆に言うなら、高頼のこの押領は、従来それを所有していた京の勢力には、大打撃だった。

それでなくても近江はふくふくと農業および漁業の収穫ゆたかで、この一国あればこそ京という一大消費地の胃ぶくろは辛うじて満たされている側面がある。

足利将軍は、京の利害の代表者でもある。看過し得ることではない。

（だから、征伐か）

義政は、容易に得心した。幕命を発して前管領《かんれい》・細川政元《まさもと》をはじめ若狭国守護・武田《たけだ》国信《くにのぶ》、加賀国《かがのくに》守護・富樫政親らにも兵を出させたのも、政治的、戦略的に正しく、

（案外、やるな）

というのが、義政の、この時点での息子への評価だったのである。この出陣は、義政

が同仁斎を完成させた翌年のことだった。

が、その後がだめだった。

いったんは湖東の奥ふかく、観音寺《かんのんじ》城まで攻めこんで六角軍をやぶり、甲賀《こうが》の山間へ奔《はし》らせたものの、義尚はこれを深追いさせた。

敵地では、

――山には、ふみこむべからず。

というのは、古今あらゆる戦術の鉄則である。

地形の理解に差がありすぎる。義尚の軍はいたるところで奇襲を受け、なすすべもなく兵を殺され、将を殺された。

義尚は、鈎《まがり》の地まで撤退した。

鈎もまだまだ甲賀を扼《やく》し得るので、半撤退というところである。

「もっと、退《ひ》きましょう」

と進言したのは、前管領・細川政元だった。

「石壁土塁のいっそう整備された、いざとなれば叡山の僧兵もあつめられる坂本《さかもと》まで」

「そこまで退いては、京へ退いたも同然じゃ。天下に敗北をさらしたにひとしい。おぬしらが六角高頼めの首を取り、わが眼前へ据えるまで、わしはここを一歩もうごかぬ」

うごかぬまま、一年がすぎた。

戦線は膠着《こうちゃく》し、緊急の判断の必要がなくなり、連歌の会がもよおされるようになった。

猿楽や蹴鞠《けまり》がおこなわれ、一般政務が執られ、幕府機能がそっくり移転した。京から娼妓《しょうぎ》もまねかれるようになり、鈎はつまり小室町になった。義尚の深酒も移転した。細川政元はじめ諸将が、

──足利の世は、終わった。

見切りをつけたのは、たぶんこの時期だったろう。酒色のせいではない。そんなものより遥《はる》かに罪のおもい、

──もとすえを、知らぬ。

そのことが、いわば致命傷になったのである。

なぜなら、このいくさの目的は、ほんとうは単なる六角討伐にあるのではない。日本そのものの討伐にある。いったいに応仁の乱後の日本はいわば全員が六角高頼になったようなありさまであって、守護も守護代も、しばしば百姓も、めいめい勝手に荘園を盗《と》り合うようになっていた。

後世のいわゆる下剋上《げこくじょう》の、いちばん基礎的な部分である。それらをまとめて取り締まり、土地の再配分者としての将軍の威厳をとりもどすには、六角ひとりを見せしめにして、

──逆らったら、こうなるぞ。

と天下に号令するのが有効というより唯一の方法。そのためには鈎などという田舎みやこは捨て、目先のゲリラ戦なども捨て去って、さっさと坂本へ、いや京へ、もどるの

が最善なのである。もどったところで、すでにして、

――六角に、制裁を加えた。

と言えるだけの名分はいちおう立っているのだから。

この本末を、若い将軍は違《たが》えつづけた。一年半ものあいだ、この地を出ることをしなかった。

「首は、なぜ来ぬ」

とはもう言わなかった。言うことができなかった。義尚は、にわかに病の床についたのである。

原因が、酒毒にあることは明白だった。

何しろ眠るとき以外は杯を離さず、水も飲まず、ものも食わぬ生活をつづけていたのだから。

そこへさらに荒淫《こういん》がくわわる。立つたびに足がもつれ、しゃべるたびに舌がもつれるそのさまは老人よりも老人らしかった。

頬の色はつねに赤と黒の中間色だったが、これはまだしも健康的だった。それが蒼白《そうはく》に変じたとき、万事が休したのである。

享年、二十五。

孤独な死というべきだった。それを見取るべき細川政元はすでに自兵とともに大津《おおつ》へ撤退していたし、加賀国守護・富樫政親もまた、自国で発生した一向一揆《いっき》――浄土真宗

の門徒による武装蜂起《ほうき》——の鎮定のため、戦線をはなれて、敗死している。
最後まで世話した幕府奉公衆の連中も、心は離れていただろう。義尚の死後、この戦争は、自然に中止となった。

†

建前上は、六角高頼の降伏である。

細川政元の仲介により和睦《わぼく》交渉をおこなったさい、幕府側はあくまでも、

——ゆるしてやる。

という態度を取ったからである。

——押領地は、これを旧主へ返還せよ。それを条件に赦免する。

高頼は恐懼《きょうく》して、

「承知しました」

幕兵は、京へひきあげた。

六角高頼は甲賀の山を出て、ふたたび観音寺城に入った。もちろん領地は返さなかった。

†

——義尚病死。

の一報を聞いたときには、義政もまた、枕の上の人だった。

「そうか」

義政は天井へ顔を向けつつ、瞑目《めいもく》し、口のなかで経をとなえた。父よりも子のほうが先へ逝くとは、

(不孝な)

かなしみが、おのずから胸に湧く。ふたたび目をひらき、

「とみは?」

「え?」

「とみのもとへも、この知らせは行ったのじゃろう。様子はどうじゃった。たしかに気を持っておるか」

枕頭《ちんとう》には、男がふたり。

ひとりは年かさで、義政の顔のすぐ横であぐらをかいている。

もうひとりは、二十四、五というところか。やや足に近いほうで人形のように正座している。

話すのは、もっぱら年かさのほうである。義政の顔の上へ身をのりだし、首をまげ、

「え？　え？」

片耳を、しきりと義政のほうへ寄せて来た。

耳が、わるい。

わけではない。こちらの舌が、

（もつれている）

義政はこの少し前、池のほとりを散歩していたとき、とつぜん頭をかかえてしゃがみこんだ。

何百本もの畳針で刺されたような激痛。それから、のけぞったような体の感覚があり、人事不省になった。

目がさめたときには白衣を着せられ、この常御所の八畳の部屋に寝かされていて、以来、ふたたび立つことができなかった。あおむきのまま、寝返りを打つこともままならぬ。右足がうごかず、体に力が入らないのだ。

医者の見立ては、

――中風。

というもので、老来むかえるべきものをむかえたともいえる。

こんにちで言うなら、脳卒中の発作とそれによる半身不随。発声もたいそう不自由になった。義政自身ははっきりものを言っているつもりだし、脳裡の思考も明晰《めいせき》なのだが。

男の耳が、なおもこちらへ下りて来る。義政は目を見ひらき、

「とみ。とみ」

その名を押しこむようにした。

ようやく男は、

「ああ、義姉《あね》」

身を起こし、一瞬、瞳《ひとみ》のなかに残忍な感情をあらわしてから、

「あねさまなら、急使した者の話によれば、それはもう見るもあわれな泣きくずれようで」

「ううう」

「人目もはばからず『義尚、義尚、また会いたい。魂魄《こんぱく》でいいから来ておくれ』と」

「魂魄」

義政は、笑みが込みあげた。

もしもほんとうに来るとしたら、あるいは富子ではなく、

(こっちへ)

何しろ義政は、これまで二度も来られている。

祖父・義満。

父・義教。

ただし右のふたりに共通するのは義政との血のつながりで、その点では、息子は無資

格ということになる。

富子のほうへは出るかもしれぬ。いずれにしろ息子をこのように若死にさせたのは、

──自分だ。

という罪悪感のごときものに、富子はよほどさいなまれている。そのことは容易に察せられた。

おさないころから、酒を飲ませた。

というのは、本末の末にすぎぬ。

溺愛《できあい》もまた末であろう。あの若者を腐れ洞も同然の人間にしたいちばん根幹のところにあるのは、富子自身の、

(有能さ)

義政は、いまやそう結論づけていた。

何しろ将軍の座からして、富子があたえたものだった。富子はそのために応仁の乱をひきおこし、正統な継承者である今出川殿──義政の弟の足利義視──を追い出しすらした。

木の実を嚙《か》んで口うつしであたえたようなものである。息子は九歳で将軍になったけれども、以後、富子の傀儡《かいらい》になったのもまた自然のなりゆきだった。

がしかし、男子というのは成長する。

いつしか息苦しくなったろう。

——母を、超えたい。

それが生涯の主題になったろう。

あの手に負えぬ鯨飲もひょっとしたらここに心理的な一因があるのかもしれず、そんなわけだから五年前の冬、息子がわざわざ大名に兵を出させて東山殿を焼こうとしたのも、標的はおそらく東山殿ではなかった。義政でもなかった。

母親へ、力を誇示したかったのだ。

或る意味、精神の悲鳴である。

だがその悲鳴も、富子にはしょせん子供の涕泣《ていきゅう》でしかなかった。富子は、息子とおなじ行動に出た。大名を呼び、兵を出させ、ただし彼女の場合はみずからも輿《こし》にのりこんで東山殿へ来た。

すなわち、あの日の第二陣である。

第二陣は、第一陣より兵が多かった。しかも第一陣を説き伏せてしまった。両者こそって消火活動に従事したあたりは、

——上様よりも、御台所様。

という大名の総意をまざまざとあらわしてしまった面がある。

どちらが真の権力者かが白日のもとにさらされたわけで、息子はさだめし、

——母上を、超えられなかった。

歯ぎしりしただろう。

聞けば、その晩は、特大のひさごで酒を飲みつつ、屋敷中を歩きまわり、

「こんなもの。こんなもの」

かたっぱしから茶碗を割ったという。こういう屈辱の年月の末に、このたび、六角高頼の征伐ばなしが出たのである。

富子もてあました問題を、こんどこそ、

――自分の力で。

馬にまたがり、近江へ向けて出発した息子の胸は期待にとどろいていたにちがいなく、そのとどろきは、観音寺城を陥落させたとき頂点に達したにちがいない。しかし結局はそのことがむしろ息子をして甲賀の山にこだわらせることになり、陣没させることになった。

富子に殺された、と言うこともできる一面はある。

もしも義尚が富子の子でなかったら、応仁の乱による将軍でなかったら、もう少し、

(おのが、意のままに)

義政はそう思い、わずかに枕の上で頭をころがして、

「……とみ」

もういちど、つぶやいた。

事ここに及んでも、同情はやはり息子へ向かない。

妻のほうへ向いてしまう。枕頭の男は身を起こし、

「兄上」

にっこりと義政を見おろして、

「そんなことより、おつぎは？」

「……あ？」

「つぎの将軍は、どうしましょう」

ひどく生ぐさい問いを発した。

（将軍）

答を言えぬ義政へ、笑顔のまま、

「何しろ義尚は、現官のまま陣没なされましたからなあ。お世継ぎはおられぬし、兄上にはもう子がおられぬ。わしももう薹《とう》が立った。のこるところ、候補はひとりしか」

言いつつ、手をふところに入れる。

ふたたび出したときには、指が、白布をつまんでいた。

義政のほうへさしのばしてきて、口のはしへ押し当てつつ、

「よだれが垂れてる。兄《せな》あ」

「……ありがとう、義視」

と、弟の名を呼んだとき、義政は、

（蝶《ちょう》）

子供のころの思い出が、とつぜん脳裡にふくらんだ。

青空の下、室町殿の庭を、蝶を追って駆けた。

池の縁をめぐり、木のあいだを縫い、将来寝たきりになるなど思うことなく駆けに駆けた。

弟のほうが迅《はや》かった。石の上にとまったところを指でつまんで、

「兄あ」

ふりかえり、義政のほうへ突き出した。

ためらいのない動き。清潔そのものの笑顔。かりにも男の子である。とらえたからには自分のものにしたいだろうに、弟は——義視は——さも当然と言わんばかりに、

「兄あ」

兄もまた当然のごとく、

「うん」

蝶を受けた。両手で虫かごをつくり、指のあいだを少しあけたのだ。

弟はそこへ蝶をつっこんで手をはなしたので、蝶はほたほたと義政の手のなかで無力に舞いつづけたのである。

そのおなじ手を、弟は、五十年後のいまも兄のために働かせている。

口のはしのよだれを、やさしく二、三度ぬぐっている。ぬぐい終わると白布をふところに入れ、身をのりだし、

「兄上。わしには男子がおりますぞ」

にわかに、鋭利な口調。

義政はゆっくりとまばたきして、

「義視……」

「それ」

と、弟は、もうひとりの見舞客へ呼びかけた。

足に近いところで正座している、人形のような若者へ。若者は、

「はい」

と返事して、ぎこちない動きで、義政の顔へ一礼した。

さっと畳のこすれる音がしたのは、一礼のはずみに、ひざをこすりでもしたのか。顔をあげて、

「はじめて御前にまかり出ます。よしきと申します」

義政はただ口を半びらきにして、

「うう」

うめくしかできない。

またよだれが出たかもしれない。横から弟が、

「兄上には、甥《おい》にあたります。つぎの将軍はこの義材《よしき》をおいてほかになし。われら足利の血をもっとも濃く継ぐ者じゃ」

「うう」

「このことを申すためにこそ、兄上、われら親子はじつに十二年ぶりに美濃から上洛《のぼ》り来たのです。ほんとうは美濃へ骨をうずめようと思うておりましたが」

義政は内心、

（したたかな）

どうやらこの弟はもう、むかしの臆病《おくびょう》な弟ではないらしい。

むかしは臆病の正一位だった。応仁の乱のときなどは花の御所にあることが耐えられぬあまり、あろうことか敵将である山名宗全の屋敷へ駆けこんでしまったくらいだし、そののち美濃へくだったまま二度と京洛《きょうらく》の土をふもうとしなかったのも、

――ふんだら、殺される。

その恐怖の故にちがいなかった。ほんとうはそんなことはない。義政ときちんと書状を交わし、和睦したにもかかわらず、弟は逃亡者でありつづけたのである。

その逃亡者が、とうとう帰洛した。

おもてむき、

――たおれた兄を、見舞うため。

という理由を立てておいて、実際はわが子を、

（将軍位へ、おしこむ）

義政はむしろ安堵《あんど》した。

やっぱり野心はあったのだと。生存に必須な感情を欠いた屍《かばね》同然の人間では、

（なかった）

ところが弟は語を継いで、

「ほんとうは美濃に骨をうずめようと思うておりましたが、じつのところ、あねさまに『来い』と」

「と、と、とみに？」

「はい。このような事態にいたったからには、つぎの将軍は、もはや義材しか考えられぬ。こばむべからず、すぐさま室町殿へ顔を出せと。あ、いや、ご懸念にはおよびませぬ。きょうの東山殿への訪問のことは、あねさまはともかく、ほかの人士には内密にしております。兄上のご不例のこと、いまだ一部にしか知られておらぬ故」

その口調、腐った魚肉が糸を引くようである。義政はもう、

（やっぱり、臆病）

とは思わなかった。

臆病以前の問題だった。結局はここにもまた富子のあやつり人形がひとつ、ころがっているだけ。

富子はもちろん、ここにおいて、何の成算もなしに将軍位の提供を申し出たわけではないのである。

かつてこの弟から将軍の位をうばったことを、

――申し訳なかった。

などと悔いているわけでもないだろう。弟の妻・良子《よしこ》は日野家出身、富子の妹なのである。

すなわちいま、義政の足のへんで正座している甥は、富子にとっても実の甥である。これを将軍につけられれば日野家はひきつづき幕府の実権をにぎることになり、公家貧乏におちいらずにすむ。幕府内部の威厳もたもてる。それを銭かせぎの口実にもできる。

このあたり、まことに、

（富子、健在）

とするしかない。利得のためには、かつて、

「似非《えせ》将軍！」

などとののしり散らしたその似非の息子をも将軍にして苦にしないのだ。それにしても富子はこのほとんど悪魔的な政治的謀略を、くりかえすが最愛の息子をうしなった悲嘆のなかでおこなっているわけで、臆病以前のこの弟とは、どだい、

（人間が、ちがいすぎる）

弟は、なおもしゃべりつづけている。

言い訳のような、うらみ節のような長広舌。義政には片手をふって、

「もうよい」

とさえぎることすらできぬ。

たったひとりでいるよりもはるかに退屈な時間の末、弟はようやく口をつぐみ、のど

を鳴らしてつばを飲んで、

「よいかな」

「…………」

「よいかな、兄上。この子を……その、征夷《せいい》大将軍に」

「よいも何もない。わしは何も決められぬ。だいいちわしはもうこの世には思い残すことがないのじゃ。同仁斎が完成し、東求堂が完成し、ほかの建物も完成した。東山殿のすべてを目睹《もくと》して、それから病にたおれたのじゃ。わしは間に合うた。この負けつづけの人生のなかで『死』にだけは打ち勝ったのじゃ」

と、いうようなことが言いたかった。

必死で舌と唇をふるわせたが、弟は、目をぱちぱちさせている。

ほとんど通じていないのだろう。それでも、

——東求堂。

という語だけは脳裡に達したらしく、

「ああ、あれか」

きゅうに肩をなで肩にして、

「兄上のゆるしを得ずに申し訳なかったが、さっき、この子とふたりで入ってみたよ。ずいぶん狭いし、くすんだ感じだ。あの兄上のあふれんばかりの文事の才がこんなものに尽くされたなんて、正直、よくわからないよ。牛刀をもって鶏を割くというか」

幼時さながらの目のかがやき。

揶揄《やゆ》や皮肉のつもりはないのだろう。ただ肩の荷がおりただけ。さらに言うなら、この地はもともと天台宗・浄土寺の境内だった。その寺で弟は義尋と称し、二十年以上をすごしたので、つまり地主のようなもの。その気安さが、ふいにあらわれ出たのだろう。

義政は、

「ばかめ。てんごうを申すな。美濃慣れした山猿にそうそう容易《たやす》く理解されるような場ではないわ。孤独というのは都会の詩情じゃ。人の密集地ではじめて意味をなすのじゃ」

どなりつけてやりたかったが、声にならぬもどかしさに、

（ばかめ。ばかめ）

義政の頭は、その非文化的な語でいっぱいになった。

弟の顔は、なお狎《な》れている。

狎れつつも、霧を吹いたように白くなりはじめている。こちらの目がかすんだのだろう。

どうも疲れてしまったらしい、少し眠るかと思うまもなく、義政は、まぶたが鉛玉になった。

†

約八か月後、義政入寂。

五十五歳だった。戒名は、

慈照院殿喜山道慶大

そのなきがらは山を下ろされ、富子と会い、花の御所から目と鼻の先の相国寺に葬られてこんにちに至っている。

†

義政の死のさらに半年後。

延徳《えんとく》二年（一四九〇）七月五日。

筋書きどおりというべきか、二十五歳の足利義材は征夷大将軍に任ぜられ、参議、従四位下に叙された。

第十代将軍、ということになる。

年齢は、前将軍・足利義尚のひとつ下だった。だからというわけでもあるまいが、まもなく、

──前将軍の、遺志を継ぐ。

という名目で六角征討を宣言し、近江へ向かった。

あの六角高頼をふたたび甲賀へ敗走させた。しかしながら前将軍同様、その首をあげることができず、一年後、

──平定した。

と称して帰洛した。六角高頼はその後やっぱり近江へもどり、近江を支配しつづけた。

義材もまた死なかった以外はおなじ失敗をくりかえしたのである。

このことは将軍の権威のいっそうの低下をまねき、管領・細川政元の離反をまねいた。

細川はべつの戦争の混乱に乗じて義材を龍安寺《りょうあんじ》へ幽閉し、あまっさえ将軍職まで剝奪《はくだつ》した。

家臣が主君を罷免したわけだ。義材はようよう脱出し、越中へのがれた。

さらに周防《すおう》まで落ちて再起をはかり、京で将軍に復帰したものの（改名して義稙《よしたね》）、家臣との対立によりまた脱出。

阿波国で客死したため、後世からは、

──流れ公方《くぼう》。

だの、

──島の公方。

だのと囃《はや》されたりした。

本人の資質の問題ではない。日本を覆う下剋上の暴風がとうとう将軍の身におよんだ、それだけの話である。

実際、彼以降の足利将軍はみな大名どうしの戦争にまきこまれている、というより付き合わされているし、たいてい京以外の土地で没している。

室町幕府の将軍は、もう室町にいられなかった。幕府の時代は終わったのだ。

†

義政の死後、東山殿はどうなったか。

どうなりもしない。生前そのままの状態だった。

——寺にせよ。

というのが義政の明確な遺志だったし、寺号ももう、義政の戒名から採って慈照寺とすることが決まっていたのに。

第九章　銀閣の人

つまり、銭の問題だった。

何しろ寺にするには銭がかかる。もともと邸宅ないし山荘だったのだから多少の改築は必要だし、僧もまねかなければならない。その銭をにわかに用意できる者は、足利家には、いまやひとりもいなかった。

富子にしろ、弟の義視にしろ、新将軍の義材にしろ、みな自分のことで精いっぱい。そういう時勢になったのだ。

要するに、東山殿は放置された。

いや。

ここにひとり、男がいる。

銭なしながら、とにかく東山殿の将来を案じてやまぬ関係者ひとり。

善阿弥である。善阿弥もやはり、ここのところ東山殿から足が遠ざかっていた。もっぱら洛中《らくちゅう》にある。手下をつれて寺々をまわり、庭の手入れをしているのだ。

先代老善阿弥と、或《あ》る意味、おなじ職業。

もっとも先代は、錚々《そうそう》たる大名家へも出入りして、木や石をふやしたり、池の位置を変えたりしたというが、そんな大がかりな案件はこの乱世にはほとんどない。

そもそもが、大名はみな、京を引き払ってしまったのだ。

若い善阿弥は、たいていが草引きや剪定《せんてい》というような仕事。作庭家というより、単なる、

(庭師か)

張り合いがないこともおびただしいが、そうなると逆に、

(草引きか)

気になりだしたことも事実である。どうせなら、日本一の庭のそれをやりたい。

おりしも延徳二年(一四九〇)の八月が来た。

義材が将軍に就任した翌月ということになるが、その七日、ちょうど義政の月命日でもあるので、

(よし)

昧爽《まいそう》、その山へ行った。

のぼりなれた石段をひさしぶりにのぼり、中門をひらき、東山殿の庭をまのあたりにして、

「ああ」

善阿弥は、のどがつまった。

やはりと言うべきか完全に、夏草の占領するところだった。

破戒僧の頭髪さながらの伸びほうだい。なかには人の背をこえるものもめずらしくなく、足もとで、がさがさと音がしたかと思うと、輝くような毛の色をした仔鹿《こ》が一匹とびだして来たのには、

「わっ」

善阿弥は、つまさき立ちになってしまった。

仔鹿はこちらへ跳ねて来た。善阿弥のひざに頭をぶつけ、キュッと悲鳴をあげ、身をひるがえして草のなかへ消えてしまう。善阿弥はため息をついて、

「よし、やろう」

背後の者へ、呼びかけた。

これに応じて、

「よし、よし」

と二度鬨《とき》の声をあげ、仔鹿を追うようないきおいで草の森へつっこんで行ったのは、ふだんの仕事の手下たちのほか、暮らしをともにする河原者たち、ぜんぶで七、八十人もいるだろうか。

何しろ、大軍勢である。

土がまだ夜露のしめりをのこしているのも作業をいっそう捗《はかど》らせる。草はするすると引き抜かれ、幼木もたいてい根ごと抜けた。

善阿弥は、おなじところに立ったままである。

見まもるうちに、緑の壁が消失した。

風景がひろがり、その奥に池があらわれる。水面はほとんど水が見えなかった。蓮の葉で覆われているのだ。葉の上に金粉が舞っているように見えるのは、これは朝日のせいだろう。きょうも一日、

(晴れる、な)

善阿弥は、足をふみだした。

池のほとり、反橋のあたりで立ちどまった。草がなければ、存外、土は荒れていない。

まさにこの場で、義政は、

(お斃《たお》れに)

おのずと眼がとじられた。しばらくすると背後から、

「ゼンナ」

すこやかな嗄《しゃが》れ声。

目をひらき、ふりむくと、菅笠《すげがさ》がひとつ浮いている。なかの様子はわからぬが、善阿弥は、

「ああ、飯尾《いいお》様」

「宗祇でよい」

と、そいつは菅笠の前を指でつまみ、少しもちあげた。

あいかわらず顔が小さく、よく日に焼けている。ゆっくりと左右へ目を向けて、

「きれいにしたなあ」

「じきに、また伸びます」

と仏頂面でこたえてから、

「この東山殿に、何かご用で？」

「いやさ、月命日じゃからな。なつかしゅう思われてな」

「まだ七か月です」

「わしらが会うのも……」

「ええ、やはり七か月ぶり。慈照院様（義政）のおとむらい以来ですから」

言い終えぬうち、善阿弥は顔をそらした。宗祇がなお、

「苦労じゃったな。葬儀の支度も……いや、それ以前に看病がな。わしなど何もしなかった。慈照院様に『死水は取ってやる』と言われたほうが、結局、こうして生を偸《ぬす》んでおる」

と言っても、ぼそぼそと、

「是非もありませぬ」

と返すのみ。宗祇はひょいと声を高くして、

「そんな顔をするな」

「え？」

「わしは親のかたきではないぞ、ゼンナ。もう少し愛想してくれてもいいではないか。まだ根に持っているのかえ、あのとき同仁斎へ上がれなんだことを」

「…………」

「わしが決めたのではないが。おぬしも案外、おさないのう」

「よけいなお世話です」

という返事のしぶり、われながら、たしかに幼稚すぎる。宗祇の言うとおり、善阿弥は、あの記念すべき落成の晩に、

(呼ばれなかった)

そのことが、いまも抜けぬ心のいばらになっているのだ。

むろん、事情は察している。

何しろ四畳半であり、孤独のための部屋なのだ。客はふたりがいいところ。宗祇と珠光を呼べばもう満員というより過密だろう。

だから呼ばれなかったこと自体はまあ我慢してもいいにしろ、それなら翌日でも、翌々日でも上げてほしかった。

義政が、

「上がるか、ゼンナ」

と言ってくれたのは、あろうことか、二年も経ってからなのである。

その場所は、まさにこの池のほとりだった。善阿弥がそのとき、くるりと背を向けて、

「遠慮します。東府様」

と邪険に応じたのは、

（いまさら）

その思いが、おさえがたかった。そうしたら少しの沈黙ののち、どさりと下で音がしたのだ。

同時に水音もした。ふりむくと義政はあおむけに斃れていて、白目を剝《む》き、口にあわを吹いていた。

片足は、池に没していた。

もう片足は、まるで蛙の後肢《あとあし》のようにむなしく宙を蹴《け》っていた。その断末魔にひとしい光景の記憶がにわかに脳裡《のうり》に浮かんだのへ、

「ゼンナ」

宗祇は菅笠をとり、つぶやくように呼びかけて、

「わしにはもう、八つあたりするな。ひょっとしたらわしも中風で……」

「そういう冗談は、およしください」

「あの方の発作は、天のさだめじゃ。おぬしのせいではない」

善阿弥は内心、ぎくりとしつつも、

「わかっております」

「ならば、これも承知しておるかな？　あの方がなぜおぬしを二年間も同仁斎に近づけ

させなんだか」

これには善阿弥、つい宗祇のほうを向き、のどを鳴らして、

「い、いや」

「行こう」

「どこへ」

「同仁斎じゃ。ほかに何がある？」

「よ、よ、よろしいので」

「これも慈照院様のご遺志」

宗祇は、体の向きを変えた。

変えた先には、東求堂。

おりよくと言うべきか、そちらのほうも作業がおおむね終わっている。手下や河原者たちが草をまとめて山をつくっている、その山を縫うようにして宗祇はすたすた歩いて行った。

善阿弥、あとを追う。

胸の早鐘の音を聞きながら。建物の全容が目に入るとしかし、

「あっ」

全身の毛が、逆立《た》った。

雨戸がすべて閉てられているはずのところ、一枚だけ外され、白い障子戸があらわだ

った。

位置的に、その向こうは同仁斎。

屋内に、

（誰か）

夜盗の群れか。宗祇も同様に思ったのだろう、ふりむいて、

「用心せい、ゼンナ。そなたを悪人に会わせる気は、わしにはなかった」

「懲らしましょう」

善阿弥は駆けだし、宗祇を追いぬいた。

外された雨戸が、地に抛《なげう》たれている。

それをひょいと越え、東求堂の前で立ちどまり、草履をぬぎ、縁側へとびあがる。障子戸をさらりと引いて、

「何やつ！」

同仁斎は、薄暗い。

目を細めると、四畳半のまんなかで、男がひとり寝ていた。手枕して、轟々《ごうごう》といびきをかいている。

「おい」

腰を蹴りとばしたら、

「……む」

ものうげに、目をひらいた。

小素襖《こすおう》に半袴《はんばかま》という平人だか侍だかわからぬ服装ながら、頭の先へ、烏帽子《えぼし》とともに刀がころがしてあるのを見ると、いちおう侍らしい。

起きあがり、しかし刀は引きつけようとせず、

「何じゃあ、おぬしら」

「何じゃあ、ではない」

と善阿弥が応じ、あとから上がって来た宗祇が、

「ここをどこじゃと思うておる」

男はあくびをし、畳の上にあぐらをかいて、

「ただの陋屋《ろうおく》？」

「国のたからの陋屋じゃ。名を名乗れ」

「松波新九郎《まつなみしんくろう》」

「え」

善阿弥はにわかに胸がおどり、

「まつなみ、しんくろう？」

宗祇が善阿弥の横に立ち、

「存じておるのか、ゼンナ」

「うわさには」

「どんなうわさじゃ」

「それは」

善阿弥は、話しはじめた。もしほんとうに松波なら――うそをつく理由もないが――この男は、つまりは売出し中の悪党である。

生まれは、山城国西ヶ岡《にしがおか》。

おさないころ洛中・妙覚寺《みょうかくじ》の僧となったが、同僚の僧のつてで美濃国土岐氏の家臣・長井長弘《ながいながひろ》につかえることとなり、京を離れた。

それだけならば単なる還俗《げんぞく》武士にすぎぬけれども、その長井家はおろか土岐家の家中でも松波はぐんぐん頭角をあらわしていて、ゆくゆくは、

――国主様にも、なるじゃろう。

などという評判ももう現地では立っているとか。ちなみに言う、この評判は、約六十年後に実現する。松波の息子である斎藤道三《さいとうどうさん》が土岐氏（土岐頼芸《よりのり》）を追放し、名実ともに美濃国を手中にしたからである。

この典型的な下剋上《げこくじょう》というべき親子二代の事績は、のちに伝説化し、斎藤道三ひとりの事績ということになって語り継がれた。

松波新九郎は、だから道三の一部と言うこともできる。

むろん善阿弥はそこまで知らぬ。宗祇へ話したのは「ゆくゆく国主になる」というところまでで、それでも宗祇はやや呆然《ぼうぜん》として、

「これはおどろいた。ゼンナ、そんな美濃国の評判まで、ようも情報を仕入れたなあ。よほどの政事好きと見た」

「いえいえ、最近は、庭の手入れで洛中のいろいろな寺へ行きつけておりますので。そのなかの臨済宗・通玄寺《つうげんじ》は、慈照院様の弟の義視様の滞在なされるところなのです」

「なるほどな。あの方もずいぶん美濃ぐらしが長かったしな。で、その美濃の悪党が」

と、宗祇はふたたび松波を見おろして、

「なんでまた、この場に」

松波は、いくぶん目がさめたのだろう。

脇の下をぼりぼりと搔《か》きながら、

「たまたま主君の言いつけで、京に用を足しに来てのう。帰りにちょいと眠うなった」

「それで一晩、夜あかしか」

「ちがう」

松波は脇から手を出し、指を三本、立ててみせて、

「これ」

「三晩か」

「思いのほか、いごこちがいい」

「いごこち？　おもしろい」

と、宗祇は口笛を吹くような口つきをして、

「松波殿とやら、おぬし書画や茶器には？」

「わしは、いくさ屋じゃ。文事はわからぬ」

「見たところ二十代かな」

「うん」

「文事がわからず、まだ若く、したがって『わび』『さび』などという人生枯淡の感慨も骨身に沁《し》まぬであろう貴殿には、正直、この部屋の真価はわからぬと思うが」

「わかるさ。理に適《かの》うておるからな」

「理とは、ことばで説けるから理なのだぞ」

「説かいでか」

と、松波はおのがひざをピシャリとたたいて、

「この部屋は、何しろ地味じゃからのう。よほど銭がかかっておらぬ、そこがいいのじゃ。金銀のぴかぴかが目に入れば、人はそれだけで落ちつかぬ。いごこちは悪うなる」

「ちがう」

と、善阿弥は反論したかった。銭がかかっていないのではない、そういう演出をしているにすぎないのだと。

が、ひとまずは、

（先を、言わせよう）

口をつぐんだのと、宗祇が、

「なるほど」

うなずいたのが同時だった。うなずきつつ、

「地味というのも、一種の不足の美にちがいない。だがそれだけではあるまい？」

「何しろ、四畳半じゃからのう」

松波はつづけた。四畳半というのは広くもなく狭くもなく、いや少し狭いか、とにかく便利の極である。

烏帽子や刀など、どこへ置いても手がとどく。この便利さが、

「人ひとりには、まことにいい」

松波はへらへら笑ったが、宗祇はまっすぐ、

「その程度か」

「何」

「その程度なら、牢屋《ろうや》の住人と変わらぬわ。わしはこれまで連歌師として、多少、人は見てきたつもりだが、松波新九郎、しょせん青史に名をのこす人物ではない」

「ならば言おう」

松波は、きらりと目を光らせた。かなりの負けず嫌いらしい。

「申せ」

「あやういぞ」

と言ったのは、危険思想という意味だろう。善阿弥は身をかたくした。宗祇は、

「他言せぬ」

「何しろこの部屋は、身分というものがないからのう」

松波は、南風を吐くように言いきった。

宗祇は、

「え？」

善阿弥も、

「え？」

ふたり、顔を見あわせる。

――身分。

などという一語は、この同仁斎の理解の手がかりとして、善阿弥はこれまで一度も意識したことがない。

宗祇も同様なのだろう。そうしてたぶん建てぬしの、

（慈照院様も）

松波は、

「すわってみろ」

声が、低い。

有無を言わせぬ低さである。

言われたとおり、宗祇と善阿弥は、横にならんで正座しようとした。しかし何ぶん四

畳半である。腕が腕にふれる上、ひざが松波のそれとぶつかる。

松波は、うしろへいざる。背中がほとんど違い棚に接するところまで行ってようやく宗祇と善阿弥は腰を落とすことができた。

それでもやはり、ひしめき状態。

おたがい顔が近すぎる。善阿弥は、

(む)

にわかに、心の糸がはりつめた。

考えてみれば、日常には、これほど人と接近する機会はない。

と同時に、ちらりと宗祇を見たところ、障子戸一枚ぶんの外光しか入って来ない薄暗さのなか耳の毛まで見えるので、

(あの高名な、連歌師がなあ)

みょうに親しみをおぼえたりもした。

松波は、

「な?」

にやりとした。善阿弥は目をしばたたき、

「な? と言われても……」

「まだわからぬか」

話しはじめた。いわく、およそ身分の差というものは、距離で明示されることが多い。

物理的な意味での距離である。それが長ければ長いほど彼らは身分が離れているのであり、逆に、みじかければみじかいほど差は小さい。むろん例外もあるだろうが、俗に、

――手がとどかぬ。

といい、

――雲の上の人。

というのはみな物理的な遠近を心理のそれへと置換した表現ともいえるので、その物理的な遠近が、つまりこの同仁斎にはないのである。ふたり、ましてや三人も入れば、

「このとおりじゃ」

松波はまた笑ってみせた。いかにも、と善阿弥は思わざるを得ない。右どなりには宗祇、向かい側には松波新九郎、どちらも「手がとどかぬ」どころではないのである。

「人というのは、密着すれば、身分などという飾り着はもう目に入らないのだ。素の自分が素の相手に応じるだけ。これがつまり心の糸をゆるめもするし、張りつめさせもするわけだな」

松波にそう言われて、善阿弥は内心ぎくりとした。松波はなおも語を継いで、

「ところで身分の差というのは、もうひとつ、高低によっても示されるなあ」

「たかひく？」

「そう」

これもまた物理の話である。早い話が、身分の高い者はすわるところも一段高いし、低い者は低いことがしばしばある。この高低もまた、同仁斎には、

「存在しないのさ」

かりに天子が来たとしても、大刹《たいさつ》の住職が来たとしても、ここでは壇をこしらえられぬ。

みなみな、畳の上へすわることになる。

視線の高さは君臣おなじ。すなわち人はこの部屋にあるかぎり、一種の平等の状態に置かれるわけだ。たとえば違い棚に近いほうが上座、遠いほうが下座といったような位置による序列づけはあるにしても、そこでは人間どうしの関係は、君臣というよりもむしろ主客の関係になるだろう。

主人と客人。

むかえる側と、むかえられる側。

或る意味、史上最初にあらわれた対人関係である。対人関係とはいっても、畢竟《ひっきょう》、その場かぎりの役割にすぎず、べつの場ならば変わり得る。

その場の役を演じるにすぎぬ。持って生まれた不変の身分とは、根本的にちがう。

そういうところに一種のさわやかさ、しなやかさを感じさせるところまでふくめて、つまりは、

「この部屋は、いごこちがいいのだ」

と松波は結論づけて、その上さらに意外なことばを吐いたのである。

「いくさの密議も、できるだろう」

「な、何と」

善阿弥は、腰を浮かした。

信じがたいことを聞いた気がした。どこからどう見ても文事そのもののこの空間を、

(軍事のために)

松波はしかし胸をそらして、

「貴様らのごときぬくいめし食らいにはわからんだろうが、生きる死ぬに関する合議では、いちばん害なのが、その身分というやつなのだ。大将の首をまもるためなら万臣ことごとく討ち死にすべしなどという本末転倒の論もそう。それを言うのが、つねに、かならず、名門の出であることもそう」

と、ここではじめて笑顔が消えた。

ふだんから、よほど煮え湯を飲まされているのだろう。善阿弥がふたたび腰を落とし、何も言えぬままでいると、松波は、

「この部屋をこしらえたという、義政さんを……」

「よ、よしまささん？」

「義政さんを、わしは知らぬ。知らぬがとにかく、これだけはわかる。この部屋は、何ものかから逃げた人の作品ではない。何ものかに立ち向かった人の作品だよ」

「ああ、それは」

と賛意をあらわそうとしたら、松波は、

「さっそく美濃でつくるとしよう、こんな部屋を。達者でな」

にわかに立ちあがろうとした。

その肩へ手をかけて、

「ちょっと待て」

と言ったのは、宗祇である。

「何じゃ」

「おぬしの論、たいへん興ふかく傾聴した。しかし前提がまちがっている」

「前提？」

「おぬしの言う『義政さん』は、そもそもここを孤独の境地としようとしたのだ。ふたり、三人による密議など、考慮の外とまでは申さぬにしろ、少なくとも第一の目的ではない。おぬしはそこを誤解している」

「孤独？」

「ああ」

「ま、ま、まことか？」

　と、こんどは松波が目をしばたたく番。

　海で樵《きこり》を見たような、信じられぬという目である。宗祇はちらりと善阿弥を見た。善阿弥はうなずき、松波へ、

「そのとおりです。われわれは慈照院様にじかに聞いた」

「慈照院様？」

「義政さん」

「そんなはずはない。だってこの部屋は、純粋に、社交のための部屋じゃないか。何しろこれが明示している」

　背後の違い棚を手で示し、その手でさらに書院を示して、

「これはつまり、唐物などを置く台であろう。人に見せ、人をもてなす……」

「いや、それはちがう。なぜなら違い棚というのは『入れる』ことの象徴であり、書院のほうは『出す』ことの象徴であり、あわせて外界との交渉をあらわす。こちらは当然ひとりでなければ、その交渉の純粋さが生まれ得ぬ、というより、交渉そのものが生まれ得ぬ」

「義政さんが、そう言うたのか」

「いかにも」

「じゃあ何か？　義政さんの考えじゃあ、われわれ人間はすべからく他人よりもまず自

分自身をもてなすべしと？」

　論理が、いささか飛躍した。宗祇はうなずき、

「それこそ、しかりじゃ」

「そんなばかな話があるか」

と、連歌師と新興武士の議論はつづく。まるで青年のような議論である。

（要するに）

と、善阿弥は、必死で整理しようとしている。

要するに松波新九郎の判断の基準は、

（実用）

それがすべてらしいのである。

役に立つか否か。

使いやすいか否か。そういう点でしかこの部屋を見ていないし、それはおそらく部屋のみならず、この世のあらゆる物や現象に対しても同様なのにちがいなかった。

いかにも、新時代の旗手らしい。

と言うこともできるのだろうが、それを言うなら「旧時代」の代表である義政もまた、発想の原点はやっぱり実用だった。

　より正確に言うならば、王朝以来の寝殿造の非実用性への反撥《はんぱつ》だった。義政はもっぱら実用という観点から会所という空間形式を高く評価したし、その延長線上に同仁斎を

創作したのだ。

その意味において同仁斎は、

――思索的、精神論的会所。

と、呼ぶことができる。

その思索の頂点にある概念がすなわち「わび」「さび」であることは、いまさら言うまでもないだろう。してみると、義政と松波の見かたは正反対であるようでいて、

(じつは、おなじ)

道は東西にわかれても、結局はおなじところへ着くようなものか。それにしても、

(意外な)

という気も、善阿弥はする。

何しろ義政は「旧時代」の人である。

下剋上の流行に苦しめられた、そのはしりの人である。その人の畢生の作品が、松波新九郎という下剋上そのものの武士のよろこぶところとなり、あまつさえ、

――いくさの密議に。

とまで信頼されたとは、これはいったい、どう解釈すればいいのだろう。

いや、ひょっとしたら話はごく単純かもしれぬ。同仁斎は、

――普遍的だ。

それだけの話かもしれぬ。

たとえば神仏というものが要するに単一の概念にすぎずとも世界のあらゆる空、あらゆる路地裏、あらゆる山の葉の裏をひたひたと充《み》たしているように、この四畳半の空間も、

（誰にも、適《かな》う）

どんな立場の人間が、どんな目的で使うこともできる。

とすれば松波のこの高評価は意外でも何でもないどころか、松波以外の人々にも、同様に、永遠に、よろこばれつづけるのではないか。

武士にも、商人にも、それこそ、

（河原者にも）

時代は。

このあと、本格的な乱世になる。

いわゆる戦国時代である。松波新九郎がほんとうに同仁斎とおなじ空間を美濃にこしらえたかどうかは定かではないが、しかしたしかに、全国の大名やその家臣たちはそれをやった。

畳を敷いた四畳半をこしらえ、密議の場としたのだ。

密議の口実は、ほとんどつねに、

——茶を、喫す。

このことだった。

彼らは茶の湯の会という名目のもとに膝《ひざ》と膝をつきあわせ、視線の高さをおなじにして、いちいち身分などを意識していては決してできないような実利的、合理的な会談にいそしんだのだ。

そうして貴重な情報を交換したのだ。ときには千利休《せんのりきゅう》のような純粋芸術家というべき茶人が、二畳だの、一畳半だのいういわゆる小間《こま》を主張したりもしたが、これはいわば茶のための茶。俗世のためのしは、基本的に、四畳半でありつづけた。

そういう密議の結果がやがては大きな合戦となり、築城となり、治水工事となり、経済政策となり、明やヨーロッパを相手の外交となり、最終的には織田信長《おだのぶなが》から豊臣秀吉《とよとみひでよし》へつらなる天下統一の事業になったのだから、戦国時代という日本史のなかでも際立って軍事的、政治的な一時期は、義政の言う、

――文事。

の上に成立したと言うことができる。

乱世とはすなわち、文化の秩序の上に安んじて乱世だったのである。

そして。

天下統一後、平和な徳川の世が到来しても、その重要さは変わらなかった。

いや、或る意味、いよいよ増したと言うこともできる。大名やその家臣による政治的、軍事的密議がなくなったかわり、一般市民の、一般的な生活の場となったからだ。

ここで言う一般市民とは、武士、商人、それに一部の裕福な農民あたりだが、彼らの

家の主室は、或る時期から、畳がつねに敷きつめられるようになった。

隣室との区切りは、襖《ふすま》が立てられた。

外光の採取には白い紙障子がもちいられ、座敷飾りには違い棚、および書院がしつらえられた。

とどのつまり、同仁斎のためしを履《ふ》んだのだ。

それが結局、いちばん便利だったのだろう。

もはや茶を飲む飲まぬは関係ない。家の者が——おもに主人が——そこでくつろぎ、いずまいを正し、書を読み、文を書き、めしを食い、酒を飲み、人をまねいて宴会をやり……もっとも、時代が進むうち、部屋の風景はいくらか変わる。

何より大きな変化は、部屋がひろびろとしたことだった。

六畳とか、八畳とか。

場合により、それ以上とか。やはり日常の生活というのは雑多な要素が入りこむし、人間関係の心理の操作もそこまで厳密にやる必要がない。ただただ、ひろいほうが便利、ということになったわけだ。

ところでそうなると、座敷飾りの台のほうも、違い棚、書院のふたつだけでは、

——釣り合わぬ。

ということになる。部屋のひろさにふさわしい主たる見せ場がほしいということで、押板床が復活した。

かつて義政が東山殿の会所「狩の間」をこしらえたとき特に力を入れ、その意義を富子へ強調することもした、あの日常生活の博物館。

ただし少し変化した。床柱に凝るとか、軸装の書画をかけるとかいう新趣向をとりいれて「床の間」と呼ばれるようになり、単なる一部屋をこえて家そのものの錘《おもり》であるような空間と化した。

どちらにしろ、小変化である。

根幹のところは同仁斎のそれと変わることなく、こういう部屋が、あるいはこういう部屋をふくむ住宅が、日本中で当たり前になった。

これは日本語にも影響をあたえた。「畳の上の水練」、「畳のへりをむしる」などという慣用句もあらわれたが、その究極というべき「畳の上で死ねない」というような言いまわしは、むしろ万人が畳の上で死ぬようになったことの如実な反映とすることができる。人々がもしも寝殿造を採りつづけ、板床の上での暮らしをつづけていたら、これらはことごとく意味不明なのである。

そうしてこの畳敷き、襖、戸障子、違い棚、書院、および床の間をそなえた同仁斎式ともいうべき様式は、明治以後になり、いよいよ普及した。

ほとんど世の中を支配した。

「四民平等」の名のもと社会から身分の型枠がいちおう取り外されたことが主因だが、ここまで来ると同仁斎という原点の部屋は、もはや人々の念頭から消えてしまった。

純粋に、様式だけが意識にのこった。

逆にいえば、その様式にあらたに名をつける必要も生じたわけで、それがすなわち、書院造

である。

或る意味「和室」ないし「和風住宅」と同義といえる。もっとも、皮肉なことに、その名のもとになった書院——つくりつけの付書院——は、これだけは通用されることがなく、いうなれば書院造からは書院だけが姿を消した格好になった。

これはあるいは、そのつくりつけというところが忌避されたものか。部屋そのものが四畳半よりも広大になれば、そこへ文机《ふづくえ》も置けようし、書見台も置けるだろう。もちはこびにも便利である。

筆者は以前、この稿で、

——平凡な。

ということを述べた。

大学生のころ慈照寺を——いわゆる銀閣寺を——はじめておとずれたときのこと。銀沙灘や向月台をながめたあと東求堂に上がりこみ、同仁斎に足をふみいれた、その室内の光景のあまりの平凡さにがっかりした、という話だった。

いま思えば、誤りだった。同仁斎が平凡なのではない。

世の中すべてが同仁斎になったのだ。ということは、そこにあるのは平凡ではなく普

遍である。類型ではなく典型である。群俗ではなく至純である。

同仁斎という水源の水が、後世をあまねく充たした。あるいはこうも言えるだろう。日本中が、銀閣の人になった。

そのさきがけというべき松波新九郎は、

「さて」

ざらりと音を立てて下あごを撫《な》で、大あくびをして、

「そろそろ議論はやめにしようか、連歌師殿。わしは美濃へ帰らねばならぬ」

「ああ。それにしても松波殿、おぬしの胆力はおもしろいのう」

「なぜじゃ」

「こうまで口舌のあらそいをしても、目のほうは、まださめておらぬようじゃ」

「まあな」

松波は、またひとつあくびをした。宗祇はくすりとして、

「無理もないわ」

と言うと、にわかに立ちあがり、

「これほど室内が薄暗いのではな。雨戸をはずそう。わしはもともと、それが目的でここに来たのじゃ」

「雨戸をはずしに？」

「そうじゃ」

言うなり宗祇は戸障子をあけ、縁側に出た。

ガタガタと音を立てて、のこりの雨戸をはずした。

朝の陽光がながれこんで来た。すべての戸障子が白くなり、善阿弥はつい目をほそめたが、その狭い視界でも、室内の空気がいくぶん赤いことはわかった。もともとの陽光の色なのか、それとも畳の藺《い》が年月を経てむら焼けしたことの反映なのか。

宗祇が、

「見よ、ゼンナ」

「え？」

「あれを」

声は、縁側から。

善阿弥はそっちを見た、ということは戸障子のあいだから戸外を見た。そうして、

「あ」

庭が見えた。

善阿弥自身が作事を指揮した庭である。その向こうには池があり、池の奥の右側のほとりに建物がある。

一棟の、ただ一棟の建物。

その名がおのずと口をついて出る。

「……観音殿」

仏寺としての東山殿の、いわば本堂。禅宗本来の釈迦《しゃか》如来をまつる。

公的中心と呼んでもいいだろう。禅宗本来の釈迦如来をまつる。

ただしその建物の姿かたちは、一般的な禅寺ふうではない。一見したところ鹿苑寺舎利殿、いわゆる金閣にそっくりだった。

基本は、二層構造。

つまりは二階建てである。下層、上層それぞれに方形の屋根がかけられている。

屋根は、どちらも柿葺《こけらぶ》き。

いくらか黒ずんで見える。

それぞれ四隅があたかも指でつまんだように上へ反っているのもやはり金閣ふうである。しかしまた金閣とは相違するところも多いので、たとえば金閣は、じつは二層構造ではない。

三層である。屋根が二枚しかない（最下層と中層のあいだに屋根がない）ために遠目には似たような輪郭になるわけだが、何と言っても最大のちがいは、金閣のほうは、外壁がびっしりと金箔《ぱく》で覆われている点だろう。

実際には中層および最上層を覆うにすぎないのだが、それでも面積はかなりだし、見る者の印象は圧倒的にきらきらしくなる。

――金閣。

と、呼ばれる所以《ゆえん》である。
いっぽうこちらの外壁はただの板張りであり、金箔どころか艶《つや》消しの黒で塗られている。
むしろ光を吸収している。建物そのものの大きさも、おそらく一まわり小さいのでは
ないか。要するに、
（地味な、金閣）
そんな形容がぴったりだなと思い、善阿弥は、わずかに苦笑をもらした。
もちろん、善阿弥はよく知っている。
ほんとうは、安手のまがいものではないことを。早い話が、屋根の柿葺きというのは、
短冊状の板（柿《かき》ではない）を少しずつ位置をずらしつつ無数にかさね、竹釘《くぎ》でとめてい
く。今回の場合は椹《さわら》の板だ。知らぬ者の目には単なる板葺きにすぎないが、知る者の目
には、ほとんど退廃的なまでに手のこんだ一級の工芸品なのだ。
さらに手が込んでいるのは、じつは柱である。
着工直後に義政が得た木曾産の檜《ひのき》の良材のなかには、五間、六間というような貴重な
長さのものもあったけれども、結局のところは心柱《しんばしら》といったような特別なもちいかたを
せず、三つに切り、四つに切りして普通の柱にしてしまった。
一事が万事で、つまりこの建物は、
――金をかけて、地味をつくる。

という東山殿全体の制作意図の象徴ないし集大成にほかならないのだ。

そのことを、善阿弥は、くりかえすが熟知している。何しろ普請の差配をしたのは善阿弥自身なのだ。落慶のときにはあらためて内部へ上がりもしたし、ついさっきも、草引きの指揮をしつつ、ちらちらと振り返っては見あげることをくりかえした。

が、その観音殿が、いま同仁斎から見ると、

（まったく、ちがう）

善阿弥は、ほとんど呆然とした。

なぜなら観音殿は、真水で洗ったような、ごく新しい姿をしていた。

いや、もちろん、ほんの一月前に完成したのだから新しいのは当然なのだが、そのいっぽう、足もとの同仁斎はすでにして四年もの年月にさらされている。

畳は赤くむら焼けしているし、違い棚と書院のあいだの柱も、どことなし燻《くす》べたような色になっている。

すなわち、古び。

義政のいわゆる「時の移り」。そう、この同仁斎ではもう「わび」が「さび」になりはじめたのだ。

今後さらに時間が経てば、いっそう複雑な、いっそう微妙なおもむきを帯びるだろう。いっそう複雑な味になるだろう。そういう同仁斎から見ることで、観音殿は、

「……新しくて、もう古い」

善阿弥はつぶやいた。それから、にやりとして、

（つかみましたぞ）

胸のなかの義政へ、そう告げた。

何をつかんだか。どんなに今出来の文物にも「さび」を見るまなざしをつかんだ。「わび」のなかに「さび」を見るまなざし、と言いかえることもできるだろう。もしも善阿弥が将来ふたたび建物づくりをするとしたら、庭づくりをするとしたら、この感覚は、

（きっと、生きる）

なぜならそれは、経年劣化の効果まで前もって考慮に入れた設計や普請をすることができる、ということなのだから。それこそがたぶん「わび」と「さび」を、ことに後者を、未来へつたえる、

（至高の、方法）

善阿弥は、おのが体内に自信のみなぎるのを感じた。まるで普請場に檜の芳香がみちるように。

或る種、占い師の資格を得たようなものだろう。逆に言うなら、義政は、その資格をあたえようとして、あえて自分を、

（同仁斎から、遠ざけた）

善阿弥は、ようやく腑《ふ》に落ちている。

もしも完成直後に来させていたら、自分はおそらく、その造作の新しさしか見なかったろう。畳の藺のむんとした青さ、柱という柱のつやつやしさをよろこぶのみ。経年劣化などというのは、畢竟、

——悪。

その印象に、しらずしらず囚《とら》われていただろう。

それならばむしろ同仁斎に少し古びがつくのを待ち、新築成った観音殿といわば同時に、新旧揃いで、見せるほうが複雑な味が感じられる……いままさに善阿弥がそう感じているようにである。

もっとも、その企図は、つまり観音殿の完成を待つという企図は、義政の健康がゆるさなかった。あの日、あの池のほとりで、

「上がるか、ゼンナ」

ととつぜん誘ってくれたのは、

——じき、死ぬ。

そのことを悟ったからではないか。

或る種のあせりがあったのではないか。実際、その直後に、義政はあおむけに斃れ、口にあわを吹いたのだから。

「……慈照院様」

善阿弥は、またつぶやいた。

頬が、熱い。

これまで感じたことのないほどの熱さ。涙がひろびろと面をなして流れ落ちているのだろう。宗祇がふたたび戸障子のかげから姿をあらわし、

「わかったな、ゼンナ」

善阿弥は袖《そで》で涙をぬぐい、

「はい」

「わしはあの方に、こう言われていたのだ。もしも自分が先に逝くことあらば、ゼンナをたのむ。同仁斎へ上げてやってくれ、そうして観音殿を見せてやってくれと。ゼンナ、おぬしがうらやましいわ。まこと見こまれたのじゃのう」

「きもに銘じます」

「わしもようやく、役を果たした」

宗祇はさっぱりとした顔になり、息を吐いた。

それから、身をかがめた。

鴨居をくぐり、ふたたび室内へ足をふみいれて来る。善阿弥は、

「かたじけのうござりまする。飯尾様」

「礼は、あの方に申せ」

と宗祇が手をふったとたん、

ぴい

絹を裂くような声。

「ん？」

宗祇がふりかえるのと、松波新九郎が、

「あれ」

指さしたのが同時だった。

指の先は、屋外。

観音殿の、屋根のてっぺん。

青銅製の鳳凰《ほうおう》が、左を向いて立っている。

胸をそらし、くちばしを突き出し、つばさを後方へ——右方へ——ひろげている。目玉がむやみと大きかった。

義政はこの建物の設計にあたり、早い時期から、

——頂点は、じじさまの金閣のごとく。

という案を抱いていた。

もちろん向こうの鳳凰は全身ことごとく金箔で覆われ、建物に負けぬ絢爛《けんらん》さ、きらびやかさを与えられているけれども、こちらは地のまま。

やはり、

秋の海のような、物憂いみどり。

——地味に、地味に。

という建物の思想に合わせた措置であることは言うまでもない。ところがその地味な鳳凰が、ぐいと首をこちらへ向け、くちばしをひらき、ぴいとまた鳴いたときは、

(まさか)

善阿弥は、息をのんだ。

首すじに刃《やいば》をあてられたような何かを感じた。かつて義政は、金閣の最上階で、ひとり夜具に寝《い》んだことがある。

寝んでいると、ばりばりと天井をやぶって屋根の鳳凰が落ちてきて、祖父・義満と化し、炎のなか、

——なぜ東山殿などを造営《つく》るか。

などと詰問した。

鳳凰が、もののけに変じたのだ……という話を義政に聞かされたときは、正直なところ、しょせん他人事《ひとごと》でしかなかったのだが、しかしその後、善阿弥は、その鳥変化《へんげ》の体験をじかにすることになった。義政とともに沖ノ島をのぞむ湖に船を浮かべ、魚釣りに興じたとき、空から無数の雁《かり》が飛来したのだ。湖面をうめつくした彼らの顔はみな義政の父・義教のそれだった。

それとおなじ怪異が、いま、この、

(東山殿で)

善阿弥の、見紛《みまが》い。

では、やはりなかったらしい。

松波が、

「動いた！」

宗祇も、

「ほ、鳳凰が」

善阿弥はもう耐えられぬ。

「わっ」

頭をかかえ、しゃがみこんだが、しゃがみつつも目は離せない。両目がぴたりと合ってしまった。

くちばしの先が、いまにも肉をちぎりに来そうな具合にするどく下を向いている。と。

その鳥は、つばさを閉じた。

と思うと、またひろげた。脚がふわりと屋根を蹴る。松波が、

「なんだ」

と顔をしかめたのと、宗祇が、

「益体もない」

舌打ちしたのが同時だった。そいつは青空に冲《ちゅう》したかと思うと、

ひょろ
ひょろろろ
神楽笛《かぐらぶえ》のやぶれたように長鳴きしつつ、ゆっくりと輪を描きはじめたのである。

腹は、褐色。

尾のかたちは、琵琶《びわ》の撥《ばち》。どこから見ても、ただの、

「……鳶《とび》か」

どっと笑い声が立った。見おろすと、庭のあちこちで草をまとめていた手下たち、河原者たちが、こちらを向いて冷やかし顔である。

なかには、手をたたいているやつもいる。おおかた善阿弥たちが、

――鳶を、鷹《たか》とまちがった。

とでも思ったのだろう。彼らにとっては善阿弥たちは雲の上の人とまでは言えないにしても、さしあたり、畳の上の人ではある。その醜態が愉快だった。

「むむ」

善阿弥は、赤面しつつ立ちあがった。

松波、宗祇とそれぞれ苦笑いを交わしてから、また観音殿を見る。

屋根の上には青銅の鳳凰がいて、左を向き、胸をそらし、やっぱり微動だにしない。

あのとんびめはつまり、偶然、ここから重なる位置にとまっていただけなのだ。もっとも、だとしたら、

（何に、とまって）

善阿弥は、さらに視線を上へ向けた。

空を見た。

鳶は何度も輪を描きつつ、なお鳴いている。いかにも自信ありそうな、こだわりのない鳴きざまだった。

†

輪を描きつつ、鳶は、

（まあ）

などと、思案しはじめる。

（これがまあ、わしの一生か）

ひとりほほえみ、つばさを少しかたむけた。

眼下の視界も、やや片寄る。

観音殿が、目に入る。何しろ上空からなので屋根の方形のひろがりもわかるし、そのてっぺんの鳳凰の頭部のつくり、くちばしの長さもつぶさに見ることができるけれども、

建物本体はちらちらとしか見えぬ。

軒が、視界をさえぎるのだ。

しかしまあ現世にあったころはとうとう落成には立ち会えなかったことを考えれば、死後とはいえ、こうして見おろすことができるだけでも、

(心のこりは、果たされたかな)

鳶は、ほうと息を吐いた。

それにしても。

やっぱり見た目は、

(地味だな)

何しろ屋根は柿葺きだし、外壁はただの黒い板張り。小指の先ほどの金箔貼りもなし。むろんそれを命じたのは鳶自身ではあるのだが。鳶はむしろその地味さを後世が愛《め》でて、

――銀閣。

という愛称をつけるかもしれぬ、そんな期待も抱いていたのである。

そのための準備も、ちゃんとしていた。

一種の世論誘導ともいえようか。建物の意匠もさることながら、より直接的には、三つの遺言をしたのである。
一、東山殿は、禅寺にせよ。
一、寺の世話は、相国寺にさせよ。
一、寺号は、戒名から採るように。
右の三つに共通するのは、いうまでもなく、

――北山殿の、ためしを履む。

ということだった。北山殿はやはり建主である祖父・義満の死後、その遺言によって禅寺となり、相国寺の世話するところとなり、そうして寺号は戒名より採って「鹿苑寺」とされたのである。

その建物群のなかでも特に公的中心をなすものの愛称がすでにして「金閣」であってみれば、こちらのそれはどうなるか。

金に対する、銀。

というのは、政事にしろ文事にしろ、この世のあらゆる局面でもっとも基本的かつ重要な対立軸のひとつである。鳶の戒名は「慈照院殿喜山道慶大」。こちらの寺号が、結局「慈照寺」となったのは、まさしく鳶の期待どおりだった。

さて。

そうなると、

(その先は、どうなるか)

鳶は、予想をたのしむ。

金閣と銀閣が併存する世界。あるいはそれは、金の美意識と銀の美意識とが、京のみやこの西と東で、

――いどみ合う。

そんな世界かもしれない。

それはすなわち新しさを尊ぶ心と、古びを尊ぶ心とのいどみ合いの世界かもしれない。前者が後者を「陰気」とののしり、後者が前者を「下品」とあざ笑う。いずれにしても後者のたしなみが、究極のところ、あのふたつの語で示されるのは変わりないだろう。

いわく「わび」。

いわく「さび」。

……だがもう、そんなこと、

(どうでもいいわ)

まるで小石を捨てるように、鳶は、にわかに思案を放棄した。

羽ばたきを、繁くした。

ふおっ、ふおっという音が立つ。

視点がぐんぐん上昇する。そのぶん観音殿は小さくなり、ほかの建物も視界に入る。

東求堂。

会所。

常御所。

そのあいだを埋めている庭は、さっきまで緑一色だったけれど、下界の人間どもが勤勉に草を引いてくれたので、いまはもう土も、木肌も、庭石も、それぞれの姿かたちを取り戻している。

東求堂を見る。ちんまりとした屋根である。その東南の角の縁側に、ぱらぱらと三人の男が出て来たようだ。

全員、こちらを見あげている。

鳶は、

(善阿弥。宗祇)

ふたりまでは素性がわかったが、あとひとりの若ざむらいは、

(はて)

善阿弥が、

――まつなみ様。

などと呼んでいるようにも聞かれるが、わからない。どちらにしろ彼らはみな、いまのいままで同仁斎にいたのだろう。

(ゼンナも、見たか)

鳶は、ひどく愉快になった。

くちばしをひらいて、

「おーい。おぬしら。終わったぞう」

反応なし。

みな口をひらくどころか眉《まゆ》をぴくりともさせず、ゆっくりと、目玉で円を描くのみ。

こちらの動きを追っているのだ。

何やら、期待はずれの顔をしている。

――なーんだ、鳶か。

もっとめずらしい鳥かと思った、とでも言いたいのだろうか。

鳶はもういちど、さっきより大きく、

「終わったぞう」

やはり何の反応もなかった。こちらは人語を発しているのだが、彼らには、ひょろ、ひょろろろという長鳴きにしか聞こえぬのだろう。

(ばかめ)

鳶は、腹が立った。

耳なき者は、これだからこまる。話にならぬ。となると、誰なら話ができるだろう……

……と鳶はそこまで考えて、

(とみ)

なじみの顔が、脳裡に浮かんだ。

富子。

鳶の、正妻。

いま何をしているだろうか。よほど憔悴《しょうすい》しているのではないか。なぜなら彼女は、兄をうしなった。

息子をうしなった。

夫をうしなった。

愛人たる後土御門天皇はいまだ在世しているけれども帝室式微はなはだしく、朝儀も満足にできぬありさまだから彼女はなぐさめられぬだろう。あるいはこんな人間どもよりも彼女がはるかに愛したかもしれぬ将軍職という抽象物も、いまや宿敵というべき弟・義視の系統に占められて、よほど口出ししづらくなった。

ほとんど、天涯孤独である。

とみ。ちゃんとものを食べているか。

酒は飲んでおらぬか。家臣に見くびられてはおらぬか。銭はあるか。服は厚いか。屋敷は雨もりしていないか。

何より、

(病に、罹れてはおらぬか)

とみは今後、この東山殿に来ることがあるだろうか。

来るはずがない。鳶はそう思った。ずいぶん前に会所には来たが、同仁斎には来なかったし、観音殿も見なかった。文事に無関心というのもさることながら、根本的に、あの女は、ひとりでは生きられぬ性質である。

女だからではない。男だろうが女だろうが関係なく、世の中には、他人なしには生きられぬ人と、孤独ぬきでは生きられぬ人がいる。

まるで水と油のように、きれいに、

（わかれる）

政事の人は、みな前者に属するのだろう。

あるいはむしろ、他人なしに生きられぬことこそ政事の才の本質なのだろう。

なぜなら政事というのは、領土がらみであろうと、金銭がらみであろうと、国司や後継者の任免権がらみであろうと、つまるところ領土や金銭や任免権の話ではない。

人。

の、話である。

人が人を支配するいとなみ。あの「戦争に勝つ」という政事における最大の成功も、じつは勝利そのものが目的ではない。そのことで、

――人に、言うことを聞かせられる。

というのが、政事の人には鴨の肉にもひとしい巨利にほかならないのである。

言いかえれば、他人がほしい。これに対し、文事というのは、

――自分がほしい。

といういとなみといえる。政事というものの主題がもしも他人に何をさせられるかであるとするなら、文事のそれは、

――自分に何ができるか。

である。とみが政事の人であり、文事の人ではないというのは、結局はこういう事情に由来するのだが、しかしそうなるとこの自分は、

（どっちかな）

むろん、文事の人ではある。しかし後世の人の目をほしがるという点では、いくぶんかは、政事の人でもあるのかもしれない。

どちらにしろとみは、この東山殿に来ることはない。ひとりでは生きられぬ女なのだ。孤独を旨とするこの場では、どこまでも納まりがつかないだろう。ならば、

（こっちから）

鳶は、心をきめた。

こっちから行こう。とみの前に姿をあらわし、くちばしをひろげて、

「わしじゃ。義政じゃ」

などと声をかけたら、どんな反応をするだろうか。

失神するか。

もののけと叫んで人を呼ぶか。

それともやっぱり鳶は鳶としか見ないだろうか。長鳴きがうるさいと人を呼び、錫《しゃく》杖《じょう》か何かで追い出させる。

最後がいちばん彼女らしい気もする。鳶はさらに上昇した。眼下の諸堂が、ことごとく豆粒になった。東側の山が岡になり、鴨川の青い糸が目に入る。

その向こうは、京の街のひろがり。

街は、屋根がひしめいている。どの屋根もみな、

(地味だな)

と思ったけれども、よく考えれば、たいていはあの大乱で灰になったもの。たった二十年あまりで、

(よくまあ、ここまで)

胸をふくらませつつ、鳶は東山をはなれ、つばさをかたむけ、妻の住まいのあるだろう小川殿のほうへ首を向けた。

解説

本《ほん》郷《ごう》和《かず》人《と》（歴史学者）

将軍とは何か。ここでいう将軍は必ずしも征夷大将軍《せいいたいしょうぐん》という官職だけを指すのではなく、「すべての武士のリーダー」という意味で、鎌倉北条氏《かまくらほうじょうし》や織田信長《おだのぶなが》・豊臣秀吉《とよとみひでよし》を含むのだが、これに対して明快な解答を示したのは、戦後の日本中世史学の復興の立役者となった佐藤進一《さとうしんいち》（1916〜2017）であった。将軍とは軍事と政治の統括者である、と佐藤は定義する。これは「将軍権力の二元論」といわれるものであるが、経済や文化ではなく、軍事活動と統治行為こそが将軍権力の本質である、と考えるのだ。仮説を主張するときには、根拠が必要になるのは理の当然である。佐藤は室町《むろまち》幕府の成り立ちを分析した。室町初代将軍の足利尊氏《あしかがたかうじ》は、侍所《さむらいどころ》や奉公衆を率いて、自ら軍事の先頭に立った。また弟の直義《ただよし》は、政所《まんどころ》や奉行人を指揮して、政治を担った。二人は「両大将」、「将軍と副将軍」などと呼ばれ、協力して幕府の創業を成し遂げた。二人の分業は、やがて二代将軍の義詮《よしあきら》に引き継がれていく。つまり、軍事と政治が統合されて、将軍権力が十全な機能を果たすようになる、と佐藤は論証する。この佐藤の学説は、現在の中世史学界では、強固な定説と見なされている。

私の見解を付け加えておきたい。尊氏と直義は理想的な補完関係をもって、京都の武家政権を推進していった。だが二人には根本的な意見の相違があった。それは伝統ある朝廷との距離感である。直義は鎌倉幕府を引き継いで、武家政権は朝廷とは異なる土地で、交渉は極力抑えて、歩を進めるべきだと考えた。これに対し尊氏は武家政権と朝廷の融合を図り、他ならぬ京都を、幕府が存立する場として選定した。京都は鎌倉時代に整備された貨幣経済の中枢であったから、経済的な収益も重視して、尊氏は「武家のみやこ」を鎌倉から京都へと移したのだろう。

政権の頂点に二人が並存するという不安定な状況、さらに朝廷との対応についての方法論の差異、この二点から尊氏と直義は全国を二分して戦いを始める。いわゆる「観応《かんのう》の擾乱《じょうらん》」である。やがて直義は京都を捨てて鎌倉に逃亡し、この地で降伏した後に没した。戦いは尊氏が勝利したかに見えたが、争いはいまだ、時に水面下でも続いていた。

直義を支持した斯波《しば》氏、山名《やまな》氏、土岐《とき》氏などの有力大名家は理念ではなく党派性ゆえに結束し、大内《おおうち》氏を加え、長く室町幕府に抗《あらが》った。三代将軍の足利義満《よしみつ》とその補佐に当たった細川頼之《ほそかわよりゆき》は、彼らの力を削《そ》ぐことには成功したが、滅ぼしきることはできなかった。そのため、旧直義党の勢力は時を超えて復活し、勢力を失った斯波氏に代わる山名宗全《そうぜん》を盟主として「西軍」を形成、尊氏—義満の流れを承《う》けた細川勝元《かつもと》ら「東軍」と衝突した。これが「応仁《おうにん》の乱《らん》」の本質であろうと思う。

少しく視点を変えてみよう。将軍は軍事と政治、と記した。経済や文化は将軍の活動として欠かすことのできぬ必要条件、というわけではない。だが室町幕府の将軍には、鎌倉幕府の将軍たち（北条氏も含む）、江戸《えど》幕府の将軍たちとは異なり、文化を牽引《けんいん》した人物が少なくない。

そもそも室町文化は、豪奢《ごうしゃ》な香りのする「唐物文化」として始まった。日本の伝統的な美意識（より具体的にいうと、和歌を文化の粋《いき》と位置づける平安《へいあん》の美意識）とは趣を異にする、海外からの輸入品を重んじる姿勢を確認することができる。その先頭に立ったのは、久方ぶりに中国の王朝と正式な国交を開いた足利義満であった。

中国の王朝は、歴史的に、一国の王としか交渉をしない。文化の薫り高い「中華」の皇帝の徳を慕って、周辺国の王が貢ぎ物を持参して挨拶《あいさつ》にやってくる。「朝貢」のかたちを取る交際だが、その利益は莫大《ばくだい》であった。周辺国の使者の交通費はすべて王朝側が負担した。その上、貢ぎ物に倍する「みやげ」が使者に下賜された。足利義満は「日本国王　源道義《げんどうぎ》」を名乗り、明《みん》の皇帝に臣下の礼を執った。そして様々な品物を獲得した。名誉よりも実利を取ったのである。

明から持ち帰られる唐物は、禅僧や同朋《どうぼう》衆と呼ばれる幕府役人が真贋《しんがん》を鑑定し、コレクションの形成に努めた。例えば長享《ちょうきょう》二年（１４８８年）、同朋衆の相阿弥《そうあみ》が「大唐御誂之事」を画家の狩野元信《かのうもとのぶ》や禅僧に相談している、という記事が残っている。、これは日明船が買い求めてきた牧谿《もっけい》の絵の表装についての話し合いであった。牧谿は牧谿法常という南宋《なんそう》末期の禅僧で、彼の絵は中国ではさして評価されていなかったが、日本で

「和尚《おしょう》の絵」と呼ばれて愛された。いまその絵は中国でも高く評価されているが、本物は中国にはなく、彼の優品はほとんど全てが日本に残されている。

蒐集《しゅうしゅう》された唐物・唐絵のうち、将軍家の所有となるものは「御物《ごもつ》（皇室のぎょぶつと区別する）」と称され、絵画には鑑蔵印が押された。「天山」「道有」は義満のもの。「雑華室印」は六代・義教《よしのり》のもの（かつては八代・義政《よしまさ》のものと考えられていた）。祖父の義満、父の義教以上に唐絵を愛好し、集めたのが義政で、戦国時代を代表する画家である長谷川等伯《はせがわとうはく》は「東山殿《ひがしやまどの》（義政）に八百かざりこれ有り、一切の唐絵といい、唐絵ならびに見事なる物は、みな東山殿の御物なり」と評価している。そのため、義政が蒐集した品物は「東山御物」と呼ばれる。

だが祖父と父から受けついだ義政の美への視座は、華やかな「唐物の美」を超越していくことになる。私たちが室町文化の粋として広く認識している「わび　さび　幽玄」という美意識は、義政のもとで誕生した価値である。義政は室町の唐物趣味に日本古来の伝統や庶民の振る舞いまでを採り入れて、新しい文化を創造した。それは人の生活に根ざしているために、現代に至るまで、日本人の日常に大きな影響を与えている。

足利義政という人物は、軍事でもなく政治でもなく、文化を創造した「異能の将軍」であった。応仁の大乱の時期、全ての価値が崩壊していく幕府の衰退期に、彼はどう生きて、真実の美を求め、新しい文化を創出していったのか。

以上、歴史的な観点から、この物語をより詳しく読むためのおまけを記した。言ってみれば、これは本当に「蛇足」そのものである。だが、やむを得ないと思っている。理由は二つある。

1、私は残念ながら一介の歴史研究者であって、文芸評論家ではない。それゆえに、もはや熟練の域にあるストーリーテラー、門井慶喜の本作には、「すばらしい」という感嘆の他、書くべき言葉を持てない。

2、一人の門井ファンとして対峙してみても、本作の奥深さ、面白さは群を抜いていると感じる。しかも足利義政というきわめて理解が難解な人物に挑戦し、その真価を正確に掌握する試みは、文芸や日本史、美術史など様々なジャンルにおいて見たことがない。唯一であり無二である。となると、この意味でも贅言《ぜいげん》は不要ということになる。

門井慶喜は本作において、日本史上に類例を見ない「文化の王」を描ききった。門井が紡ぎ出す豊穣《ほうじょう》な物語の中で、知見を深め、存分に愉悦に浸っていただきたい。読書の醍醐味《だいごみ》は実にここに極まるのだ。

本書は、二〇二〇年九月に小社より刊行された
単行本を文庫化したものです。

銀閣《ぎんかく》の人《ひと》

門井慶喜《かどいよしのぶ》

令和5年 9月25日　初版発行

発行者●山下直久

発行●株式会社KADOKAWA
〒102-8177　東京都千代田区富士見2-13-3
電話　0570-002-301（ナビダイヤル）

角川文庫 23816

印刷所●株式会社暁印刷
製本所●本間製本株式会社

表紙画●和田三造

ISBN 978-4-04-113875-5　C0193

◇◇◇

角川文庫発刊に際して

角川源義

第二次世界大戦の敗北は、軍事力の敗北であった以上に、私たちの若い文化力の敗退であった。私たちの文化が戦争に対して如何に無力であり、単なるあだ花に過ぎなかったかを、私たちは身を以て体験し痛感した。西洋近代文化の摂取にとって、明治以後八十年の歳月は決して短かすぎたとは言えない。にもかかわらず、近代文化の伝統を確立し、自由な批判と柔軟な良識に富む文化層として自らを形成することに私たちは失敗して来た。そしてこれは、各層への文化の普及滲透を任務とする出版人の責任でもあった。

一九四五年以来、私たちは再び振出しに戻り、第一歩から踏み出すことを余儀なくされた。これは大きな不幸ではあるが、反面、これまでの混沌・未熟・歪曲の中にあった我が国の文化に秩序と確たる基礎を齎らすためには絶好の機会でもある。角川書店は、このような祖国の文化的危機にあたり、微力をも顧みず再建の礎石たるべき抱負と決意とをもって出発したが、ここに創立以来の念願を果すべく角川文庫を発刊する。これまで刊行されたあらゆる全集叢書文庫類の長所と短所とを検討し、古今東西の不朽の典籍を、良心的編集のもとに、廉価に、そして書架にふさわしい美本として、多くのひとびとに提供しようとする。しかし私たちは徒らに百科全書的な知識のジレッタントを作ることを目的とせず、あくまで祖国の文化に秩序と再建への道を示し、この文庫を角川書店の栄ある事業として、今後永久に継続発展せしめ、学芸と教養との殿堂として大成せんことを期したい。多くの読書子の愛情ある忠言と支持とによって、この希望と抱負とを完遂せしめられんことを願う。

一九四九年五月三日

角川文庫ベストセラー

シュンスケ！　門井慶喜

伊藤俊輔、のちの伊藤博文は農民の子に生まれながらも、その持ち前のひたむきさ、明るさで周囲を魅了し、驚異的な出世を遂げる。新生日本の立役者の青年期を、さわやかに痛快に描く歴史小説。

マジカル・ヒストリー・ツアー
ミステリと美術で読む近代　門井慶喜

直木賞作家が『時の娘』『薔薇の名前』『わたしの名は赤』などの名作をとおして、小説・宗教・美術が交差する「近代の謎」を読み解く！　推理作家協会賞受賞作。

屋根をかける人　門井慶喜

明治末期にキリスト教伝道のために来日したアメリカ人建築家、メレル・ヴォーリズ。彼は日本人として生きることを選び、終戦後、昭和天皇を守るために戦った——。彼を突き動かした「日本」への想いとは。

乾山晩愁　葉室麟

天才絵師の名をほしいままにした兄・尾形光琳が没して以来、尾形乾山は陶工としての限界に悩む。在りし日の兄を思い、晩年の「花籠図」に苦悩を昇華させるまでを描く歴史文学賞受賞の表題作など、珠玉5篇。

実朝の首　葉室麟

将軍・源実朝が鶴岡八幡宮で殺され、討った公暁も三浦義村に斬られた。実朝の首級を託された公暁の従者が一人逃れるが、消えた「首」奪還をめぐり、朝廷も巻き込んだ駆け引きが始まる。尼将軍・政子の深謀とは。